다시 만나자 우리

다시 만나자 우리

1쇄 발행일   2019년 12월 3일
2쇄 발행일   2022년 5월 2일

글   이유미
그   림   김혜정

펴 낸 이   김완중
펴 낸 곳   내일을여는책
편집총괄   김세라
디 자 인   디자인스튜디오 앤썸(wink3434@gmail.com)
관   리   장수댁

인   쇄   아주프린텍
제   책   바다제책

출판등록   1993년 1월 6일(등록번호 제475-9301)
주   소   전라북도 장수군 장수읍 송학로 93-9(19호)
전   화   063)353-2289
팩   스   063)353-2290
전자우편   wan-doll@hanmail.net
블 로 그   blog.naver.com/dddoll

ISBN 978-89-7746-932-7(03810)
ⓒ 이유미 2019

애니멀 커뮤니케이터 루나의 영혼교감 이야기

다시 만나자 우리

글 이유미
그림 김혜정

내일을여는책

이 책에 적은 교감 사례들은 모두 반려인의 허락을 받아 옮겨온 내용입니다.
반려동물 이름의 일부는 가명이지만 대부분은 본명 그대로 표기했으며
기꺼이 책에 싣도록 허락해주신, 아름다운 동물 영혼의 가족분들께 깊은 감사를 드립니다.
무엇보다 교감을 통해 소중한 깨달음을 얻게 해준 수많은 동물들의 영혼에 경외하며
이 길을 인도해준 나의 영원한 스승 달마(Dharma)에게 다함없는 사랑을 보냅니다.

- 애니멀 커뮤니케이터 루나 -

새하얀 털들이 촘촘히 누워있는 등에는 초콜릿색 얼룩무늬가 물결처럼 번져 있었다. 딱 생쥐만 한 몸통에 아직 떠지지 않는 두 눈은 꼭 붙어 있었다. 숨을 쉴 때마다 그 작은 배에 공기가 가득 부풀었다 꺼졌다만 반복하고 있는 걸 보고 있자니, 요것들도 정말로 살아있는 생명이 맞구나 싶었다.

지니(Genie)가 낳은 강아지 다섯 마리는 조막만 한 몸들이 서로 엉킨 채 쌔근쌔근 잠을 자고 있었다. 이제 태어난 지 일주일 된 다섯 꼬물이들이었다. 이들을 안은 채 지니는 가쁜 숨을 몰아쉬며 모처럼 휴식 중이었다. 2003년 깊어가는 가을 오후, 우리는 이렇게 만났다.

그동안 어떤 생명인가를 온전히 책임지겠노라 다짐하고 키워본 적이 없던 나로서는 친구네 개가 강아지를 낳았다는 소식을 듣고 나름 큰 결심을 해야 했다. 사실 나는 강아지 하나를 데려와 그 귀여운 재롱에 흠뻑 즐거워하며 살 생각만 했지, 그 이후에 벌어질 일에 대해서는 아무것도 알지 못했다. 친구는 이런 나에게 현실을 이야기해 주었다. 이제껏처럼 하고 싶은 것만 하며 살 수 없을지도 모르고, 결벽증은 무뎌져야 할 것이며, 돈도 더 많이 벌어야 한다고 했다. 동물 하나를 맞아들이는 일인데 내 살아온 방식이 통째로 바뀌어야 할까? 설마 그 정도는 아니겠지? 강아지를 들이게 되면 무슨 일이 있어도 평생 책임지리라는 내 각오를 다짐받으며 친구는 내게 제안을 하나 더 얹었다. 강아지 하나로는 외로울 것이라 했다. 내가 아니라 그 동물이 말이다. 그러니 하나 말고 둘을 데려가라고 한다. 내 상황으로서는 가당치도 않은 소리였다.

그런데 그날로 일주일 더 지나 나는 다섯 꼬물이 모두를 떠맡게 되었다. 지니가 몸이 허약해 도저히 어미로서의 역할을 더는 해낼 수 없는 상황이었다. 그렇다고 어떻게 지니 대신 내가 강아지들의 어미 역할을 할 수 있단 말인가! 그것도 양육 경험이라곤 전무한 초보 인간이 말이다. 그런데 또 상황에 맞닥뜨려지니 아니 될 것도 없었다.

태어난 지 두 주가 되어 이제 막 눈을 뜬 강아지 다섯은 나를 바라보며 세상을 인식하기 시작했다. 그리고 나는 엄마 역할을 해나갔다. 잠을 잘 때는 어떤 것에도 방해받기를 원치 않던 내가 정확히 세 시간 간격으로 끙끙 낑낑 앙앙대는 소리에 벌떡 일어났다. 졸린 눈을 비벼가며 나는 손가락만 한 강아지 젖병에 따뜻한 분유를 타

차례로 물려주었다. 그러면 포만감에 기분 좋은 꼬물이들은 다시 평화롭게 잠이 들었다. 우리의 운명적인 동고동락이 그렇게 시작되었다.

그리고… 몇 년의 세월이 흐르자 그들은 하나씩 내 곁을 떠나기 시작했다. 처음 만난 순간 내 눈에 가장 먼저 들어왔던 달마(Dharma)와 천성이 착하디 착한 체링(Tsering) 그리고 나비, 나의 분신 같았던 루나(Luna)와 마지막 숨까지 나와 함께한 공주까지… 그 아름다운 영혼들은 예기치 않은 순간에 내 곁을 떠나갔다. 내 인생에서 가장 험난한 경험이었고 그것으로부터 영원히 일어설 수 없을 것 같았다. 물고 흔들어대던 인형에서, 장난하며 찍어놓은 휴대전화 사진에서, 창밖으로 보이는 앞산 산책길에서, 시선이 가 닿는 곳마다 사랑스런 그 존재들의 흔적 아닌 것이 없었다. 나는 상실감에 아무 데서나 눈물을 쏟았다. 결코 상상해보지 못한, 상상할 수 없었던 아픔에 삶 전체가 피폐해져 가고 있었다. 마음은 이리저리 바람 부는 대로 떠다니다 보니 그로 인한 어리석은 경험들이 무수히 이어졌다.

우리보다 먼저 떠날 동물을 사랑할 때 어쩔 수 없이 타협해야 하는 것이 이별의 순간이다. 어김없이 그 순간은 찾아온다. 내가 그들보다 오래 살아서 그들을 지켜줄 수는 있을지언정 이별은 비켜갈 수 없는 고통으로 우리 앞을 가로막는다. 예기치 않은 상황은 아니지만 예기치 못했던 슬픔의 무게는 우리를 짓누른다.

내가 두렵고 슬펐던 것은, 알지 못하는 세상 속으로 건너간 작은 영혼에 대한 애처로움이었다. 그 세상이 어떤 곳인지 전혀 알지 못해서, 그것이 나는 가장 무서웠던 것이다. 나를 떠난 그 영혼이 행복하다는 것만 알 수 있다면 더는 슬픔 속에 휘청거리지 않을 것 같았다. 그럴 수 있을 만큼 그들을 사랑하기 때문에… 그것이라면 충분했다.

하지만 세상은 내게 쉽게 알려주지 않았다. 내가 알아야 할 것들, 배워야 할 것들, 해야 할 일들은 그 모든 고통을 다 겪어낸 후에야 내게 전해졌다. 허망했다. 그러나 감격스러웠다. 내가 사랑했던 아름다운 생명체는 이 세상을 떠나 더 멋진 여행을 하고 있다는 것을 알기 위해 그토록 험한 여정 속에서 허우적대던 나의 지난 모습이 허망했고 그래도 우리의 삶은 계속된다는 사실을 진심으로 깨우쳤을 때는 말할 수 없는 기쁨으로 가슴이 떨렸다.

그것은 내가 동물과의 대화라는 것에 마음을 열고 다가간 순간부터 시작되었다.

지금 행복하거나 건강하거나, 또는 아프고 학대당하는 모든 동물들과, 세상을 떠나 영혼으로 존재하는 그들의 마음에 귀를 기울이며 사는 동안 동물들은 내게 하나하나의 스승이 되어주고 있었다. 이는 내가 삶을 통해 성장하는 과정에 존재하는 필연적인 만남이다. 그것은 보통의 인간이 욕망하는 고차원의 학문적 지식은 아니지만 궁극의 지혜에 맞닿아 있다고 믿는다.

동물 그리고 그들의 영혼과 대화를 한다는 것, 사람들은 그것을 말도 안 되는 일로 폄훼하곤 한다. 반려동물과 함께해보지 않은 사람, 사랑해보지 않은 사람, 그 영혼이 얼마나 순수한지 느껴보지 못한 사람들은 자신의 경험의 한계치에서는 도저히 이해할 수 없는 일이기 때문이다.

동물과 대화를 하게 되면서 그들의 영혼이 들려준 이야기, 보여준 세계, 가족들에게 전하는 사랑의 말들을 통해 나는 감히 새로운 삶을 살게 되었다고 믿는다. 그것은 내게 조금씩 피어나기 시작한 한 송이 꽃과 같다. 아주 천천히, 내가 놀라지 않을 최적의 속도로 꽃잎은 열려갔다. 이제 겨우 꽃 한 송이를 쥐고 그 아름다운 세상에 대해 이야기하려 한다. 하지만 내 앞에 아직 더 많은 다른 꽃들이 기다리고 있다는 것을 안다. 그러나 조급해하지는 않는다. 모든 것에는 필요한 시간이 있기 때문이다. 그리고 내가 사랑했던 동물들과의 만남이 그러했듯 아름다운 깨달음조차 예기치 않은 순간에 오기 때문이다.

　이 책을 통해 전하고자 하는 이야기는 인간과 동물의 사랑이다. 그리고 이별이다. 하지만 이별은 끝이 아니다. 한 영혼이 삶으로부터 떠났다는 것은 다른 삶으로 건너는 여행이라는 것을 의미한다. 동물의 영혼은 인간의 그것과 다를 바 없다. 오히려 나는 인간보다 더 숭고한 동물들의 영혼을 많이 만나 왔다. 그들의 아름다운 여정을 알게 된다면 우리는 더 이상 슬픔 속에 갇혀 있지 않게 될 것이다. 내가 만난 그 영혼들은 여기에 남겨진 사람들을 위해 기꺼이 그 여행길을 보여주었다. 이제부터 그 이야기를 해나갈 것이다.

차 례

1장

태어나서 늙고
병들고 그리고…

너는
내 인생의

1순위

"개똥아. 너를 처음 만난 게 나 고3 수능 끝났을 때였어. 초등학교 동창 여자애가 강아지 하나가 있으니 키워봐라 해서 받아 온 게 벌써 10년이 되어 가는구나. 집에 도착해 너를 가방에서 내려놨을 때, 속았다! 이게 무슨 강아지야! 실망하고 말았어. 너무 컸거든. 그도 그렇지 6개월이면 거의 다 큰 거잖아. 난 몰랐어. 그냥 난 네가 아주 작은 강아지인 줄로만 알았지.

하지만 넌 역시 어렸어. 드라이기 전선, 나무젓가락도 씹어대고 오빠 친구 새로 산 휴대전화, 운동화까지 물어뜯어 놨지. 다 잘했어! 우리 개똥이!

청년기에는 으르렁 쾅쾅 내 친구들을 두려움에 떨게 하고 오빠 손가락까지 물어서 찢어 버렸잖아. 그래서 오빠가 너를 아직도 무서워하지. 잘했어 내 새끼!

언젠가 한번은 아빠가 술에 취한 채 너를 중랑천에 풀어놓고 온 적이 있지. 이놈의 개새끼 될 대로 되라고… 그때도 용케 너는 집 쪽으로 걸어와서 동네 어린애들이랑 놀고 있었어. 아무 일 없었다는 듯이 말이야. 정말 놀라웠어! 역시 넌 멋진 내 강아지야!

중년이 되었을 때 너는 아내를 만나서 노총각 딱지를 떼고 토끼 같은 자식들을 1년에 두 번이나 순풍순풍 낳게 했잖니? 정말 대단한 녀석이야! 노년기인 지금은 전에 없던 애교까지 늘어서 뽀뽀도 다 해주고 정말 감개무량할 따름이구나.

개똥아 나는 항상 친구들에게 이렇게 말해. 내 인생의 친구 관계는 피라미드 형식이라고… 맨 아래부터 5, 4, 3, 2, 1 이런 식인데 그중에서 1순위는 개똥이 너라고! 내 주위 친구들은 다 알아. 정말이야 개똥아. 그만큼 너는 나에게 어느 누구보다 대단한 친구야. 내가 너를 많이 사랑한다는 거 알지? 요즘에는 너랑 비슷한 나잇대라고 엄마한테만 자주 가나 본데 제발 나한테도 좀 와주지 않겠니? 질투가 나서 못 살겠어.

개똥아… 우리 개똥이 더 건강해지도록 맛있는 음식 잘 챙겨줄게. 힘내서 우리 좀 더 같이 있자. 알겠지? 난 아직 널 보낼 준비도 안 됐고 그리고 싶지도 않아. 씩씩하게 잘 이겨내자. 응? 개똥아 사랑해, 사랑해, 백만 번 사랑해."

조직 검사와 CT, MRI 판독을 기다리고 있는 개똥이 누나에게서 메일을 받았다. 구강종양이었다. 전문의가 아닌 동네 수의사 선생님이 보시기에도 그 크기가 너무 크고 이 종양은 악성이 대부분인데다 이미 안구와 뇌 쪽으로 뻗어있어 수술조차 어

렵다고 했다. 인생에서 제1순위로 여겨온 개똥이가 이렇게 아프다고 했다.

10년이면 이미 노견의 삶에 접어든 데다 그전부터 여기저기 아파 왔을 가능성이 높다. 하지만 항상 먹성 좋고 팔팔하게만 살아온 개똥이였던지라 가족 중 어느 누구도 개똥이가 불편해하는 것을 눈치채지 못하고 있었다. 얼마나 미련스러웠으면 드르렁 코를 골고 잘 때도 살쪄서 그런다고 넘겼을까! 얼마나 무심했으면 매일매일 그래 왔다고, 원래 그런 아이라고 무시했을까!

처음에는 단순히 스케일링만 받으러 동물병원에 찾아간 거였다. 그러다 어금니 하나 뽑은 걸로 시작해 잇몸이 부어오르자 염증약을 복용하게 되었다. 치근농양에서 종양, 그것까지도 수술 치료를 했지만 고름은 계속 올라왔다. 몇 개월째 이런 치료만 반복하다 이제는 뼈까지 녹았다고 했다. 몹쓸 종양 때문에 숨 쉬는 것을 힘들어했을 줄이야 꿈에도 알지 못했다.

나는 개똥이 누나가 보내준 사진을 보고 그 모습을 마음에 새겼다. 그리고 눈을 감았다. 그 상태에서 개똥이를 내 마음속에 불러왔다. 천천히 에너지의 실체 속으로 몰입해 들어갔다. 나는 개똥이와 대화를 시작했다.

"개똥아, 가족들이 개똥이 걱정을 많이 하고 있어. 숨 쉬는 건 어떠니?"

"네, 답답합니다. 숨 쉬는 건 답답해요. 오래전부터 그랬어요. 하지만 미안해하지 마세요. 가족들 잘못이 아니에요."

또박또박 담담한 개똥이 목소리였다.

"내가 개똥이 몸을 좀 살펴봐도 되겠니?"

"얼마든지요. 하지만 정말 아프지 않으니까 걱정하진 마세요."

나는 바디스캔을 시작했다. 동물과의 교감에서 바디스캔이란 마음의 영상의학센터쯤으로 이해할 수 있다. 나의 경우 스캔을 위한 첨단기계는 다름 아닌 나 자신의 육체가 대신한다. 내 몸에 느낌을 집중시키면 대상의 아픈 곳이 느껴진다. 그 느낌은 대체로 정확하지만 동시에 나까지 불편한 느낌을 공유하게 되어 힘든 상황이 생길 수도 있다. 그래서 꼭 필요한 상황에서만 동물의 허락을 구하고 바디스캔을 진행한다.

종양은 원래 제 존재가 있어왔던 자리인 양 개똥이 잇몸에 뿌리를 박고 얼굴 전체를 감싸고 있는 듯 보였다. 그 자체로 통증이었다. 하지만 개똥이는 통증의 불편함에 대해 오랜 기간 터득한 노하우가 있었다. 입을 약간 벌리고 있으면 숨 쉬는 것도 낫고 얼굴 근육도 편하다며, 어떤 자세를 취하면 조금이라도 덜 아플지 잘 알고 있었다. '이건 이렇게 아프지만 조금만 요렇게 하면 괜찮아요. 그건 또 그렇지만 신경 쓰지 않으면 곧 괜찮아져요'라고 어떤 상황에서건 긍정적으로 대답해주었다.

동물들이 아프지 않다는 대답을 보내와도 이는 항상 진실이 아닐 수도 있다. 정말로 아프지 않은 것인지 아파도 아프지 않다고 하는 것인지, 이때는 어떤 의도가 숨어있는지도 캐치할 수 있어야 한다. 동물이 사실과 다른 얘기를 했을 때 진실을 찾아내는 것은 메신저 개개인의 직관에 달려있다. 직관에 따른 해석으로 사람들의 결정이 달라질 수 있는 만큼 대화는 늘 조심스러워야 하고 자신의 느낌을 믿을 때도 마찬가지다. 개똥이는 많이 아팠다. 그런데 괜찮다고 했다.

"개똥아, 가족들이랑은 행복하니?"

"저를 가족으로 여겨주었잖아요. 저도 당연히 가족이라고 생각해요. 기쁘고 또 기쁩니다. 사랑합니다. 우리 가족 정말 사랑해요."

대답과 동시에 개똥이의 마음이 전해져 왔다. '죽기 전에 이런 말을 전할 기회도 오는구나! 역시 나는 멋진 삶을 살고 있어! 나는 정말 복 받은 놈이야!' 개똥이는 진심으로 기쁨에 겨운 대답을 해주었다.

벅찬 감정으로 흠뻑 젖어있는 개똥이에게 가족들의 메시지를 마저 들려주었다. '개똥아, 우린 아직 너를 보낼 준비가 안 됐어. 그리고 싶지도 않아…'

개똥이는 대답했다.

"날 보내다니요, 어딜 보냅니까? 나 아직 멀었어요!"

씩씩한 목소리였다. 개똥이는 아팠으나 진심으로 아프지 않았다. 허허! 하고 웃어 버릴 만큼 기쁜 에너지를 발산하고 있었다. 병원에서 뭐라고 하든 그건 중요하지 않았다.

"개똥아, 혹시 먹고 싶은 거 있니? 누나가 맛있는 거 많이많이 줄 거래."

"족발이요, 커다란 뼈다귀를 앞에 놓고 신나게 뜯고 싶어요."

"그런 거 먹어본 적 있어?"

"네. 근데 항상 쪼매난 것만 먹었어요. 이번에는 큰 걸로 인심 써주면 좋겠어요. 하하하!"

나이는 들었지만 젊은 오빠 같다. 나는 대화 내내 기쁨을 전해 받았고 대화를 마친 후에도 한동안은 내게도 유쾌한 에너지가 흘러 넘쳤다.

그러나 개똥이의 긍정적인 마음과는 별개로 종양은 주인 행세를 하며 더 크게 자라나고 있었다. 병원에서는 조심스럽게 안락사를 권유했다. 개똥이의 마음을 알기 전에는 갑작스럽게 이별이 닥쳐오는 것 같아 너무도 혼란스러워하던 가족들이었다. 하지만 이제, 물리적으로는 통증이 심하지만 정신적으로는 아무 문제될 게 없다는 개똥이를 위해주고 싶다고 했다. 가족들은 진심으로 병원의 진단보다 개똥이의 의견을 존중하기로 했다. 외과적으로는 염증 치료를 하느라 음식 급여도 조심스러워야 했지만 개똥이의 바람대로 커다란 족발을 오지게 뜯을 수 있는 배려도 해주었다. 오랜만에 신이 나서 껄껄껄 웃어대는 개똥이의 모습이 눈앞에 선했다.

그때부터 나는 개똥이를 위한 레이키(Reiki, 靈氣) 힐링을 시작했다. 매일 밤 비슷한 시간에 원격으로 레이키를 보내주었고 그 덕인지 눈의 붓기는 조금씩 가라앉았다. 고름이 새어나와 늘 축축했던 얼굴은 꾸덕꾸덕 말라갔다. 하지만 대부분은 힐링에만 집중할 수 없었다. 가상의 공간이지만, 만나면 늘 유쾌한 농담을 해대는 통에 시간 가는 줄 모르고 대화를 나누다 보면 내가 동물과 교감을 하고 있는지 힐링을 하고 있는지 헷갈릴 때가 종종 있었다. 명목상으로는 개똥이를 위한 힐링이었지만 사실은 나 자신이 더 정화되고 있었다.

어느 날은 힐링 도중 개똥이 눈에 눈곱이 잔뜩 낀 것을 보았다. 나는 그것을 손으로 떼주었다. 이 또한 내가 마음으로 만든 공간이었지만 분명한 접촉과 동작이 있는 현실이었다. 나는 그것이야말로 궁극적으로는 진짜 현실이라고 믿지만 그런 공간 속에서 일어났던 일들은 물리적으로 어떻게 보일 수 있을지 궁금했다. 레이키를 보내면서 나누었던 모든 대화 내용과 상황들을 나는 개똥이 누나에게 전달했고, 그 내용에 대한 가족들의 관찰은 다음 힐링에 방향을 잡아주었다. 그날은 신기하게도 힐링이 끝난 개똥이의 눈 밑으로 눈곱이 잔뜩 떨어져 있었다고 했다.

처음 대화 당시만 하더라도 잡히지 않는 별처럼 금방 떠나버릴 것 같던 개똥이는 용케도 더 잘 살아주고 있었다. 개똥이에게 나는, 자신의 욕구를 전달해줄 중요한 메신저였다. 어느 날은 수박이 먹고 싶다 하고 또 어느 날은 복숭아가 식탁 위로 보인다며 탐을 내기도 했다. 자신의 운명은 하늘의 뜻에 있다는 말을 했던 그날, 개똥이는 마당에 나가 밤하늘 밑에서 잠을 잤다. 또 문득 자신을 바라보며 우는 가족들의 모습을 그려 보내주기도 했다. 울지 말라고 전해 달라는 소리였다. 몇 날 며칠을 그렇게 개똥이에게 흠뻑 빠져 지내던 여름이었다.

아무리 그래도, 농이랑 피가 섞여 터져 나오는 것을 인간의 힘으로 계속 막아낼 수는 없었다. 개똥이의 마음과는 달리 떠날 날은 가까워오고 있었다. 설거지하는 엄마를 바라보며 나 좀 봐달라고 한 번 짖고는, 개똥이는 그렇게 떠났다고 했다. 자신에게 주어진 얼마간의 시간을 유쾌하게 받아들이며 가족들을 위로하던 개똥이였다. 그런 개똥이의 영혼에, 이제는 우주의 따뜻한 사랑이 차오르고 있음을 느꼈다.

이별에

적당한 때란
없지만

동물병원에서도 안락사를 먼저 언급하는 것은 쉬운 일이 아니다. 가족들의 마음이 다칠까 조심스러운 데다 모든 상황을 살핀 다음 최후의 선택으로 거론을 하는 것이다. 그러나 불행하게도 동물의 의지나 마음이 그 결정에 중요한 이유를 더해주지는 못한다. 사실 동물들이야 기회만 주어진다면 가족들에게 마음을 보여줄 준비가 되어 있지만 많은 사람들은 아직 그들이 정교한 감정을 가진 생명체라는 것을 이해하지 못하기 때문이다.

우리 집 강아지들을 데리고 다니던 동물병원이 있었다. 늘 친절하게 진료를 해주었다. 쾌적했고 따뜻했다. 그런데 결정적으로 병원을 옮겼던 이유가 있다. 동물에게는 마음이 없다고 여긴다는 점 때문이었다. 마음이 아닌 단순한 감정쯤은 있을 수 있겠지만 우리의 육안으로 관찰이 가능한 차원까지만 인정해줄 수 있다는 입장이었다. 과학의 이름으로 검증된 세계에만 가치를 둔다고 했다. 동물에게는 정교한 생각과 감정, 상황 이해, 인간들을 배려할 수 있는 내밀한 정신세계까지는 도저히 있을 수 없다는 것이 그 병원 측의 의견이었다.

"동물과 교감이 가능하다면 수의학이 왜 필요할까요?"

수의사 선생님은 수의학과 동물대화가 대치되는 상황을 그려 보였다. 뭔가 알고 싶으면 동물에게 물어보면 그만이지 병원 진료가 왜 필요할 것인지 의문이 아니 들 수 없다는 것이다. 따라서 동물과의 대화란 애초부터 불가능하다는 이야기다. 수의학을 전공한 사람으로서는 동물에게 물어볼 수 있는 말을 어디가 아픈지에 국한시키니 그런 의문이 들지 않았을까 이해해 본다. 설령 질병의 문제만 놓고 본다고 해도 인간과 동물이 그러한 의견을 서로 나눌 수 있다는 가능성 자체를 부정하는 입장이다. 그러니 이해와 배려심 등의 고차원적인 감정 표현은 더더욱 말이 안 되는 것일 수도 있겠다.

언젠가 병원 측의 실수로 내 강아지가 다쳐 피를 흘렸다. 담당 선생님은 어쩔 줄 몰라 하며 거듭 내게 사과를 해왔다. 나는 진심으로 얘기했다.

"제가 아니라 강아지한테 미안하다고 하셔야 해요."

그들에게는 얼토당토않은 말이었다.

"에구, 강아지가 그걸 어떻게 알아들어요!"

이렇게 말도 안 되는 소리로 치부되었으므로 내 소중한 가족은 다시 한 번 마음의 상처까지 입고 말았다. 사실 마음의 상처까지는 아니었을지라도 존중받지 못하는 단순한 개체로만 인정된다는 사실에 내 마음은 유쾌하지 않았다. 친절하고 품격 있는 서비스는 경제 시스템 덕분이지 직접적인 대상인 동물을 위한 치유 행위까지 는 아니었다. 이런 경지의 마인드까지 기대한다는 것은 아직 우리 사회에서는 무리 라는 생각도 든다.

사실 수의학과 동물교감은 충분히 협력 관계로 유용하게 이용될 수 있을 것이다. 우리나라에서는 이를 아직 적극적으로 받아들이는 분위기는 아니지만 초자연적인 에너지, 힘, 현상들에 대해 어느 정도 개방된 교육이 이루어지고 있는 미국 등의 다 른 나라에서는 이미 동반 치료가 이루어지고 있다. 많은 반려동물과 가족들이 최고 의 진료를 받는 것도 중요하지만 모두가 혼란스러울 죽음의 순간에 합의된 이별을 할 수가 있다는 점에서 가치가 높을 것이다.

이별에 가장 적당한 때란 없다. 최소한 사랑했던 대상의 마음을 알고 더 적극적인 치료를 하든, 보내줄 준비를 하든, 주어진 상황에 최선을 다하는 것이 중요하다. 그 랬을 때 가족들의 마음도 훗날에나마 슬픔을 이겨낼 수 있는 힘을 얻게 된다.

개똥이의 경우를 보면 충분히 상황을 이겨낼 의지가 있었기 때문에 힐링 요법 등 을 통해 얼마간이나마 건강한 삶을 지켜낼 수 있었다. 첫 교감신청은 개똥이를 위한 다는 명분이었지만 병원 측과 가족들의 마음은 어느 정도 안락사에 합의가 된 상태 였다. 그런데 개똥이는 아직 때가 아니라고 했다. 그러면서 특유의 유쾌한 에너지를 아낌없이 발산해주었다. 그것은 개똥이를 건강하게 살게 해준 더 큰 힘이었다. 명백하게 개똥이의 건강은 좋아졌다. 거침없이 뻗어가던 종양까지 잠시나마 무기력하게 만들 수 있었던 힘은 개똥이의 밝은 에너지와 가족들의 믿음이었다. 그 바탕을 이루는 것은 물론 사랑이다. 사랑의 힘을 유감없이 보여줄 수 있었던 것은 대화를 통해 얻어낸, 일종의 덤이라 할 수 있는 삶이었다.

가족들은 그렇게 최선을 다했으므로, 개똥이의 선택을 존중했으므로 결코 후회하지 않는다고 했다. 떠나야 할 때를 알고 겸허히 받아들인다면 우리는 후회 없는 순간순간을 만들어낼 수 있으리라 생각한다. 어느 때보다 최선을 다해 사랑할 수 있는 힘도 거기에서 생겨난다고 본다.

그렇다고 하더라도 우리가 동물에게서 늘 확실한 정보만을 얻어내리라는 보장은 없다. 동물교감에서는 이것이 가장 큰 어려움이다. 특히 늙고 병들고 죽음을 가까이에 둔 동물들의 경우에는 더욱 그러하다. 이럴 때는 동물이 보여주는 마음이 항상 최선이라고 보기는 힘들다. 우리는 조금 힘들더라도 아픈 그들을 위해 더 노력해볼 여지가 있었으면 하는 마음이 간절하다. 동물은 가족들이 더 이상 자신 때문에 힘들어하지 않기를 바란다. 사람과 동물이 사랑을 두고 팽팽한 줄다리기를 하는 마음은 서로 다르지 않다. 생명의 종(種)을 떠나 그들이 가족이라는 유대감 속에 사랑으로 존재하는 이상, 어쩌면 그것은 끝나지 않을 아름다운 갈등일지도 모른다. 그들이 보여주는 마음속에 어떤 의지가 자리하고 있는지를 잘 파악할 수 있어야 비로소 최선의 결정을 내릴 수 있을 것이다.

내 마음을
다 보여줄 수

없어요

아홉 살 골든 레트리버 조이의 이야기이다. 흔히들 농담처럼 레트리버를 3대 천사견 중 하나로 부른다. 조이는 정말로 그 속을 헤아릴 수도 없이 깊고 깊은 천사 같은 아이였다.

이혼으로 혼자 된 남자가 조이의 단 하나뿐인 가족이었다. 그는 이혼 당시 재산 분할로 큰 스트레스를 받은 상황이었고 장시간의 다툼과 협상, 조율 끝에 집 한 채 대신 집채만 한 덩치의 개, 조이만 가질 수 있게 되었다.

조이는 당시 네 살이었고 그는 다시 삶을 꾸려가기 시작했다. 그동안 재혼의 기회가 한 번 있었으나 상대방은 개를 싫어하는 사람이었다. 그는 조이를 버릴 수 없었다. 더구나 동물의 사랑을 알지 못하는 사람과 새 인생을 시작하고 싶지도 않았다. 그렇게 재혼의 기회도 날아가 버렸지만 조금도 후회하지 않는다고 했다. 조이는 그와 단둘이 살아오던 5년 동안 이제는 아홉 살 노견이라는 타이틀을 얻었다. 평생 아이처럼 천진난만할 것 같았던 조이가 그렇게 늙을 수 있다는 사실조차 모르고 살았던 그였다.

재택근무를 하는 그로서는 아침저녁으로 조이를 데리고 산책을 나가는 것이 함께 운동하고 자연을 만끽하는 유일한 시간이었다. 이혼 당시 다른 인간관계에는 심한 염증을 느끼고 있었던 터라 조이만이 유일한 그의 친구이며 가족 역할을 대신했다. 그는 이 사실에 대해 단 한 번도 자신이 고립된 삶을 살고 있다는 생각을 해보지 않았다고 했다. 오히려 자신을 성찰할 수 있는 시간과 내적 평화로 충만한 삶을 선사해준 조이에게 무한한 감사를 느낀다고 했다.

처음 그로부터 조이와의 대화 신청을 받았을 때, 다른 무엇보다 그와 반려동물과의 따뜻한 신뢰 관계에 마음이 움직였다. '조이는 나와 이런 관계에 있으며 세상에서 가장 소중한 나의 가족입니다'라는 것이 그가 알려주고 싶었던 이야기의 요지였고 그런 조이에게 어떤 질문이든 조이가 편할 대로 대화를 해달라는 것이 그의 주문 사항이었다. 나는 그야말로 자유로운 대화를 만끽할 기회를 만난 것처럼 반가웠다.

사진 속 조이는 활짝 웃고 있었다. 나도 미소를 지어 보였다. 혹시라도 낯선 인간의 에너지체가 다가오는 것을 느낀다면, 사회성 부족하다던 조이가 불편해하지 않을까 잠깐 생각이 들었지만 그런 낌새는 전혀 없었다. 바닥에 앉은 자세로 꼬리를 흔들어대는 통에 비껴 비치는 햇살에 먼지가 폴폴 이는 것이 보일 정도였다.

"조이는 참 착하고 멋지구나. 만나서 반가워."

"고마워요. 멋지다는 소리 오랜만에 들어요. 저도 반가워요."

"조이랑 같이 사는 사람 알지? 그분이 조이 마음을 알고 싶대. 그래서 왔어."

"잘 알죠. 우리는 세상에 둘도 없는 친구니까."

"네게는 그 사람이 친구로구나. 조이는 어때? 행복하니?"

"제 역할을 할 수 있어서 늘 뿌듯해요."

"역할이 뭔데?"

"사람과 친구가 되는 거죠. 저를 통해 외롭지 않게 하는 것."

동물들은 대체로 이런 역할을 배정 받았을까? 대화를 하다 보면 대상과 역할은 다르지만 자신의 임무를 알고 최선을 다하는 동물의 모습을 자주 본다. 어떻게 그들은 역할과 의무를 명확하게 인지할 수 있을까? 사람들은 자신이 어디로부터 왔는지 무얼 위해 살아야 하는지 알 수 없어 헤맨다. 자신이 누구인지조차 알지 못한다. 그것을 알아 가기 위해 끊임없이 명상을 하고 수행을 한다. 그렇다면 동물들은 그런 단계를 초월한 존재들일까? 나는 항상 이런 의문을 가질 수밖에 없었다. 최소한 보통 사람들이 알고 있는 동물 세계에 대한 단순한 관념은 분명 잘못되었으리라는 생각을 하면서 말이다.

"조이는 아홉 살인데 아픈 데는 없니?"

"없어요!"

빠른 대답이 돌아왔다. 동시에 조이의 몸으로부터 내게 의도치 않은 전이가 일어났다. 극심한 통증이었다. 심장을 쥐어짜는 고통과 함께 기침이 났다. 난데없이 심장이 쿵쾅거려 나까지 힘들었지만 좀 더 정확히 파악하고자 조이의 몸속으로 내 영혼의 빛을 넣었다. 머리부터 내부 장기를 타고 발끝, 꼬리까지 속속들이 돌아다니며 살피기 시작했다. 다른 곳은 비교적 괜찮아 보였지만 심장은 터무니없이 비대했다. 나는 동물들이 어느 정도 크기의 심장을 가졌는지는 모르지만 실제 내가 그것을 투과할 때는 오로지 느낌으로 인식한다. 조이의 심장은 분명 비대했다. 그리고 걷잡을 수 없이 뛰었다가 또 잠잠해지곤 했다. 너무나도 불규칙했다. 이런 경우 어떤 진단명이 나올지 나는 알지 못한다. 사실 나의 수의학적 지식은 바닥 수준이므로 이제부터 진료와 치료는 병원 몫이 될 것이다.

"조이야, 이렇게 아픈데 정말 괜찮은 거야?"

"제발 아무 말도 하지 마세요. 아픈 걸 그냥 모른 체 해주세요!"

"조이야, 이 정도면 꼭 병원을 가봐야 할 거야."

"저 괜찮아요. 정말 괜찮으니까 이대로 놔두세요."

조이의 마음속에는 어떤 생각들이 일고 있었을까? 의심의 여지없이 조이는, 함께 살아온 가족에게 걱정을 끼치고 싶지 않았을 것이다. 조이가 이렇게 아프다는 사실을 그가 안다면, 모든 것을 걸고 의지해 온 삶이 다시금 무너지는 슬픔을 느끼게 될 것이다. 조이는 그것을 너무나도 잘 알고 있었다.

나는 그날 밤 심하게 갈등했다. 동물들이 자신의 마음을 숨기려고 하는 상황은 종종 있었지만 조이의 부탁은 너무도 간곡해서 나는 어찌할 바를 몰랐다. 보통의 경우에 대화가 끝나면 바로 그 내용을 가족에게 알리지만 그날은 갈등에 갈등을 거듭하느라 하룻밤을 꼬박 그 생각에만 매달렸다.

그래도… 알려야 할 것이다. 동물이 이렇게 아픈데 우선 치료를 해야지, 그래야 건강해져서 다 같이 행복하지, 하지만 조이는 거의 울먹였지 않은가? 이 정도로 간곡히 자신이 아픈 걸 숨겨달라고 하는데 조이의 마음을 저버린다는 것은… 그것은 배신이 아닐까?

나는 건강과 믿음 사이에서 어떤 것의 가치를 더 크게 보아야 할지 판단을 내리지 못하고 있었다. 만약 나의 경우라면 어땠을까? 나는 알기를 바랄까? 그렇다. 나는 알고자 했을 것이다. 내 강아지가 그걸 숨겨달라고 했기로서니 모른 체하고 그냥 두지는 않을 것이다.

이런 생각에 이르러서야 결국 나는 조이의 반려인에게 내가 받은 정보를 그대로 전했다. 다만 병원을 가보되 상황을 차분히 이해하는 자세를 보여달라고 부탁했다. 조이도 이 정도면 조금이나마 양보할 수 있으리라 생각하며 애써 나를 위로했다.

조이의 건강은 간단한 문제가 아니었다. 심장의 비대로 인해 기관이 눌려 좁아져 있었다. 그 때문에 기침이 났던 것을 매번 산책 다녀온 후에는 미세먼지 때문에 컥컥거리는 줄 알았다고 했다. 부정맥도 단순한 문제가 아니었다. 심장이 언제 제 움직임을 멈춰버릴지 아무도 알 수 없었다. 조이의 바람과는 달리 이제 그는 더 이상 침착할 수 없었다. 자신의 외로운 삶을 함께 나눈 유일한 생명체가 아팠으니까. 제 몸보다 더 소중하게 여긴 동물이 말도 못하고 힘들었을 테니까. 그럼에도 얼마의 세월을 이렇게 덤덤한 척 살아와 주었는지 그 고통을 꿈에도 알지 못했다는 것이 가장 큰 통한이었다. 불시에 덮칠 죽음으로부터 그 아름다운 생명이 비껴갈 힘이 없다는 것을 알았을 때 그는 다시 한 번 인생의 큰 고비를 목도했다. '이 정도면 늘상 힘들었을 겁니다'라는 병원 측의 소견에 그의 마음이 무너져 내렸다.

조이와의 대화 후에 그와 나는 지속적으로 정보와 의견을 교환했다. 그는 조이를 위해 최선의 건강을 유지시켜주고 싶은 마음뿐이었고 나도 조이가 평화로운 일상을 살도록 해주는 것이 가장 필요하다고 생각했다. 그는 할 수 있는 노력을 다했다. 물리적으로는 그들과 내가 가까운 거리가 아니었으나 몇 날 며칠을 갖가지 통신수단으로 우리는 일상을 공유했다.

나는 교감을 통해 조이의 목소리를 다시 들어보는 것이 조금은 겁이 났다. 알리지 말아달라고 부탁한 자신의 믿음을 저버린 나에게 무슨 원망의 소리를 하지는 않을까, 미안한 마음이 너무 커서 한참 뒤에야 조이를 불러보았다.

"조이야, 괜찮니? 정말 미안하구나…."

"어쩌겠어요. 내가 큰 짐만 되지 않기를 바랄 뿐이에요."

"그래. 미안해. 근데 왜 그때 얘기하지 못하게 했는지 물어봐도 될까?"

"잘 알잖아요. 아픈 걸 알아도 어찌할 수 없는 건데 그렇다면 사실을 아는 세월만큼 고통이죠."

조이는 병을 인지하는 순간부터 또 다른 병이 시작된다고 믿고 있는 듯했다. 그러니 모르는 게 약이라고 생각했던 것이다. '하지만 이러다 갑자기 가버리면 너를 사랑하는 사람의 그 큰 슬픔은 어떻게 하니! 조이는 정말 바보 같구나…' 나도 모르게 이런 생각을 하고 말았다. 하지만 조이는 이제 정말 괜찮다고 했다. 처음에도 괜찮다고 하더니 이번에도 그 소리다. 착한 영혼 조이는 그렇게 두 달을 더 살았다.

어느 밤, 보름달이 환하게도 떠있기에 발코니에 앉아 하염없이 바라보고 있을 때였다. 조이의 유일한 친구, 그로부터 전화를 받았다. 조이와 함께 저녁 산책을 다녀왔고, 맛있는 저녁을 같이 먹었고, 평소와 다름없이 조이는 거실 러그에 누워 있다가 평화롭게 떠났다고 했다.

조이는 그 푸른 러그를 타고 달나라로 날아가고 있었나 보다. 그와의 통화 중, 내게 비치는 달빛은 조이의 황금빛 털뭉치처럼 아름답게 빛나고 있었고 짙푸른 밤하늘은 언뜻언뜻 조이의 부드러운 비행으로 느껴졌다. 나는 그 순간 마음을 다해 조이의 행복한 여행만을 기원했다.

열한 살,

기고만장한 소녀

갑자기 아파졌다는 현이를 위한 대화를 해달라고 했다. 성격은 까칠해서 시도 때
도 없이 아르릉거리는 데다 원하는 것을 얻기 위해서는 먼저 눈빛으로 상대를 제압
하고 본다는 하얗고 작은 강아지다. 그런 현이가 11년을 가족들과 함께해 왔고 음식
을 거부한 지는 한 달이 되어간다고 했다. 한 달이라니… 사람이나 동물이나 음식을
먹지 않는다는 것, 먹을 힘이 없다는 것은 건강에 중대한 문제가 생겼다는 기본적인
증거이다.

병원에서는 간이며 혈압, 신장까지 모두 좋지 않다고 했다. 한 성질 하는 현이였
지만 지금은 숨 쉬는 것마저 힘들어하고 하늘을 찌를 듯한 성질까지 다 사그라졌다
는 것이 가족들에게는 크나큰 슬픔이었다. 차라리 건강하게 화라도 내주었으면, 작
은 체구에서 뿜어져 나오는 강한 눈빛을 다시 보여주었으면, 그래서 다시 손등에 이
빨 자국을 남겨주어도 좋으리란 바람으로 마지막에야 나를 찾은 것이다.

나는 그 당당한 소녀의 사진을 보다가 다시 눈을 감았다. 그리고 이름을 불렀다.

"현이야. 현이 맞니?"

"난 그렇게 약하지 않아요!"

아프다는 사실을 몰랐다면 건강한 강아지로 착각할 만큼 힘 있는 목소리였다. 카랑카랑했다. 의외였다. 한 달째 병마와 싸우는 아이 치고는 그 영혼의 목소리가 어찌 이리도 힘이 있는지 열한 살이 아닌 이제 막 한 살짜리 기고만장한 소녀 같았다.

"하지만 네가 많이 아프다고 들었어."

"전 이겨낼 수 있어요! 단지…."

그때 자연스럽게 전해온 현이의 육체적 고통은 상상을 초월하는 것이었다. 가슴에는 커다란 돌덩이를 얹고 있는 것처럼 무거웠다. 내가 숨이 막힐 듯 헉헉댔다. 숨 쉬기를 힘들어한다는 것이 이 이유였구나! 한 번씩 가쁜 숨을 몰아쉬다가도 어지럽고 토할 것 같은 느낌에 몸은 계속 긴장 상태에 머물러 있었다.

"너 정말 많이 아프구나! 현이 괜찮니?"

"괜찮지 않아요. 하지만 절 불쌍하게 보는 게 더 싫어요."

과연 현이다운 대답이었다. 아픈 동물이라서 불쌍하게 본다고? 가족들이야 그런 스쳐 지나가는 연민이 아닌 가슴 뜨거운 사랑으로 같이 아파하는 것이겠지만 어쨌든 현이의 성질에는 그런 시선이 마뜩잖은 모양이다. 이런 현이에게 병원에서는 3일간 집중 치료를 권유한다고 했다. 이와 비슷한 많은 상황에서 동물들의 의견을 존중하고 싶은 가족들의 바람이 있는 터라 현이에게도 병원 치료에 대한 의견을 물어보았다.

"가족들은 현이가 다시 건강해지길 바라고 있어. 현이를 아주 많이 사랑하니까. 그래서 네가 병원 치료를 어떻게 생각하는지 궁금해한단다."

"그럼 제가… 어떤 치료를 받아야 하죠?"

병원에 가면 절대 협조적이지 않다고 들었던 현이의 입에서 이런 대답이 나왔다. 싫다고 고집을 부리고 몸부림을 치는 통에 그간 진료조차도 힘이 들었다고 했는데 그런 현이가 작으나마 희망이 담긴 목소리로 치료 방법을 물어왔다. 치료에 대한 구체적인 방법은 알 수가 없었지만 가족들에게는 희망을 줄 소식이라는 생각에 나는 기뻤다. 혹시라도 현이의 마음이 바뀔까 봐 나는 서둘러 다독여주었다. 입원 치료를 받자면 낯선 곳에서 불편한 상황을 참아야 하고 먹기 싫은 약도 먹어야 할 것이며, 가족들이 곁에 있기도 쉽지 않은 상황이 될 수 있다는 것까지 알려주었다. 현이가 건강해지기 위해서는 힘든 시간을 견뎌내는 방법밖에는 없으나 가족들은 간절히 현이의 건강을 기도한다는 얘기를 덧붙였다.

그 건강한 영혼에게 나는 진심을 다해 메시지를 전했다. 내내 아무 말 없이 귀만 쫑긋하며 듣고 있던 현이는 싫은 상황이라도 기꺼이 받아들이겠다는 마음을 보내왔다. 그것은 말로도 표현되지 않고 그림으로도 그려지지 않는 순수하고 깨끗한 마음으로 전해져왔다.

다음날부터 현이의 결정대로 병원의 집중 치료가 시작되었다. 평소에는 병원 가는 길이라면 온몸을 덜덜 떨고 싫어하고 발버둥을 쳤는데 이상하리만치 싫은 내색 한 번 없이 검사도 차분하게 잘 받아주었다. 그 작은 몸뚱이에서는 예전의 표정과 몸짓이 살아나고 있었고 하룻밤 사이에 이렇게 달라질 수 있는 건지 의아할 만큼 너무도 생생해진 현이의 모습이었다. 비록 몸 상태는 그대로였지만 수의사 선생님 또한 직감이긴 하나 현이가 다시 건강해질 것 같다고 말씀해주셨다. 전에 다니던 병원에서는 예후를 알 수 없어 더 큰 병원으로 옮기라 했고 전날 갔던 병원에서조차 절망적인 상황이라는 얘기를 했는데 대화 한 번 나누었다고 하루 만에 이렇게 상황이 바뀔 수 있었을까? 이것은 기적이었다. 적어도 가족들에게만큼은 현이의 모습은 기적 같았다.

집중 치료를 의연하게 이겨내고 현이는 조금씩 좋아지기 시작했다. 몸이 나으면 먹고 싶다던, 사람이 먹는 불량 식품도 현이에게 작은 선물로 주어졌다. 비틀거리다가도 예전처럼 도도하게 걸음을 걷고 다시 성질도 부리기 시작했다. 예의 그 강렬한 눈빛은 쨍! 하고 유리컵이라도 깨버릴 양으로 반짝이고 있었다. 이런 작은 변화에 가족들은 너무도 감사하는 마음을 전해왔다. 조만간 훌훌 털고 일어나리라는 믿음까지 생겼다.

기적 같은 일주일을 보내고 있던 주말 아침이었다. 강의를 위해 서울로 가는 기차에 막 몸을 실었을 때 나는 현이의 가족에게서 메시지를 받았다. 현이가 위독하다고 했다. 귀의 피부조직은 괴사하고 있었고 숨을 잘 쉬지 못해 헐떡임이 심해졌다. 이제는 수의사 선생님도 조심스럽게 안락사를 권유한다고 했다. 이제 어떻게 해야 하는지 현이는 어떤 생각을 하고 있는지 아무것도 모르겠고 어떤 결정도 내릴 수 없다고 했다. 현이의 마음을 물어달라고 했다. 나는 일단 알겠노라 대답은 했으나 물어보나 마나 현이는 강한 열한 살, 아니 한 살 같은 소녀로 다시 그 카랑카랑한 목소리를 들려주리라 생각했다.

나는 달리는 기차 안에서 현이에게 마음을 맞추었다. 곧 현이 목소리가 들려왔다.

"전 이제 떠날 때가 되었어요."

"응? 현이 맞니?"

"네, 맞아요. 저 그동안 잘해왔다고 칭찬해주세요. 잘했다고, 이만큼이면 충분하다고 칭찬해주세요. 고마웠어요. 그리고 사랑해요. 이젠 절 보내주셔도 돼요."

내가 잘못 들었나 싶었다. 기차 안이라 덜컹거림 때문에 집중이 잘 안됐나 생각했다. 사람들이 제자리를 찾아가는 어수선한 상황이라 그런가도 싶었다. 다시 물었다.

"방금 말한 게 정말 현이 맞아? 정말?"

"네, 맞아요. 저 잘했으니까 이제 칭찬받고 떠나야죠. 고마웠다고 사랑했다고 말한 거 맞아요. 당신이 들은 거 맞아요."

슬픔으로 내 숨이 끊어질 것만 같았다. 눈물이 쏟아졌다. 정말인지 몇 번을 다시 물어도 현이의 대답은 바뀌지 않았다. 이 말을 어떻게 전하겠니, 나는 이 말을 어떻게 전해야 하니….

자리에서 일어나 나는 기차의 연결 칸으로 나왔다. 덜컹대는 소리는 더 크게 들렸지만 통화는 마음 놓고 할 수 있었다. 눈물을 훔치면서 나는 마음을 가다듬었다. 울어서 목소리가 떨리지 않을까 걱정됐다. 이런 쓸데없는 걱정이라니, 동물과 대화할 때는 많이 울어봤어도 가족들에게 내용을 전달할 때는 대체로 중심을 잡아왔던 나였기 때문에 이 사태를 어찌해야 좋을지 적잖이 당황스러웠다. 다른 대화였을 때는 시간 차라도 있어서 마음을 다잡는 게 가능했다 하더라도 지금은 그럴 수도 없다. 그래도 나는 어떻게든 현이의 마음을 전해야 했다. 그것을 그대로 전하는 일이 나의 첫 번째 의무다. 그렇다 해도 이건 너무 가혹한 의무가 아닌가!

나는 두서없이 뻗어 나오는 생각을 정리하고 전화를 걸었다. 가족들은 내 연락만을 기다리고 있던 참이라 바로 응답이 들려왔다. 나의 틀어막았던 눈물샘이 다시 터져버렸다. 무슨 일이냐고 놀라 묻는 목소리가 나의 마음처럼 떨려왔다. 이게 아닌데, 현이의 사랑스럽고 의연한 목소리를 들려주어야 하는데 바보같이 왜 이러고 있을까… 그러나 나는 울음에 섞인 목소리를 잠재울 수 없었다. 가족들의 목소리 또한 마찬가지였다. 마지막 가야 할 길을 알고 가족으로부터 사랑의 목소리를 듣고 싶어 했던 현이의 메시지는 눈물 속에서 전해졌다.

현이는 그날 저녁 별이 되었다. 의연한 눈빛만큼이나 반짝이는 별로 떠났다. 나는 그날 있었던 강의는 무사히 마쳤지만 집으로 돌아오는 기차 안에서는 내내 현이 목소리에 마음이 머물렀다. 현이는 어디만큼 가고 있을까? 여행길에서 외롭지는 않을까? 이제는 아프지 않을까? 하지만 나는 더 묻지 않았다. 그저 마음으로 현이의 작은 몸을 꼬옥 안아만 주었다.

어떤 결정을 해도

아픈
후회가 남는 법

현이가 내게 전하라 했던 이야기는 두고두고 생각이 났다. 그 의연한 생명이 들려준 단정한 메시지를, 그리 예쁘지 못하게 전한 내가 원망스럽기도 했다. 그 이후로 지금까지 나는 현이의 영혼과는 대화를 나누지 않았다. 삶의 끝까지 두려움 없는 자세를 보여준 현이라면 필시 하늘나라에서도 여중호걸 같은 기개를 자랑하며 태평하게 지내고 있으리라 믿기 때문이다.

안락사를 결정하거나, 자연스럽게 떠나도록 기다려주거나, 둘 중 어떤 상황에 처해도 가족들이 고통스럽기는 마찬가지고 어떤 결정을 내리더라도 아픈 후회로 남기 마련이다. 반려동물을 안락사로 보낸 사람들은 제 손으로 가족을 죽였다는 죄책감에 시달린다. 반면 그런 선택을 하지 않은 사람들은 그 사랑스러운 생명을 고통 속에서 살다 가게 했다는 괴로운 생각에 사로잡힌다.

그것은 이별 후에 찾아오는 여러 슬픔의 파편이다. 잘해준 것은 생각나지 않고 잘못한 일들만 떠오른다. 아무리 봐도 미안한 일들만 가득했었다고 여긴다. 맛있는 것 많이 나눠주지 못해서 미안하고, 산책 많이 못 나가줘서 미안하고, 아픈 거 알아채지 못해서, 더 많이 신경 써주지 못해서 두고두고 미안하다고 한다. 우리를 끊임없이 괴롭히는 것들이 그런 기억들이다.

그러나 결코 동물들은 남은 가족들이 슬픔과 후회 속에 머물러 있기를 바라지 않는다. 오히려 인간과는 정반대의 양상을 보이는 것이 동물들의 영혼이다. 충분한 사랑을 받았으므로 행복했고, 겨울날 눈밭에 뛰놀던 기억이 즐거웠고, 최선의 선택을 해주어서 고맙다고 말한다. 그것이 안락사였든 아니었든 가족들이 그럴 수밖에 없었던 상황을 이해한다. 그래서 더 이상 슬픔에 빠져있지 않기를 바라고 가족들의 행복만을 기원한다. 나는 동물들로부터 매번 거짓말처럼 똑같은 이야기를 전해 받는다. 혹시라도 이것이 나의 고정관념이 되어버릴까 조심은 하지만 지금까지 내가 만난 동물들의 영혼은 거의 모두 그러했다.

사람들이 반려동물을 내 몸처럼 여기듯, 동물 또한 인간 가족들을 자신과 다르지 않은 소중한 인연으로 받아들인다. 그래서 아플 때조차 내색하지 않으려고 하는 동물들을 많이 본다. 오히려 자기 아픈 것보다 가족들 건강이 걱정된다는 얘기를 하곤 한다. 그렇게 받은 정보를 전하다 보면 가족 중에 누군가가 어김없이 중병에 걸려있거나 조만간 몸에 이상 증세가 나타난다. 사람들은 동물이 이런 것까지 알고 있다는 사실을 무척 놀라워하지만 이는 단순한 정보 차원이 아니다. 사람과 동물 간의 사랑의 필드에서만 읽어올 수 있는 메시지들이다. 그런 정보를 주는 것은 동물의 직감에서 기인한다고는 하지만 나는 그것을 사랑이라고 얘기한다.

열한 살 현이가 칭찬받고 싶어 했던 마음은 과한 욕심이 아니었다. 가족들의 마음까지 배려한, 지혜로운 동물의 마지막 메시지였다. 최선을 다해보지 못했다는 후회 때문에 슬퍼할 가족들을 위해 힘을 다해 견뎌주었고, 충분한 마음의 준비를 할 수 있게 시간을 벌어준 것이다. 그로 인해 가족들은 진심으로 현이를 칭찬하고 그동안 대견하게 인내해준 현이의 다음 여행을 응원할 수 있었다.

사랑의 응원은 영혼들의 여행에 큰 힘이 된다. 나는 그 사실을 믿어 의심치 않기 때문에 갑작스런 현이의 이별 인사에는 준비 없이 가슴이 아팠으나 더 이상 걱정하지 않을 수 있었다. 부디 하늘나라에서는 건강한 삶을 살기를. 힘 있는 목소리로 천사들까지 호령하고 다니기를. 가족들의 믿음과 기도처럼 현이는 그렇게 지내고 있을 것이다.

2장

이제 이별을
준비할 때

이별은

늘 갑작스럽다

반려동물을 잃어버렸을 때 사람들은 극도의 혼란에 빠진다. 그것은 죽음으로 떠나보낸 경우보다 최소 백배는 더 큰 패닉 상태라고 여겨진다. 아무것도 알지 못한다는 것, 알 수조차 없다는 것은 인간에게 가장 큰 두려움이다. 그렇기 때문에 이런 혼란으로부터 자유롭지 못한 상황에서는 동물교감에서조차 의도하지 않았던 정보의 오류를 끌어올 수 있다는 점을 알아야 한다. 아이러니하게도 왜곡된 대화나 리딩의 가능성이 특히나 농후한 상황임에도 반려인은 반려인대로 지푸라기라도 잡는 심정으로 이에 의존할 수밖에 없다.

나는 실종동물 교감 신청을 받지 않는다. 가족이나 다름없는 반려동물을 잃어버린 그 마음은 누구보다도 절실하다는 것을 잘 알지만, 동물대화를 하는 사람으로서는 그 위험 또한 책임질 수 없이 크다는 점을 명백히 알고 있기 때문이다. 그런데 어느 날 하나의 이메일을 받았다. 거기에는 사랑하는 동물을 잃은 슬픔이 적혀 있었다.

"실종동물 교감은 하지 않으신다는 것을 알지만 혹시 이런 경우라고 해도 상담이 불가능하신지 다시 한 번 여쭤보고 싶어서 염치 불구하고 메일 드립니다. 저는 얼마 전에 기르던 아이를 잃어버렸습니다. 정확히 말하면 아이가 저희 아버지에 의해서 버림받았습니다.

저희 삼돌이는 세 살인 발바리이고, 생후 2개월부터 제가 애지중지 길렀던 아이입니다. 아이가 6개월 되던 시기 전후로 보리라는 골든 레트리버와 사이좋게 자랐었는데 보리가 갑작스럽게 교통사고를 당해 죽는 것을 목격한 이후 삼돌이는 이상한 행동을 보이기 시작했습니다. 밤이 되면 집안 구석진 곳을 파고 들어갔고, 담벼락을 올라가서 내려오지 않기도 했습니다. 또 지붕까지 올라가서 남의 집까지 넘나들었습니다.

이런 행동들을 보신 아버지는 저에게 아무 언질도 없이 시장에서 강아지 파는 아주머니께 삼돌이를 데려다 줘 버리셨습니다. 혹시 잘 키워주실 분이 있으면 보내달라면서요.

그 사실을 안 이후로 지금까지 저는 집을 나온 상태이고, 새벽바람으로 일어나 근교의 5일장을 다 다니면서 삼돌이를 찾고 있습니다. 그러다 어떤 분이 농장을 지키게 한다고 아이를 데려갔다는 얘기를 시장 아주머니로부터 듣게 되었습니다.

하지만 삼돌이가 현재 밥을 잘 먹고 있는지, 잘 돌보아지고 있는지는 전혀 알지 못합니다. 아이를 찾는 일은 플래카드와 전단지를 뿌리는 것은 물론이고 그 근처 모든 마을을 일일이 방문할 생각입니다만 그 사이에 아이가 저로부터 버림받았다는 생각을 할까 봐 마음이 너무 아픕니다. 그것이 저에게는 가장 큰 슬픔입니다. 아이의 위치는 제가 찾겠습니다. 대신 제가 너무 많이 사랑하고 있다고, 꼭 다시 찾으러 가겠다고, 그때까지 용감하게 있어달라는 사랑의 메시지를 전하는 것도 불가능할는지요. 삼돌이가, 저와 사는 것보다 지금의 가족과 있는 것이 행복하다고 하더라도, 전 여전히 삼돌이를 사랑한다고, 그렇게 보내서 너무 미안하다는 말만이라도 전하고 싶습니다."

나는 바로 답장을 보냈다.

"삼돌이 사진 보내주세요. 제가 할 수 있는 일이라면 다 해보겠습니다."

왜 그런 마음이 생겨났을까? 분명한 기준과 지침을 세워두고 상담을 해오던 나로서는 이례적인 결정이 아닐 수 없었다. 어쩌면 삼돌이가 내 마음을 움직였는지도 모르겠다. 이것은 내가 삼돌이와 대화를 하고 난 후에 든 생각이다.

어디에 있건
너를 다시

찾으러 갈게!

　　삼돌이의 누나가 보내준, 사진 속 삼돌이의 모습은 묘하게도 나를 잡아끌었다. 오
랜 세월을 보아온 아이처럼 친근하게 느껴지기도 했고 많은 대화를 할 수 있을 것
같은 느낌도 들었다. 그저 스쳐 지나가는 느낌이라기보다는 많은 상념들이 얽힌 복
잡한 감정 쪽에 가까웠다. 나는 삼돌이와 대화를 시작했다.

　　"삼돌아, 삼돌이 맞니?"

　　"와! 예쁘다! 우리 누나한테도 주고 싶어요."

　　"응? 뭐가?"

　　"그 진주 목걸이요. 아줌마가 하고 있는…."

　　"이게 보여?"

　　"네. 예뻐요! 누나한테 주고 싶어요. 잘 어울릴 것 같아요."

목에 걸린 목걸이가 삼돌이의 눈에 띄었나 보다. 삼돌이는 무엇보다도 누나에게 잘 어울릴 진주 목걸이에 마음이 가 있었다. 얼마나 주고 싶었던 건지, 눈을 떼지 못할 정도로 집중하고 있는 삼돌이가 느껴졌다.

"그런데 삼돌아, 먼저 물어야 할 것들이 있어. 괜찮겠니?"

"네. 뭐든지 좋아요."

"삼돌아, 삼돌이는 지금 다른 주인을 만났어?"

"아니에요."

"그럼? 너를 돌봐주는 사람이 없어?"

"네. 없어요."

"너 농장 지키게 한다고 어떤 분이 데려갔다던데?"

"아니에요. 거짓말이에요. 개 파는 아줌마, 그 아줌마가 저를 그냥 버렸어요."

"그럴 리가… 그분은 너를 돈 주고 산 거 아니었어?"

"아닐 걸요. 제가 신경질을 냈더니 그냥 저를 버렸어요."

"정말이야?"

"네. 정말이에요. 욕하면서 버렸어요. 그래서 전 쫓겨났어요."

"네가 무슨 잘못을 했길래?"

"그냥 짖고 물고… 사람들을 좀 위협했어요."

"왜 그랬어?"

"거기서 살기 싫어서요. 하여간 잘됐죠. 뭐."

"그럼 넌 지금 떠돌아다니는 거야?"

"네. 엄밀히 말하면 그렇죠. 괜찮아요. 자유로워서 좋아요."

"누나 알지?"

"그럼요. 그 목걸이 주고 싶은 사람이 누나인 걸요. 내 사랑이에요. 제가 정말 좋아하는 내 누나예요. 꼭 사랑한다고 전해주세요. 꼭!"

"알겠어. 실은 누나가 너를 애타게 찾고 있어."

"그래요? 그런데 우린 만날 수 없는데…."

"왜?"

"여기는 딴 세상이니까요."

"응? 무슨 소리야?"

"실은 저 죽었어요."

"삼돌아, 네가 죽었다고? 그게 정말이니?"

"네, 맞아요. 아쉽게도….'

"이럴 수가! 누나는 너를 너무도 보고 싶어 해. 너를 다시 찾을 거야."

"죽었는데 어떻게 찾아요!"

"어쩌다 그렇게 된 거니? 누나가 꼭 찾겠다고 했는데….'"

"괜찮아요. 그냥 얘기하면 돼요. 죽었다고….'"

"어떻게 얘기해야 하니? 누나가 어떻게 그 슬픔을 다 감당하겠어….'"

"감당해야 하니까 제가 죽은 거예요. 거기서 배우는 게 있으라고."

"누나가? 뭘 배워야 하는데?"

"사랑이요. 책임지는 사랑을 배워야 해요."

"너무 가슴이 아프구나."

"그렇죠. 끝까지 책임지는 사랑을 배워야 하는 거여서 제가 떠난 것뿐이에요."

삼돌이는 그래서 떠났다고 했다. 아무렇지도 않게 자신의 죽음을 알려주었다. 누나는 삼돌이를 찾겠다는 의지 하나로 5일장과 농장들을 다 돌고 있었는데, 그때까지만이라도 잘 있어달라는 메시지는 전할 수도 없게 돼버렸다. 나는 충격을 받았으나 삼돌이와의 대화는 차분히 이어졌다.

"너를 시장 아줌마한테 보낸 아빠도 너 보내고 많이 우셨대. 네가 이상한 행동을 해서 혼내주려고만 하셨던 거래."

"알아요. 괜찮아요. 지금은 가족들 마음 다 알아요. 걱정 마세요. 모두 회복될 거예요."

"너 이렇게 된 걸 알면 모두 미안해할 텐데…."

"괜찮아요. 그것도 다 잊히게 돼있어요. 다만 가족들이 알아야 할 건…."

"응? 뭔데?"

"사랑을 할 때 끝까지 책임지지 않으면 괴로울 수 있다는 것을 알기만 하면 돼요. 그것뿐이에요. 그걸 알려주기 위해 제가 그곳에 들어간 거니까 제 임무는 다 완성한 거예요. 그래서 기뻐요. 할 일을 다 마치고 돌아온 거니까."

"그런 이유로 가족들을 만났었다는 얘기니?"

"그렇다니까요. 그래서 제가 즐거운 게 느껴지지 않나요?"

"그건 그렇지만…."

"누나한테 어떻게 전할까 고민하지 마세요. 그냥 이대로 전하면 돼요. 다 알아들을 수 있는 소양이 되는 사람이니까요."

"알았어. 그럼 그때 있었던 일을 모두 말해줄 수 있겠니?"

"네!"

"음… 삼돌이는 언제 죽었니?"

"그날 저녁에요. 제가 난동을 피우니까 때려 죽였어요."

"정말이야?"

"네, 사실이에요. 빗자루로 잔인하게 막 때렸어요."

"미안해 삼돌아… 많이 아팠겠다….”

"네, 정말 아프고 억울했죠. 그런데 괜찮아요. 지금은 다 나았고 아픈 기억은 오래 가지 않으니까. 그날 아주머니는 일이 잘 안 돼서 저한테 화풀이를 했어요. 짜증이 많이 났었죠. 그런데 제가 물고 위협했으니 더 화가 난 거죠. 이해해요. 그런 점에서는 제가 마음이 더 넓어졌어요."

"왜 물려고 했어… 얌전히 있지….”

"싫었어요. 새 주인도 싫고 어디 가기도 싫고….”

"너를 보낸 아빠 원망하지 않니?"

"아니라니까요! 제 임무를 다해서 기뻐요. 행여 그런 말 하지 마세요. 제 기쁨이 느껴지지 않나요? 이대로만 보여주세요. 제가 얼마나 기쁘고 홀가분한지를."

"그래. 그래서 네 몸은 어떻게 됐어?"

"버려졌어요. 그냥 휙 던져 버리던 걸요."

"땅에 묻지 않고?"

"그런 수고를 할 사람이 아니죠."

"그럼 누나가 가면 네 흔적을 찾을 만한 게 있을까?"

"있어요! 거기 마당 한쪽 구석에 아직 제 털이 있어요."

삼돌이는 마당의 화단이 끝나는 모서리를 보여주었다. 그곳에 삼돌이가 죽을 때 날렸던 털이 조금 있을 거라고 했다. 그녀는 그것으로 삼돌이의 말을 확인할 수 있으리라. 그렇다고는 해도 그것을 확인하는 과정에서 시장 아주머니와의 만남은 어찌 될 것인가? 개를 잃어버리고 애타게 찾던 그녀를 위로하던 사람, 그만 잊어버리라던 사람이 알고 보니 그녀의 슬픔의 원흉이었다는 것을 안다면 말이다.

나는 삼돌이에게 남은 메시지를 전했다. 그것은 삼돌이가 살아있다는 것을 전제로 한 메시지였지만, 그녀의 꼭 찾겠다는 약속은 다름 아닌 '사랑'이었다. 나는 이제 사랑밖에 전할 메시지가 없었다.

"그 사랑 알아요. 많이 사랑하는 거. 저도 아주 많이 사랑한다고 전해주세요. 알았죠?"

"누나 다시 만나러 올 거니?"

"아니에요. 누나와의 인연은 이걸로 끝이에요. 배울 거 다 배웠으니까 더 미련을 가질 이유가 없어요. 누나는 알아들을 거예요."

"그래. 누나한테 더 하고 싶은 얘기 있어?"

"누나는 예뻐요. 자부심을 가지라고 전해주세요."

"누나 스스로는 못생겼다고 생각해?"

"아뇨. 제가 보기에도 정말 예뻐서 얘기하는 거예요. 그래서 진주 목걸이도 잘 어울릴 거예요. 제 걱정하지 않게 잘 얘기해주세요."

삼돌이와의 대화는 이렇게 마쳤다. 잠깐 떠나 있는 거라고 생각했던 삼돌이는 영영 볼 수 없는 영혼이 되어 이런 이야기를 들려주었다. 나는 이 대화 내용을 어떻게 전해야 할지 잠시 고민했지만 멋진 삼돌이의 말을 믿기로 했다. 받아들일 소양이 된 누나라고 했으니까….

마음의 소리

이른 아침이었다. 삼돌이가 얘기해준 누나를 그려보면서 나는 더 이상 망설임 없이 전화를 걸었다.

그날도 삼돌이의 누나는 그 작은 강아지를 찾으러 근교 농장을 돌아다닐 참이라고 했다. 이제는 의미 없는 열망이 되어버릴 그 사랑에 가슴이 저렸지만 나는 삼돌이의 행복한 목소리를 떠올렸다. 그리고 담담하게 내용을 전했다. 진심으로 삼돌이의 기쁨을 존중했기 때문이다.

"삼돌이는 죽었습니다."

그녀는 오열했다. 예상은 했으나 가슴이 너무 아팠다. 내 가슴의 눈물바다까지 출렁이는 것을 느꼈다. 우리는 잠시 말을 잇지 못했다. 나는 계속해서 들려줄 얘기가 많았지만 그녀는 마음을 추스를 시간이 좀 더 필요했다.

잠시 후 그녀는 의연하게 목소리를 가다듬었다. 우리는 차분히 대화를 이어갔다. 그리고 그녀는 많은 이야기를 내게 들려주었다.

함께 살던 보리를 떠나보내고 이상한 행동을 보였다는 삼돌이 마음은 어느 누구도 헤아리지 못했다고 했다. 한낱 짐승이라는 존재로 살아가는 대부분의 생명들은, 인간으로 하여금 그렇게 치부되고 있었다. 그래서 아버지조차 삼돌이를 그렇게 보냈던 것이다. 하지만 그 때문에 딸이 집을 나가고 울며불며 삼돌이만 찾으러 다닐 때는 아버지 또한 죄책감으로 너무도 많이 괴로워 우셨다고 했다. 평소에 삼돌이를 아끼던 분이라, 더더욱 이해할 수 없는 자신의 행동에 매일 후회로 사셨다고 했다. 삼돌이 얘기를 들으면서 결국은 이렇게 된 걸 안다면 더 힘들어하실 그녀의 아버지가 보이는 듯했다. 이 모든 인과가 쓸쓸했다.

알고 보니 시장 아주머니는 돈을 주고 삼돌이를 건네받은 것이 아니었다. 그래서 본전 생각 없이 그렇게 때려죽였는지도 모르겠다. 어차피 강아지를 생산해 내다 파는 것을 부업쯤으로 여기는 사람으로서는 말이다.

처음 그녀가 아버지로부터 삼돌이 소식을 듣고 그 시장 아주머니를 찾아갔을 때에도, 어느 농장 주인이 데려갔다는 얘기만 할 뿐 어디인지 전혀 알려주지를 않았다. 이상했다. 그렇게 시장과 농장을 떠돌며 찾아 헤매는 모습을 보고도, 그저 잘 갔으니 잊어버리라는 말만 반복했다. 찾지 말라고, 그렇게 다녀도 못 찾는다고 했다. 그때 잠깐 삼돌이의 죽음이 스쳐갔지만 그녀는 아주머니의 말만 그대로 믿고 싶은 마음 뿐이었다.

내가 사랑했던 존재가, 그 존재의 가치를 전혀 알지 못하는 인간의 무자비한 폭력으로 고통스러워했으리란 사실을 안다는 것은 말로 다할 수 없는 괴로움일 것이다.

게다가 그렇게 세상을 떠났다니! 어쩌면 두고두고 그 모습이 떠올라, 작은 생명 하나도 지켜주지 못했던 자신의 무능함이 한스러울 수 있을 것이다. 그로 인해 생명의 가치를 모르는 인간에 대한 혐오만 더 커질 수도 있을 것이다. 그녀의 슬픔이 내게 증폭되어 오는 것을 느꼈다.

혹시라도 삼돌이의 남은 모습을 찾을 수 있을까 해서 나는 화단 옆 이야기를 들려주었다. 그녀는 그렇게라도 마지막 흔적을 찾고 싶은 마음에 잠시 흔들렸다. 사랑하는 동물의 털오라기 하나 남아있지 않은 예기치 않은 이별이라 그것이라도 갖고 싶었다. 또 확인하고 싶었다. 하지만 그렇게 한들 무엇이 달라질 수 있을까? 흔들렸던 마음이 중심을 잡자 그녀는 모든 것을 내려놓을 수 있었다. 고통스러운 기억은 더 이상 마음에 품고 있지 않겠노라 했다.

사실 그녀는 삼돌이가 떠났다는 사실을 처음부터 알고 있었다고 했다. 직관이었다. 하지만 무시했다. 원치 않는 사실이었으니까 어떻게 해서든 삼돌이를 만나고 싶었고 다시 만날 꿈만 꾸었다. 그녀는 이제야 자신을 스친 진실을 받아들였다.

과연 삼돌이의 말이 맞았다. 사실을 사실대로 들을 소양이 된 누나였고 진주 목걸이가 잘 어울릴 만큼 맑은 얼굴의 예쁜 그녀였다. 게다가 6월에 태어난 그녀의 탄생석이 진주라 특별한 보석으로 여기고 있다고 했다. 삼돌이가 들려준 이 모든 이야기를, 그녀는 감사히 받아들였다.

가끔 우리는 기나긴 방황의 시간을 보내다가 일순간에 모든 상황을 통찰하게 되기도 한다. 그로써 상황은 종식되고 마음은 평화로워진다. 통찰은 내가 알지 못했던 사실에 대한 새로운 앎이 아니다. 단지 알아차리지 못했던 것뿐이다. 마음의 소리에 귀를 기울이며 산다는 것을 우리는 무척이나 힘들어한다. 진실은 너무도 단순해서 특별한 무엇이 더 있으리라 여긴다. 혹은 여기가 아닌 다른 곳에 있으리라 믿는다. 그렇게 방황하는 것 또한 각자의 수행 과정일 것이다. 빠르건 느리건 우리가 도달해야 할 목표점은 분명하고 삶의 여행을 즐기는 것은 우리들 자유의지에 달려 있으니까. 단지 배워야 할 순간에는 그것을 분명히 받아들일 필요가 있다. 이를 지혜라고 불러도 좋을 것이다.

나는 아름다운 영혼 하나가 임무수행을 마친 기쁨에 들떠있던 것을 보았다. 그 질서와 법칙을, 나를 통해 알려준 것에 대해 깊은 감사를 느꼈다. 또 예기치 않은 헤어짐을 통해서나마 배워야 할 것을 분명하게 이해해준 삼돌이 누나에게도 존경하는 마음을 간직한다. 실종교감이 영혼교감이 되어버린 상황은 유감이었지만 이를 통해 나 또한 더 배워야 할 것이 있음을 깨달았다.

여기서 더 이상
미적거릴 필요가 없지

개의 나이 여섯 살이면 청춘이라고 보기는 어렵지만 그렇다고 노령견에 속할 만큼은 아니다. 아직은 세상을 휘젓고 다닐 수 있을 만큼 젊다고 우겨도 된다. 그래도 좋을 여섯 살 미니가 치매에 걸렸다.

하얀 진돗개 미니는 중국 음식점 마당에서 살고 있었다. 마당은 주차장을 겸하고 있어서 꽤 넓었지만 미니의 행동반경은 1미터짜리 목줄로 그릴 수 있는 원의 세계가 전부였다. 이름만 미니였지 덩치는 작지 않아서 목줄은 턱없이 짧았다.

봄이면 머리 위로 목련이 피고 지고, 여름이면 무성한 이파리 그늘 아래에서 낮잠을 잤다. 가끔은 미니에게로 다가와 애정 표현을 하는 손님들의 눈을 바라보며 꼬리를 흔들었다. 그것이 미니가 느낄 수 있는, 세상 돌아가는 방식이었다.

작은 읍내 외곽에 자리한 음식점에서는 매일같이 기름진 음식이 넘쳐났다. 미니는 갖은 양념과 매운맛을 자랑하는 식당의 잔반 처리를 도맡았다. 하루에 다 먹어치우지 못할 만큼 풍족한 음식들에 행복해하는 여섯 해 동안 미니의 뇌와 장기는 치명적인 위험 요소들에 무방비 상태로 공격당하고 있었다. 이것이 미니의 몸에 이상 증세로 나타나지 않았다면 그럭저럭 하루하루를 살아가는 평범한 개로만 보였을 것이다.

미니의 마음을 듣고 싶다고 연락해온 반려인은 새내기 대학생이었다. 기숙사 생활을 하고 있는 터라 예전처럼 미니를 자주 볼 수 없다고 했다. 중학교 고등학교 시절 자신의 사춘기를 함께 보내준 미니가 이제 와서 문득문득 그립고, 보고 싶고, 걱정이 된다고 했다. 자신의 세계가 시골 읍내로부터 더 넓어지게 되자, 묶여 사는 것이 당연하다고 여겼던 집개의 삶이란 인간이 우월하다는 오만함에서 비롯된 것이라고 여기게 됐다. 이것을 인간의 부끄러운 면모라고 느끼게 됐다. 그런데 이제 와서 미니는 아픈 몸으로, 스무 살 아리따운 그녀의 가슴을 후벼 파고 있었다.

어느 주말 그녀가 집에 내려갔을 때 미니는 전에 없던 공격성을 보였다. 늘 좋아서 방방 뛸 줄만 알았던 미니는 이빨을 드러내며 줄이 끊어져라 달려들었다. 그러다 원을 그리며 뱅뱅 돌기도 했다. 줄은 구심점에 칭칭 감겨 더 이상 미니는 오도 가도 못하는 상황 속에 놓이기도 했다. 안쓰러운 마음에 줄이라도 풀어주려고 다가가면 슬프고 공허한 눈동자로 바라보았다.

병원에서는 나트륨 과다 섭취로 인해 뇌에 이상이 온 것 같다고 했다. 수의사는 치매라는 진단을 내렸다. 이럴 경우 동물과의 교감 또한 원활하게 진행될 수 있을지 그녀는 내게 물어왔다. 미니는 지금 제정신으로 살지 못하고 있는데 애니멀 커뮤니케이터가 말을 걸어도 엉뚱한 소리만 해대지는 않을 것인지 염려스럽다고 했다.

치매 동물과의 교감은 그전에 몇 차례 경험이 있었지만 이렇다 할 결론을 내리기에는 사례가 부족했다. 그렇다고 대화를 시도해보지 못할 이유는 없었다. 동물들이 보이는 전에 없던 행동들은 분명히 어떤 이유가 존재한다. 그것이 명백히 질병으로 인한 고통이라면 최소한 그의 마음을 알고 이해하는 것이 더더욱 필요할지도 모른다.

나는 미니를 직접 만나러 갔다. 내가 살고 있는 곳에서 가까운 곳이기도 했고, 주말이면 집에 온다는 반려인이 나와 직접 만나는 것을 원하기도 해서였다. 우리는 마당의 파라솔 아래 색 바랜 빨간 의자에 앉았다. 뜨거운 여름 해가 비껴 비치고 있었다. 미니와의 거리는 5미터 정도 떨어진 채로 나는 대각선 방향으로 의자를 고쳐 앉았다. 움직일 때마다 작은 자갈돌들에 부딪치는 소리가 조용한 마당에 울렸다. 그런 내 모습을 미니는 찬찬히 지켜보고 있었다.

그날은 미니가 전혀 공격성을 보이지 않았다. 제 목줄이 짧아지는 줄도 모르고 원만 그리며 걷지도 않았다. 오히려 말할 수 없이 평화로웠다. 날이 더워서인지 나무 그늘 아래서도 길게 혀를 빼고 있는 얼굴은 흡사 웃는 얼굴처럼 행복해 보였다. 뇌가 가끔 제 기능을 하는 평상시의 모습이라고 했다. 병에 걸리기 전의 예전 모습이라는 말이 더 맞겠지만 말이다.

차를 마시며 미니에 대한 이야기를 조금 더 자세히 들을 수 있었고, 그때 미니는 두 인간이 자신을 두고 무슨 작당을 하는지 궁금한 듯 자세를 풀지 않고 앉아있었다. 까맣고 작은 자개단추 같은 눈동자만 굴리면서 그녀와 나를 번갈아가며 올려다보았다.

나는 미니와의 대화를 시도했다. 정적만 흐르던 한참 뒤에, 미니는 두 앞발을 쭈욱 뻗어 기지개를 켰다. 그러다 흙바닥에 자리를 잡고 누워 눈을 끔벅거렸다. 한가로운 매미 소리를 귓전에 흘리며 이제 미니는 내게 마음을 열어주었다.

"미니야, 괜찮니?"

"응, 난 좋아."

"미니 몸은 괜찮아? 기분은 어때?"

"기분도 좋고 몸도 편하고 더 이상 바라는 게 없어."

"지금 아줌마 옆에 있는 사람 알지?"

"응. 혜미. 잘 알지."

"네 주인 이름이 혜미니?"

"응. 맞아. 혜미. 귀가 아프도록 들은 이름이니까 당연히 알아."

나는 그때까지 그녀의 이름을 알지 못했다. 가족 구성원의 한 사람이라고만 알고 있었고 온라인에서 통용되는 닉네임으로 서로를 부르고 있던 터였다. 미니가 알려준 혜미라는 이름은 맞았다. 해질녘이면 마당을 가로질러 바깥 외출을 해대는 통에 엄마는 혜미야! 혜미야! 하며 줄기차게 외치곤 했다. 어린 시절이란 누구나 그렇게 엄마 말을 듣지 않고 밖으로 싸돌아다니고 싶은 것이 본능인가 보다. 그 통에 미니 는 혜미라는 이름을 귀가 아프도록 들었다고 했다.

그녀는 놀라워했다. 그때부터 나와 미니와의 대화 내용을 더 신뢰해준 것은 고마 웠지만 사실 대화를 하다보면 이런 부분은 그다지 중요하지 않은 부차적인 이야기 에 불과하다. 가장 중요한 얘기는, 쉽게 보여줄 수 없는 마음에 있기 때문이다.

"미니야, 네가 몸이 아파서 전에 없던 행동을 한다고 들었어."

"나도 알아. 무슨 얘기를 할지 잘 알고 있어."

"멍한 눈으로 한 곳만 응시할 때는 무슨 생각을 하는지 궁금하대."

"나는 곧 하늘나라에 갈 거니까 그걸 준비하는 거야."

"하늘나라? 그게 무슨 소리니?"

"가끔 내가 갈 곳을 다녀와. 내가 떠날 때는 누구누구가 함께했으면 좋겠다고 생 각해서 미리 부탁을 하기도 해. 그런 걸 하고 다니느라 바빴던 거야."

"어딜 다녀온다는 얘기니?"

"하늘나라. 거기로 가는 길."

"아직 넌 살아있는 몸이잖아. 그런데 어떻게 거길 다녀올 수 있어?"

"아직 경험이 더 필요하군. 이봐, 세상은 이게 다가 아니라구!"

"그거야 알지만 이런 얘기는 처음 들어서 그래. 그러니까 너는 임시로 영혼들의 세계를 다녀올 수 있다는 얘기니?"

"내가 원했던 것은 아니지만 상황이 이렇게 됐어. 더는 설명해줘도 몰라. 그만해."

"조금만 더 얘기해줘 미니야. 가족들이 많이 궁금해하고 있잖아. 나도 궁금하고…."

"정신이 나가 보이겠지만 난 준비를 잘하고 있는 거야. 걱정 말라고 전해."

"그럼 지금까지 어떤 준비를 했니?"

"내 가족들을 다 만났어. 나랑 같이 태어난 강아지들, 걔네는 다 죽었거든."

"그걸 어떻게 알아?"

"그렇게 꼬치꼬치 묻지 말고 내 얘기만 잘 들어. 그럼 넌 절반의 수확은 하는 거니까."

"그래. 미안해. 계속해봐."

"내 가족들이랑 어느 길로 갈 건지 결정을 해두었어. 그들이 기다리고 있으니까 나도 여기서 더 미적거릴 필요는 없지."

"그럼 넌 언제 떠나는데?"

"곧!"

"두렵진 않니?"

"개의 몸이라면 두렵지. 이 세상은 호락호락하지 않으니까. 하지만 나는 영혼이 왔다 갔다 하니까 두려울 것도 없어. 이상하게 듣지 말고 헤미한테 이것만 전해. 난 곧 떠나니까 행여나 놀라지 말라고."

"알았어. 미니야, 네 말을 존중할게."

"좋아! 이제 그만 됐어."

미니는 먼저 대화를 끝내버렸다. 그의 몸은 여전히 같은 자세로 누워있었다. 파리가 날아다니는 것에도 아랑곳하지 않고 이제는 아예 쿨쿨 깊은 잠에 빠진 듯했다.

나는 한참을 그대로 미니의 몸뚱이에 시선을 두고 앉아 있었다. 내 의식은 이미 눈앞에 보이는 물질세계를 인식하고 분별하고 있었지만 미니는 아직 대화의 여운을 즐기는 것이 틀림없었다. 꼭 하고 싶었던 얘기라고 여겨지지는 않았지만 그래도 자신에 대해 궁금해하는 인간이 몸소 물어와 주시니 기꺼이 대답해주었노라 보람까지 느끼는 듯했다.

미리

준비했던 죽음

나는 미니가 알려준 혜미라는 이름의 그녀에게 대화 내용을 전했다. 처음에는 혼란스러워했고 어떻게 그런 일이 일어날 수 있는지 자신의 경험으로는 가늠할 수 없는 세계라 복잡한 심경이라고 했다. 그도 그럴 것이 나로서도 흔한 대화 내용은 아니라서 조심스러운 부분이 있었다. 그러나 미니의 목소리에는 알 수 없는 위엄이 있었다. 나를 존중하지 않아서 내가 받는 대화 필터에 반말로 걸러지는 것이 아니었다. 충분히 그럴 만한 이유가 있으리라 생각될 만큼 자신감이 느껴졌다. 오히려 나는 이런 동등한 느낌의 대화가 더 자연스럽고 편해서 좋았다.

미니는 죽음을 앞에 두고 전혀 두려움이 없다고 했다. 그것은 반려인으로서도 미니다운 면모라고 믿었다. 다른 것은 확인할 수 없더라도 가족으로서 반려동물에 대해 알고 느끼는 중요한 믿음 중 하나였다.

미니의 말인즉슨, 인간들이 치매라고 부르는 질병의 양상을 보이기는 하지만 그것은 자신의 영혼이 세상을 떠날 준비를 하느라 바쁜 거라고 했다. 정신이 나가 있는 것처럼 보이겠지만 실은 영혼만이 훨훨 자유롭게 날아갈 그곳을 다녀오고 점검하고 약속받고 그리고 미리 떠나있는 가족들까지 만나고 온다고 했다.

하지만 곧 떠날 거라니! 혜미, 그녀의 마음은 허둥지둥 급해지기 시작했다. 이렇게 아픈 채로 사람도 알아보지 못하고 죽게 되면 어떡하나 걱정이 되었다. 아프지 않고 건강하게 살다 갔으면 했다. 여태껏 미니에 대해 몰랐지만 이제부터 더 사랑해 줄 수 있는데, 더구나 아직 여섯 살인데 최소한 지금 살아온 만큼은 더 살 수 있을 거라고 믿고 있었는데, 이런 걱정에도 아랑곳없이 이별은 대책 없이 찾아왔다.

미니를 만나고 돌아온 며칠 후에 나는 전화를 받았다. 아침에 눈을 떠 휴대전화를 켜자마자 벨이 울렸다. 전날 밤, 미니는 목줄이 끊긴 채 도둑에게 잡혀갔다고 했다. 식당 마당은 CCTV까지 설치돼 있던 곳이라 꼼꼼하게 확인을 해보았지만 어두운 조명 때문에 범인의 윤곽은 뚜렷이 나타나지 않았다. 가장 밝게 보였던 것은 하얗게 빛나던 미니의 몸뚱이밖에 없었다. 미니는 반가운 손님을 만난 것마냥 꼬리를 흔들고 있었다. 어쩌면, 진짜 삶으로의 여행을 앞둔 설렘을 보여준 것일지도 모르겠다. 나는 그렇게만 짐작했다.

그녀는 이제 미니의 살아있는 몸이 아닌 영혼과의 대화를 요청했다. 더는 얻을 것이 없어보였다. 나는 그러나 미니의 마지막 길을 더 축복해주지 못한 아쉬움이 남아 미니를 불러보고 싶어졌다.

이미 내가 얼굴과 눈빛과 목소리를 알고 있던 미니였지만 사진을 다시 받았다. 기분이 이상했다. 엊그제만 해도 즐겁게 수다 떨던 친한 친구가 갑자기 죽었다는 소식을 들은 것 같았다. 며칠일지 모를 마지막 시간을 위해 그녀는 원없이 사진을 많이 찍어 두었다고 했다. 사진 속 미니는 스무 살 파릇한 주인과 함께 웃는 얼굴이었다.

고작 사나흘 정도의 시간만 흘렀을 뿐인데 미니는 그새 영혼으로 떠나 있었다. 그의 남겨진 몸은 보신을 위해 인간의 뱃속에 짓이겨 넣어졌을 것이고 아직 채 소화도 되지 않은 채로 떠돌고 있을 것이었다. 그런 육신을 미련없이 벗어 던진 미니는 홀가분한 여행을 하고 있었다. 이때 나는 묵직하고 위엄 있게 들려주던 미니의 목소리를 더는 듣지 못했다. 대신 미니는 최선을 다해 자신의 여행길을 보여주었다. '거봐라, 내가 한 말이 맞지 않니? 내가 이걸 위해 여길 다녀갔다고 하지 않았니? 나는 즐겁구나! 나는 더없이 행복하구나!' 미니의 눈은 이렇게 말을 하고 있었다. 미니의 영혼과 나는 눈만 마주친 채로 있었다. 그곳에서는 이미 언어가 필요 없을 터였고 나는 그 마음을 굳이 말로 표현해 달라 조르지도 않았다. 어차피 텔레파시 교감이란 게 말이 필요 없는 것이긴 하지만 미니는 완벽하게 그 세계에 나를 흡수시키고 있었다.

미니와 함께 그 곁으로는 세 마리의 하얀 진돗개가 더 보였다. 그들은 이제 태어난 지 얼마 되지 않은 강아지처럼 작고 귀엽고 사랑스러운 얼굴을 하고 있었다. 내가 처음 보았던 진돗개 미니는 기름진 음식으로 뱃가죽이 무겁게 내려앉아 있었는데 더는 그런 모습이 아니었다. 콧잔등에는 귀찮은 파리가 앉지도 않았고 더 이상 목줄이 그의 걸음을 잡아당기고 있지도 않았다.

　나는 목련나무 그늘 아래서 대화를 나눈 후 한참을 바라보던 그때를 떠올렸다. 그러나 지금은 더 어리고 더 건강하고 더 행복한 미니의 모습이었다. 나는 오래도록 바라보았다. 이제는 내가 닿지 못하는 곳에서 남부러울 것 없이 진짜 여행을 즐기고 있는 미니였다. 잘 가라 미니야, 이제는 묶여있지도 아프지도 않을 나라에서 즐거운 여행하거라. 나는 마음을 다해 기도해주었다.

　내가 기도하는 마음을 보내면서 더 볼 수 있었던 것은 하늘나라의 빛에 영롱하게 빛나는 푸른 초원이었다. 거기에 미니라는 이름이 무색할 만큼 거대한 영혼의 박동이 느껴졌다. 그것은 이 세계에서는 결코 볼 수 없는 아름다운 생명력이었다.

이 삶을 버티는

이유

사람들이 진짜라고 믿는 것은 육신에 속해있는 기관을 통해 세상을 인식할 수 있는 범위 안에만 있다. 보고, 듣고, 냄새 맡고, 맛보고, 피부에 와 닿는 느낌은 의심할 여지없이 리얼하다고 여긴다.

그렇다면 그것에 해당하지 않는 것은 진짜가 아닐까? 미니가 다녀오곤 했었다는 하늘나라, 들려준 이야기, 따뜻한 느낌, 영혼의 박동까지 말이다. 영혼이 육체에 담겨있는 동안에도 사후세계라고 불릴 만한 곳을 어떻게 자유롭게 다녀올 수 있는 것인지의 문제에 대해서는 논란의 여지가 많을 것으로 생각된다. 하지만 미니가 들려준 이야기를 더 이해하기 쉽게 가공하는 법을 나는 알지 못한다. 그런 정보는 육신의 감각기관이 아닌 다른 센터를 통해 수용을 한다. 그 후에는, 오감으로 인식하는 사람들의 방식에 맞게 묘사를 해줄 수 있을 뿐이다.

나로서도 미니와의 대화 후에 더욱더 이 부분의 궁금증이 증폭되었다. 사실 동물들과 대화를 하다 보면 몸은 이쪽 세상에 있지만 다른 차원을 인식하는 경우가 많다. 그러나 직접적인 이동 경험담은 드문 사례였다. 그것은 인간의 경우도 마찬가지다. 뇌가 기능하지 않거나 이상 기능을 하는 동안에 종종 다른 차원으로 연결되는 모양이라고 추측을 해볼 뿐이었다.

그 무렵 내가 만원 전철을 탔을 때였다. 나는 좌석에 앉아 책을 읽고 있었고 사람들은 빼곡하게 서있었다. 내 옆에 앉아있던 아주머니가 내 왼쪽 귀에 대고 호통을 치기 시작했다.

"그러니까 그때 니가 장군님을 도와서 니 한 몸 바쳤어야지. 어딜 냅다 도망치고 숨어버려 응? 그러고도 니가 이렇게 살아남을 줄 알았어? 그러면 내가 니까짓 것 하나 못 찾을 줄 알았니? 이 썩어빠질 년 같으니라구!"

서울 시내 전철에는 하도 이상한 사람들이 많으니까 그냥 흔하디흔한 한 인간일지도 모른다는 생각이 들었다. 그냥 무시하는 게 상책이리라 생각했지만 한편으로는 문득 이 사람이 다른 차원에서 나를 조우하고 있는 것이 아닌가 생각했다. 어떤 사연이 있던 것일까? 장군님을 도와야 했다면 임진왜란이나 뭐 그 정도의 국란의 시기였을까? 나는 그때 비열하게 도망을 쳤단 말인가? 그녀가 나를 여기까지 쫓아와 혼내야 할 만큼 중대한 문제였던가?

나는 읽고 있던 책을 덮고 슬그머니 일어나 자리를 옮겨보았다. 나에게만 하는 진지한 얘기라면 호통도 더 참아줄 의향까지 있었다. 내가 일어난 빈 좌석에는 곧 다른 사람이 앉았다. 그러자 아주머니는 내 쪽으로 돌렸던 몸을 바르게 하고 아무 일도 없었던 것처럼 입을 꼭 다물어버렸다. 그리곤 곧은 걸음으로 다음 역에서 내려버렸다. 졸지에 그 고요함은, 구박당하고 숨을 곳도 못 찾는 어린 생쥐처럼 내 모습을 더 부각시켰다.

나는 아직까지 소위 제정신으로 살지 못하는 사람들의 의식에 대해 많은 궁금증을 안고 살아가고 있다. 보통 사람들과는 확연히 달라 보이는 그들의 세계가 궁금하다. 어쩌면 미니처럼 아름다운 세상을 왔다 갔다 하며 이 삶을 버티고 있는 것이 아닐까 하는 생각을 해본다. 그래서 그들만의 신비로운 이야기를 진지하게 들어줄 곳은 정신건강의학과의 폐쇄적인 공간 밖에 없다는 사실이 서글프다. 그것도 임상을 위한 형식적인 과정에 불과할지도 모르겠다. 최소한 우리가 규정지어 놓은 이 세계에 맞춰 살지 못한다고 해서 그 존재 자체가 무시당할 이유는 없지 않은가!

인도적인, 인간을 위한 세계가 이럴진대 하물며 동물들의 뇌의 이상 증세는 안락사라는 이름으로 생을 마무리시켜 버리는 경우가 이미 허다하다. 아직 대안은 충분하지 않다. 인종차별, 여성차별, 성소수자에 대한 차별까지 완전히 사라지지 않은 이 시점에서 인간과 동물은 극명하게 다르다는 생각이 우세하기 때문이다.

나는 미니를 통해 삶과 죽음의 세계를 넘나드는 영혼들의 여행에 대해 열린 마음을 갖게 되었다. 미니가 갖고 있던 치매라는 질병은, 알고 보니 아름다운 준비였다는 사실에 가슴이 아리기도 했다. 또 우리가 실재라고 이해하고 있는 것은 단지 궁극적

실재가 드러낸 이미지에 지나지 않고 그것은 끝없이 변하다가 결국은 소멸되고 마는, 인간의 오감으로 받아들일 수 있는 가시적 현상일 뿐이라는 것을 다시 한 번 느꼈다. 나는 언젠가 다시 한 번 이런 멋진 준비 과정을 기꺼이 보여줄 동물들을 위해 늘 마음을 열어두고 살아야 함을 다짐했다.

3장

그들이 주는 신호

영혼을 기다리는

영혼들

하얀 몰티즈는 작은 천사 같은 모습을 한 아이들이다. 내가 아주 어렸을 때부터 내 공상의 품속에는 늘 이런 강아지가 자리하고 있었다. 보드라운 털에서는 향기로운 어린 동물의 냄새가 풍겨 나온다. 나는 그 몸에 코를 묻고 달콤한 호흡을 해댄다. 봄날 햇볕 같은 따사로운 느낌이다. 상상이기는 했지만 따뜻한 체온을 전해 받으며 그대로 잠들어도 좋을 만큼 행복했다.

열일곱 번째 생일을 맞은 아미는 그런 하얀 천사였다. 만성신부전이라는 병이 천사 같은 아미를 힘들게 하는 것 빼고는 반려인 엄마와 아미, 그리고 다른 동물 가족들은 남부러울 것 없이 행복하게 지내고 있었다.

그런데 그날 생일 이후 아미의 건강은 급격히 나빠졌다. 다리는 후들거리고 일어서면 어질어질 쓰러질 것만 같았다. 노화로 인한 신부전이었지만 아미를 다독여가며 엄마는 멋진 팀워크로 거뜬히 이겨내고 싶었다. 그래서 스무 번째 서른 번째 생일까지 다시 축하해주고 싶었다. 그것이 엄마인 그녀가 아미에게 바랄 수 있었던 가장 큰 꿈이었다.

내가 교감을 통해 아미를 처음 만난 것은 그 무렵이었다. 아미는 병원에 입원 중이라고 했다. 곁에는 아무도 없었을 늦은 밤이었다. 아마도 병원의 구조상 다른 입원 동물들도 있을 거였고 병원 집기나 기계들이 더 있을 터였지만 그런 것은 보이지 않았다. 아미의 앉은 자리만 선명하게 보였다. 나는 내 공간에, 아미는 병원이라는 공간에, 이렇게 먼 물리적 거리가 무색할 만큼 아미의 목소리는 애처롭고도 가깝게 들려왔다.

"저는… 엄마 곁에 있고 싶어요."

"괜찮아, 괜찮아. 날이 밝으면 엄마가 금방 아미한테 달려갈 거야."

"보세요. 여기 친구들이 기다리잖아요. 저를 기다려요. 슬프겠지만 엄마한테 보여주세요."

아미의 곁으로는 다른 영혼 둘이 더 보였다. 살아있는 생명 곁에 영혼의 모습이라면? 더구나 그들이 아미를 기다린다니! 아미의 삶이 얼마 남지 않은 것일까? 나는 이런 생각이 들었지만 아미가 보여주는 대로만 인식하고자 노력했다.

하나는 아미처럼 하얀 강아지의 모습이었다. 아미보다는 조금 더 커보였다. 나는 그래서 아미의 강아지 가족이라고 여겼다. 그 영혼은 아미 바로 곁에 나란히 앉아있었다. 살아있는 생명의 몸에 흐르는 따뜻한 피의 느낌보다 더 포근하게, 아미에게 온

기를 주고 사랑을 주고 있었다. 나는 그것을 충분히 느낄 수 있었다. 아미는 그로 인해 따뜻했다.

다른 영혼은 둥근 빛으로 존재해 있었다. 구체의 물질처럼 보였지만 그것은 온전히 빛으로만 이루어져 있었다. 직감이기는 했으나 그것은 아미의 수호신이나 아미를 지켜주는 높은 차원의 천사라는 생각이 들었다. 그 빛은 곁에 앉은 다른 영혼과 아미를 함께 감싸 안았다. 내가 본 그 빛의 모습은 어디서도 본 적은 없지만 낯선 느낌이 들지 않았다. 나는 연필을 들고 스케치를 해보았다. 비슷하게 그리려고 해도 번번이 다른 그림이 되고 말았다. 닮은 그림이라도 그려낼 수가 없었다. 내가 기억하는 것은 가운데를 중심으로 부드러운 회오리가 이는 것 같은 모습으로 빛은 강했지만 결코 눈이 아프지는 않았다. 한없이 편하고 아름답기만 했다.

"아미도 곁에 있는 친구들을 느끼니?"

"네. 저와 함께 갈 거예요. 저를 기다리고 있는 거예요. 엄마한테 알려주세요."

"이제 떠날 때가 된 거라고 생각해?"

"그런 것 같아요. 하지만 엄마가 준비할 수 있게 천천히 떠날게요."

아미의 통증은 그 작은 몸이 견뎌내기 힘들 정도로 컸다. 모든 감각은 흐릿하게 둔해지는 것 같았고 귀에서는 이명감이, 배는 타이트한 복대로 조이고 있는 것처럼 아파왔다. 몸은 떨렸다. 엄마의 바람대로 아미가 이 치료 시간을 이겨내야 하는데, 아미는 당장 엄마 곁에 있고 싶다는 마음만 내게 보내왔다. 엄마만 필요했다. 이렇게 아프다 혼자 떠나버리면 엄마가 얼마나 슬퍼할지 아미는 잘 알고 있었다. 그래서 견딜 수 없이 아프더라도 애써 또랑또랑한 눈망울을 엄마에게 보여주고 싶었다. 이것이 아미의 간절한 소망이었으며 아미에 대한 나의 첫 기억이다.

그 이후부터 나는 거의 매일 아미를 불렀다. 길을 걷던 중에도, 책을 읽을 때면 행간에는 아미의 이름이 부표처럼 떠올랐다. 시도 때도 없이 아미를 생각했다. '네 마음을 얘기해줘, 지금은 어디가 아프니? 어떻게 아프니? 얼마나 아프니 아미야, 엄마한테는 무슨 말을 전할까?' 아파서 귀찮을 법도 한데 아미는 엄마를 위해서라면 기꺼이 힘을 다해 대답을 해주었다. 동시에 두려워했다. 무엇보다도 헤어짐으로 인한 슬픔을 두려워했다. 그것도 자신의 슬픔이 아닌 엄마의 아픔을 걱정했다. 그래서 수도 없이 마음을 다잡고 이겨내고 싶어 했다.

어느 날 나는 깊은 명상 중에 아미가 엉엉 울고 있는 모습을 보았다. 내 어린 시절

시내 한복판에서 엄마를 잃어버리고 울어대던 모습과 비슷했다. 잠깐의 시간이었지만 그것은 두고두고 나를 공포 속으로 밀어 넣는 기억이다. 아미를 보면서 나는 가슴이 미어지는 것 같았다. 내 기억도, 아미와의 접속도, 결코 내가 의도하지 않은 상황이었다.

나는 심호흡을 했다. 그리고 다시 아미에게 집중했다. 받아들이고 싶지 않은 현실이지만 받아들여야 하는 상황에서 아미는 매우 힘들어하고 있었다.

"제가 언제 떠날지 알고 계세요?"

"아미야… 나는 알지 못한단다."

"그럼 우리 엄마는 알까요?"

"아마 엄마도 모르실 거야."

"제 옆에 있는 영혼들은요?"

"그 영혼들은 너를 빨리 데려가고 싶어서 기다리는 건 아닌 것 같구나. 아미를 잘 지켜주려고 와 있는 거야. 아미가 많이 아프지 않게…."

나는 아미와의 모든 대화를 빠짐없이, 엄마인 그녀에게 전하고자 노력했다. 학생의 일거수일투족을 부모님께 일러바치는 얄짤없는 선생님처럼, 아미의 숨소리 하나까지 엄마에게는 소중한 정보라고 믿었다. 그만큼 엄마와 아미의 관계는 애절했다. 나는 그것을 충분히 느끼고 있었기 때문에 아미의 투병 생활에 깊이 개입해가고 있었다.

내가 해줄 수 있는 것은 아미의 마음을 다독이는 것, 그럼으로써 조금이나마 안정되도록 해주는 것뿐이었다. 엄마와 아미에게 따뜻한 사랑을 보내주는 것이 내가 할 수 있는 전부였다. 그때 레이키는 내게 매우 유용한 에너지로 존재해 주었다. 이렇게 아름다운 영혼들과 나를 이어주는 우주의 선물이었다. 아미의 육신에 가닿아 통증을 덜어주기도 했고, 그 작은 강아지의 마음에 흘러 들어가서는 안정적인 선율로 자장가를 불러주기도 했다.

그리고 늘 기도했다. '넉넉하신 하나님… 아미에게… 너무너무 착한 아미에게… 고통은 참을 만큼만 주시길 부탁드립니다.'

그리고 매일 커다란 주사기에 식염수를 가득 채워서 아미의 작은 등짝 피하로 보내면서 가슴으로 울었다. 탈수로 인한 요독을 겪지 않게 하려는 것이다. 아미는 아파서 울다가도 그 상황에 적응해나갔다. 이 시간을 견뎌야 한다면 좀 더 의연하게, 남은 시간을 일상처럼 행복하게 보내고 싶었다. 그래서 그녀는 아미에게 일부러 언성을 높이기도 했고 작은 궁둥이도 아프지 않을 만큼 톡톡 건드려주었다. 오래전부터 있어온 이런 일상의 스트레스가 아미의 고통을 잠시나마 잊게 해주길 바랐다.

설령 떠날 때가 되었더라도, 그것이 운명이라고 하더라도, 한 치의 오차도 없이 정확하게 이뤄내야 할 우주의 법칙이라고 하더라도, 사랑의 힘은 그것을 바꿀 수도 있다는 것을 나는 아미를 통해 보고 배워가고 있었다.

슬픔의 강

봄에서 여름으로 넘어갔다. 산들바람은 뜨거운 햇살에 밀려났고 여름 장마가 오는가 싶더니 다시 아미가 사는 남쪽 바다 마을은 열기로 후끈했다.

남들에게는 평범하게 보이는 일상이었지만 엄마와 아미에게는 매순간이 기적과도 같았다. 행복은 다른 곳에 있지 않았다. 사랑하는 존재와 함께하는 지금 그리고 바로 여기에 존재했다. 엄마와 아미는 황홀할 만큼 아름다운 여름을 보내고 있었다. 아미만 옆에 있어준다면 그 어떤 천국도 부럽지 않은 엄마였다.

어느 여름밤, 유성우가 쏟아진다는 뉴스로 세상이 떠들썩했다. 사람들은 잠을 이루지 못했고 그녀는 늘 그래왔던 것처럼 아미를 위한 하루를 보내고 있었다. 그날은 아미가 몹시도 힘들어했다. 힘들다가도 이겨내고, 숨을 고르면서 하루하루를 지내오던 터라 그렇게 아미는 다시 이겨내리라 믿었다. 늘 그래왔으니까… 그러나 아미는 그날, 별이 되어 떠났다.

사랑했던 연인, 가족이나 친구의 헤어짐과 마찬가지로 반려동물과의 이별에도 우리는 결코 의연할 수 없다. 이제는 더 이상 그 사랑스러운 모습을 볼 수 없다는 사실은 우리를 고통의 감옥에 가둬버린다. 그것이 어느 정도 예상된 헤어짐이라고 해도 마찬가지다. 그래도 아미를 위해서라면 어떻게 하는 것이 가장 바람직한 일인지 그녀는 잘 알고 있을 거라고 나는 생각했다. 가슴은 아프지만 사랑하는 존재의 행복을 위해서라면 말이다. 아미 엄마니까 그럴 거라고 믿었다.

하지만 아미를 사랑했던 시간만큼 큰 슬픔의 강을 건너야 하는 것은 아미 엄마라고 다르지 않았다. 오늘이 어제 같고, 내일도 오늘과 다르지 않을 시간만 보내고 있었다. 해야 할 일들은 산더미 같은데 아무것도 제대로 해낼 수가 없었다. 아미를 느껴보고 싶었지만 아무것도 느껴지지 않았다. 끝도 없이 아미의 부재가 고통스러웠다. 그 작은 아미는 이 상황을 어떻게 받아들일지, 잘 가고 있을지, 아미 곁의 영혼들은 잘 인도해주고 있는지, 무슨 말이든 한마디라도 해주었으면 하는 것이 그녀가 지금 바랄 수 있는 가장 큰 소망이었다.

아미가 떠나고 49재 무렵에 나는 아미를 다시 만났다. 별이 되어 떠난 영혼은 건강하고 행복했다. 그리고 현명했다. 나는 아미의 목소리를 하나도 놓치지 않으려고 애썼다. 그것이 영혼이 남기고 간 소중한 사람들을 위해 내가 해야 할 일이었다.

"아미는 지금 어디니?"

"하늘나라예요. 이제 막 도착했어요."

"지난번에 잠깐 봤을 때 바쁘게 가고 있던 네 모습이 맞니?"

"네. 맞아요."

"그런데 이제 도착한 거야?"

"아니에요. 한참 됐어요."

"그런데 왜 이제 막 도착했다고 한 거야?"

"이제 막 맞아요."

"응? 무슨 얘기인지 잘 모르겠어."

"쉽게 설명할 수가 없어요. 설명해도 이해하지 못할 거예요. 그쪽이랑 여기랑 다르니까. 하지만 제가 얘기한 건 맞아요. 한참 됐거나 지금 막 도착한 거나 같은 얘기예요."

"그렇구나. 아미는 엄마 생각 많이 하니?"

"엄마는 눈이 아파요. 눈이 멀었어요."

"눈이 멀어?"

"저를 볼 수 없으니까… 엄마는 저를 보아야지 안 그러면 의미가 없어요. 엄마의 삶이 그래요."

"아미는 엄마의 슬픔을 느끼고 있는 거구나."

"하지만 시간이 필요하다는 건 이해해요."

"그럼 엄마는 아직 슬퍼할 시간일까?"

"엄마는 슬픔을 이겨내야지 저를 볼 수 있어요. 안 그러면 저를 느끼지 못해요. 느끼고 싶은 저를 못 느끼면 다시 아파지죠."

"내가 도울 방법이 있겠니?"

"없어요. 엄마만의 시간이 필요해요. 엄마의 시간을 존중해주세요. 아무도 엄마의 슬픔을 막지 못해요. 엄마가 이겨내야 하는 거고 깨달아야 하는 거니까, 엄마의 성장을 위해서는 어쩔 수 없어요."

"그래도 네가 이렇게 잘 있는 걸 안다면 진심으로 기뻐하실 거야."

"아직은 아니에요. 엄마는 제가 곁에 있어야, 아직은 그래야 행복한 사람이니까요. 하지만 그럴 수가 없잖아요."

"그럼 슬픔을 이겨낸 후에야 아미를 느낄 수 있다는 거니?"

"그래서 힘든 거죠. 사람들에게 그런 시간이 필요하다는 것은…."

"엄마는 늘 아미에게 얘기한대. 엄마 목소리를 들을 수 있었니?"

"네. 엄마는 저를 느끼게 해달라고, 제가 엄마 곁에 있다는 것을 간절히 느끼고 싶어 해요. 하지만 엄마의 슬픔이 클수록 그건 힘들어요. 그래서 제가 잠시 엄마 곁에 다녀왔어요. 엄마를 안아줬어요. 그리고… 다시 돌아왔어요."

아무 말 없이 엄마를 안아주는 영혼의 모습이 보였다. 엄마의 슬픔으로 느낄 수 없는 아미의 영혼은 잠시나마 그렇게 다녀왔다고 했다. 엄마는 그것을 느꼈을까?

아미의 곁으로는, 처음 병원에서 함께 보았던 하얀 개 한 마리가 있었다. 그때 보았던 아이가 맞느냐고 물었고 아미는 그렇다고 했다. 아미가 마지막 숨을 다할 때까지 곁에서 지켜주었을 소중한 가족이라고 여겨졌다. 그리고 둥근 빛으로 존재하던 영혼은 훨씬 더 커져서 아미 주변을 밝게 감싸고 있는 것을 보았다. 아미는 그 속에서 휴식을 취하고 있었다. 그리고 아미는 내가 아는 몰티즈, 작고 하얀 강아지의 모습으로 앉아있었다.

"아미는 지금 너무도 예쁘고 건강해 보이는구나."

"엄마가 기억하고 싶은 모습으로 있는 거예요. 엄마한테 보여주기 위해서…."

"하지만 엄마는 아미를 볼 수가 없잖아."

"당신이 전해주세요. 저의 예쁜 모습을요. 엄마가 느낄 수 있었으면 좋겠어요."

"그래. 잘 설명할게. 그럼 엄마가 슬픔을 이겨내고 나면 너도 빛이 되는 거니?"

"전 이미 빛이에요."

내가 본 아미의 영혼은 엄마가 사랑했던 강아지의 모습이었다. 아미는 엄마를 위해 그렇게 보여준 것이다. 아미는 그러나 빛으로 존재한다고 했다. 아미의 곁에서 둥근 빛으로 존재하던 큰 천사와 다르지 않을 거라는 생각이 들었다. 이것은 아미가 더 설명하지는 않았지만 내게 전해져온 강한 믿음이었다.

"아미는 어때? 몸, 기분, 마음, 이런 것들을 표현해줄 수 있니?"

"아주 건강해요. 아무 문제 없어요. 기분, 마음도 모두 가볍고 전 완벽한 형태로 존재해요. 전 이미 완벽하게 존재하고 있어요. 하지만 엄마와의 끈은 놓지 않았어요. 우리가 다른 모습으로 만나더라도 그건 이어질 거예요."

"그래. 그러리라 믿어. 그럼 엄마는 아미를 어떻게 알아볼 수 있을까?"

"알아봐요 분명히."

"엄마가 기뻐하시겠구나. 더 하고 싶은 얘기가 있니?"

"사랑한다는 말을 전해주세요. 전 사랑으로 존재해요. 엄마가 만들어준 사랑, 완벽한 사랑의 형태예요. 걱정하지 마세요. 아파하지 마세요. 천천히 슬픔을 걷어내세요 천천히… 그러면 제가 조금씩 보일 거예요. 사랑으로 우리는 연결돼 있으니까 두려워하지 마세요."

엄마가 안아주었던

것처럼

그녀는 49일이 되던 그날 밤 다른 강아지들 밥을 준비하고 있었다. 그러다 문득 아미가 느껴졌다. 상상인지 정말 아미인지, 계속 생각해봤지만 분명 아미의 존재라고 여겨졌다. 건강한 아미였다. 부드럽고 하얀 털의 포근함 그리고 밝은 빛으로 가득한, 분명한 아미였다. 그녀가 아미를 안아주었던 것처럼 이번에는 아미가 엄마를 달래주고 있었다. 엄마보다 몇 배는 더 커져버린 영혼으로 엄마를 위로해주고 있었다. 엄마는 숨을 쉴 수 없었다. 작은 움직임에도 이 느낌이 날아가버릴까, 행여나 아미가 놀라 사라져버릴까 두려웠다. 엄마는 그대로 아미를 느끼고 있었다. 그리고 한참을 울었다. 분명 길지 않은 시간이었지만 너무나도 소중한 긴 찰나들이었다. 그러고는 꿈처럼 아스라이 아미는 사라졌다.

영혼과의 대화 이후 그의 가족들과 얘기를 나누다보면 많은 사람들이 동물의 영혼을 느낀다고 했다. '제가 잘못 보았을 수도 있겠지만…' 처음에는 이렇게 운을 뗀

다. 하지만 분명히 보았고 느꼈고 그것은 그 영혼이 가족을 위로해주러 온 것이라는 느낌을 강하게 받는다고 한다. 그리움으로 인한 환각이 아니겠느냐 하는 주변의 시선이 지배적이라서 대부분은 혼자서만 간직하는 비밀처럼 묻어둔다. 그러다 내가 영혼과 나눈 대화 내용을 전하는 과정에서는 반려인도 마음을 열고 그 비밀까지 공유한다. 나는 그것을 믿어 의심치 않는다. 실제로 동물들이 그렇게 말해주기 때문이다. 반려인에 앞서 나는 동물들로부터 그런 이야기를 듣는다. 가족들 곁에 있었노라고, 눈물을 닦아주었노라고… 이런 영혼의 메시지를 전하고 나면 가족들은 그때의 상황을 더욱더 확신하게 되는 것이다.

나는 그 따뜻한 믿음을 소중히 간직하라고 얘기한다. 헤어지고 나면 우리는 마지막 욕구에 강렬하게 매달리게 된다. 한 번만 그 얼굴을 다시 보았으면, 한 번만이라도 그 따뜻한 몸을 안아봤으면, 단 한 번만 나에게 달려와주는 그 모습을 볼 수 있었으면, 다시 한 번만 사랑한다고 눈을 바라보며 얘기할 수 있었으면… 그 마지막에 목숨까지 걸고 싶을 만큼 간절하다. 우리는 그럴 수가 없다는 것을 안다. 그래서 고통스럽다. 이제는 더 이상 할 수가 없으니까… 아픈 것이다….

설령 나의 간절한 바람이 투사된 환각이라 할지라도 동물의 영혼은 충분히 우리에게 선물을 보내주고 싶어 한다. 내게 잘못 배달된 선물이라 생각하고 되돌려 보내지만 않는다면 우리는 그것을 행복하게 받고 열어보고 간직할 수 있을 것이다.

아미의 엄마는 말했다.

"세상의 이치를, 제가 고민하는 삶의 굴레를 제게 알려줄 것만 같은 그런 아가였어요. 태어난 지 2개월 즈음부터요. 아미의 눈빛이 그렇게 제게 이야기하고 있었어요. '아가야'에서 그 다음 바로 '아미'가 되었답니다. '앎'에서 따온 이름 우리 아미는 17년 세월을 함께하면서 반려동물 문화를 만드는 전도사를 이끌어준 존재입니다. 저의 스승이에요 아미는⋯."

그녀는 아미가 삶을 이끌어주었다고 믿었다. 지금은 많은 사람들이 잘 알고 있는 반려동물 자연식 문화도 아미 때문에 시작한 것이었다. 오래전이었다. 거의 최초라고 봐도 맞을 것이다. 사람들은, 개라면 당연히 인간의 잔반을 처리해주는 동물이라고 생각했다. 사료를 먹는 개는 그나마 나은 대접을 받는 축에 속했다. 하지만 그녀는 아미와 다른 강아지들을 위해 직접 음식을 만들어주었다. 가족이니까 그것은 너무나도 당연한 수고로움이었다. 예쁜 아미 옷을 만들어주고 싶어서 강아지 옷 만드는 일을 시작하게 되었고 반려동물 인식표, 산책 시 배변주머니 캠페인 등 모두 아미가 있어서 시작하게 된 것이었다. 우리나라의 가족으로서의 반려동물 문화를 끌고 간 장본인이라고 할 수 있었다.

하지만 이 모든 것은 그녀가 한 일이 아닌 아미가 한 것이라고 얘기했다. 그 작은 강아지가 없었다면 해내지 못했을 거라고 했다. 어떻게 말도 통하지 않는 동물이 인간을 이끌 수 있을까? 그러나 동물들은 단연코 인간을 가르친다. 가르침을 알아보지 못하는 것은 인간의 오만함으로 가린 어리석음이다. 그것을 벗어내기만 하면 도처에는 생명의 아름다움이 눈꽃처럼 반짝이고 있다. 그녀는 그것을 볼 줄 알았다. 과연 그런 엄마의 아미는 커다란 영혼으로 존재해 있었다. 나는 하늘나라에 있는 아미를 통해 그녀의 믿음을 다시 한 번 보았다.

삶과 죽음을
선택한다고?

고양이 실키는 다짜고짜 내게 이유를 설명했다. 영혼의 목소리 치고는 매우 강렬한 음색이었다. 진한 오렌지 빛깔로 목소리의 파동이 그려지는 듯 보였다.

"제가 원하던 삶이 아니었어요!"

"그래서 어떻게 된 거야?"

"죽음을 선택했죠. 다른 삶을 살려고."

"어떻게? 그럼 넌 자살한 거니?"

"엄밀히 말하면 자살은 아니지만 아무튼 전 죽음을 선택했어요."

"좀 자세히, 알아듣기 쉽게 설명해줄 수 있어?"

갈색과 검은 줄무늬의 사진 속 실키 모습은 흡사 막 태어난 새끼 호랑이 같았다.

자신이 원하는 삶이란 어떤 것이었는지, 왜 지난 삶이 마음에 들지 않았던 건지, 나는 실키가 어느 날 갑자기 떠나버린 이유를 알아야만 했다. 그것이 반려인이 가장 알고 싶어하는 이야기였다.

실키는 태어난 지 서너 달밖에 안 된 새끼 고양이였다. 반려인은 두 여학생 룸메이트로, 실키의 표현대로 하자면 자신은 그 여자들에 의해 납치되었다. 원래는 길고양이로 살았던 실키였고 엄연히 가족도 있었다. 엄마도 아빠도 있었고 동생이 둘이나 있었다. 그런데 납치되면서부터 자신의 삶이 심하게 꼬이기 시작했다고 한다.

"어떤 점이 마음에 안 들었던 거니?"

"그들은 착했어요. 늘 나를 걱정해주고 쓰다듬어주고 사랑해주었어요. 맛있는 것도 챙겨주고, 내가 야옹거리면 행여 아픈 건 아닌지 걱정이 대단했죠."

"그런데 뭐가 문제야?"

나는 실키가 복에 겨운 소리를 한다고 여겼다. 일단은 아무 문제가 없어보였다. '좋은 사람 만나서 사랑받고 따순 밥 먹을 수 있으면 그걸로 행복한 줄 알아야지, 이 한국이란 나라에서 길고양이 신세가 얼마나 위태로운지 네가 몰라서 그러는 거야. 이 꼬맹이 야옹이 아가씨야!'라며 훈계하고 싶었다.

그런데 실키에게는 더 중요한 것이 있었다. 그것은 내가 인간의 사랑이라는 이름으로 묻어버린 고양이로서의 가족이었다.

"난 가족들이 보고 싶었어요. 엄마가 나를 부르는 소리를 듣고도 나가지를 못했어요. 얼마나 슬펐는지 몰라요. 나는 갇혀 있었어요. 그 방 안에서 옴짝달싹하지 못했어요. 감옥이었어요. 그런 내 마음을 아무도 알아주지 않았죠. 그래서 매일 울고만 있었어요."

실키의 목소리는 거의 울먹이는 듯했다. 야생에서는 어디든 갈 수 있었던 자유로운 생명이, 원룸이라는 시멘트 벽에 갇혀 산다는 것은 감옥과 다르지 않았다. 적어도 실키에게는 말이다. 밖에서는 고양이 엄마 목소리는 들려오는데 갇힌 몸은 아무것도 할 수가 없었다. 영혼이 이런 격한 감정을 보내주는 경우는 매우 드문 경우였다. 더구나 새끼 고양이가 엄마를 다시 만나고 싶어 이 세상을 떠나기로 했다니 가슴이 미어질 것만 같았다.

"미안하다. 네게 중요한 것을 몰랐어. 아마 너를 돌봐준 사람들도 까맣게 몰랐을 거야."

"몰랐으니 저를 그렇게 낚아채갈 수 있었겠죠. 하지만 이제 괜찮아요. 이젠 진짜 가족들한테 찾아갈 수 있게 됐으니까요."

"언제 만날 거니?"

"준비가 끝나는 대로 다시 지상으로 내려갈 거예요. 여기는 자유로우니까 모든 것이 가능해요."

"지금은 어때? 행복해?"

"네. 아주 좋아요. 가족들도 저를 기다리고 있어요. 그래서 말할 수 없이 기뻐요."

실키는 무지개다리를 건너온 지도 얼마 되지 않았는데 다른 생을 준비하고 있다고 했다. 그토록 가고 싶었던 엄마 고양이 곁으로 다시 가게 될 실키는 얼마나 들떠 있었는지 모른다. 자신이 선택한 삶이 한 번 어긋나버린 것은 아쉽지만 그렇다고 그 생을 이겨낼 자신이 없었던 것이다. 나는 진심으로 그 애처로운 영혼을 응원해주고 싶었다.

"그런데 실키야, 언니들이 이걸 꼭 알고 싶어 해서 묻는 건데, 어떻게 갑자기 떠날 수 있었니? 언니들은 네가 무척 건강했었대."

"맞아요. 전 건강했어요. 아무 문제 없었어요. 근데 문득 떠나야겠다고 마음먹었어요. 그리고 나니까 제 심장이 멈췄어요. 심장도 할 일이 없어진 거죠."

"어떻게 그럴 수가 있지? 언니들 보는 앞에서?"

"아뇨. 그날 제가 마지막 인사도 했는 걸요. 언니들 나가는데 제가 신발장 위로 올라갔어요. 그리고 인사를 했어요. 나 이제 간다고."

"언니들이 알아들었을까?"

"나중에 이해했을 거예요. 그렇지 않나요?"

과연 이 대목을 알려주니 두 룸메이트는 실키가 그날 평소에 하지 않던 행동을 했다고 한다. 눈을 깜박이는 친근한 행동은 고양이라면 아무에게나 보여주지 않는 애정의 표현이다. 실키 또한 그런 눈맞춤은 전혀 하지 않았던 터였다. 그건 그렇다 쳐도 어떻게 죽겠다 마음먹자 심장이 멈출 수가 있는 것인지는 그들도 나도 제대로 받아들이기 힘들었다. 다만 나는 그 이후에 만났던 다른 동물의 죽음에서도 이와 비슷한 상황을 보기는 했다. 다른 영혼들을 만나다보니 그제야 그럴 수도 있으리라는 믿음이 생기기는 했지만 말이다.

"부디 가족들 잘 만나렴. 네 다음 여행을 위해 기도해줄게."

"고마워요. 덕분에 마음이 훨씬 더 편해졌어요."

실키를 통해서 내가 다시 한 번 생각해보았던 것은 그들에게도 가족이란 소중한 인연이라는 점이었다. 사람에게만 가족 간의 생이별이 아픈 경험으로 남는 것은 아니다. 납치라는 단어는 물론 내가 가진 개념의 필터로 걸러진 표현이기는 했지만 실키에게는 삶을 바꾸어야 할 정도로 큰 충격이었던 것이다. 한 삶을 포기할 만큼 크나큰 이유라는 것은 당사자가 아닌 이상 어느 누구도 완벽한 이해를 해줄 수 없다. 그것은 사람에게나 동물에게나 마찬가지인 듯하다.

부디 실키가 소망하는 대로 다시 고양이 가족의 품으로 돌아갈 수 있기를 빌었다. 그것이 실키에게 가장 큰 의미가 있는 삶이라면 어느 누구도 그 영혼을 방해할 권리는 없을 것이다. 다시 작고 귀여운 고양이로 태어난다면 엄마 아빠와 동생들이 있는 가족 안에서만 오순도순 잘 살기를 빌고 또 빌어주었다.

따라갈 수
없는 길

　하얀 털북숭이 개 태양이 이야기이다. 작은 포메라니안인 줄 알고 입양했는데 자라는 걸 보니 덩치 큰 스피츠여서 난감했었다는 가족들의 얘기를 들었다. 스피츠 중에서도 초대형 스피츠라 할만 했다. 작은 아파트에서 키우기에는 부담스럽게 커버렸고 활발하다 못해 가족들 혼을 쏙 빼놓기 일쑤였다. 이렇게 미운 정 고운 정 들어가며 가족으로 살아온 세월이 7년이었다.

　특히 태양이를 지지해주고 많은 시간을 함께 보내준 사람은 집안의 가장인 아버지였다. 그는 산업재해로 몸을 다쳐 집에서 요양 중이었고 엄마와 딸들이 출근해 나가 있는 동안에는 그와 태양이만의 오붓한 시간이었다. 아파트 산책로를 같이 걸어주는 것도 그였고 서랍장에 감춰둔 간식을 꺼내주는 것도 그였다.

　태양이는 아버지에게 잔심부름으로라도 보답하고 싶었던 모양이다. 전화기를 물고 오거나 양말을 가져다주거나 리모컨을 찾아오거나 하는 등의 일들을 척척 해냈다. 날이 갈수록 하나하나 늘어가는 태양이의 장기를 보는 재미도 가족들에게는 큰 행복이었다.

어느 겨울날, 아버지가 말도 없이 가족들의 곁을 떠났다. 인근 도시의 대학병원에 가기 위해 택시를 탔는데 국도를 달리던 택시가 빗길에 미끄러지면서 큰 사고가 났다. 눈과 비가 뒤섞인 빙판이었다. 운전기사는 중환자실에 실려 갔고 몸이 불편했던 아버지는 그대로 숨을 거두었다.

남은 가족들은 그때만 해도 태양이를 챙길 여유가 없었다. 내가 챙겨주지 않으면 다른 가족들이 알아서 해주겠지, 하는 마음에 신경도 쓰지 못했다.

그렇게 열흘이나 지나고 태양이의 탈수 증세를 보고서야 바짝 정신이 들었다. 태양이는 이미 식음을 전폐하고 있었다. 태양이도 알고 있었을까? 가족들은 따로 설명해주지 않았지만 태양이는 분명히 아버지의 죽음을 인지하고 있었다. 평소의 태양이가 아니었다. 말 못하는 짐승도 일곱 해를 함께해 온 가족을 잃은 슬픔에 깊은 가슴앓이를 하고 있었다는 것을 한참만에야 알았다.

그때가 내가 태양이를 처음 만난 시점이다. 사진 속 태양이는 또렷한 눈망울로 나를 응시했다. 하지만 눈을 감고 다시 본 태양이의 몸에는 에너지가 거의 느껴지지 않았다. 힘없이 누워 있었던 곳은 병원의 입원 케이지였다. 밥도 물도 먹질 않으니 강제로라도 수액 처치를 해야 했다. 급한 상담 연락을 받았을 당시만 해도 입원 얘기는 없었다. 그 사이 태양이가 입원을 했구나, 나는 생각했다.

"태양아, 괜찮니? 나랑 얘기 좀 나눠줄 수 있어?"

"아뇨. 저는 곧 갈 거예요."

"미안해. 힘들다는 거 알아. 하지만 가족들이 많이 걱정하고 있단다."

"저는 떠날 거예요. 더 이상 여기 있을 필요가 없어요."

"아빠가 보고 싶니?"

"네. 이미 가족들에게 인사했어요. 이제 미련이 없어요."

태양이는 여러 장면을 보여주었다. 하얀 수건, 냄새, 방석, 눈물… 태양이는 아버지가 늘 베개에 덮어 사용하던 수건을 끌어다 자신의 공간에 두었다. 머리카락 냄새, 그의 땀 냄새… 그걸 품에 안고 있었다. 태양이는 아버지의 냄새를 맡으며 잠을 잤다. 그러기를 하루 이틀 사흘 나흘… 태양이는 방석에 웅크리고 자는 것처럼만 보였지 몸과 마음은 아버지의 영혼을 따라가고 있었다. 그렇게 떠나겠다는 마음밖에, 태양이에게 남은 건 아무것도 없어 보였다.

나는 태양이가 어디가 어떻게 아픈지도 봐야 했고 잘 이겨내자고 희망을 주어야 했다. 가족들도, 힘들지만 함께 이겨낼 거니까 너무 슬퍼하지 말라고 전해 달라고 했다. 그런데 태양이의 마음은 저만치 멀어져 있었다. 게다가 가족들에게 마지막 인사까지 남겼다니….

태양이는 아무 말이 없었다. 아버지를 따라 떠난다는 얘기만 간신히 해주고 말았

다. 그런 태양이와 잠시 대화가 끊겼다. 나는 닦달하지 않으리라 생각했다. 그리움이라는 형체 없는 에너지만 태양이의 주변에 낮게 흐르고 있었다. 그때 나는 한 컷의 강한 이미지가 스치는 것을 인지했다. 에너지? 무거운 슬픔? 흐른다, 흐른다, 흐르고 있었다. 수액과 피가 함께 흐르고 있었다. 태양이는 링거 줄을 이빨로 물어뜯어 놓았다. 어두운 조명만 조용히 비추고 있었고 주위에는 아무도 없었다.

나는 급히 가족들의 연락처를 찾아 전화를 걸었다. 휴대전화 번호 하나가 내가 알고 있는 비상 연락망이었다. 하지만 너무 늦은 시간이었다. 자정이 넘어 있었고 휴대전화는 꺼져 있었다. 병원 이름이라도 알면 그쪽에 연락을 취해볼 수도 있었겠지만 아무것도 알아내지 못했다. 태양이 이름만 부르며 멀리서 흔들어 깨웠다. 급한 대로 레이키를 보내며 시간을 유예시켜 보고자 했다. 나만 허둥지둥… 그러나 무모한 노력이었다. 태양이는 조용히 떠나고 있었다.

아침이 되어서야 간신히 연락이 닿았다. 가족들은 이미 병원의 연락을 받고 그곳에 있었다. 병원에서는 명백히 태양이의 떠나고 싶어 하는 마음에서 연유한 죽음이라 보았다. 탈수가 있었기로서니 응급처치로 되돌릴 수 있는 문제였다. 평소에 건강하던 태양이였으니까 아무리 큰 스트레스라 해도 태양이를 건드리지 못하리라 생각했다. 그런데 태양이에게는 그게 아니었다.

태양이에게는 물론 남은 가족들이 있었다. 하지만 자신을 최고로 아껴준 아버지와의 갑작스런 이별은 치유되지 않는 슬픔이었다. 사람이나 동물이나 사랑했던 대상에 대한 상실감 앞에서는 살아갈 힘을 잃는다. 동물이 그러한 것처럼 인간도 그러하고 우리가 동물을 사랑한 것처럼 그들도 우리를 사랑한다.

나는 태양이의 삶과 죽음, 양쪽의 순간을 보았지만 그것은 엄밀히 나눠지지 않는 경계였다. 그 정의 또한 불분명하다. 모호하다. 아니, 명확한 구분에 익숙한 사람들에게나 모호하지 사실은 경계가 없는 이야기일 것이다. 삶과 죽음의 끝없는 이야기란….

4장

어디로 갈까?

강아지가

맺어준 인연

"제가 스무 살 때 몸이 안 좋아 입원을 했다 퇴원을 하면서 꼭 마음 둘 친구 하나가 있어야겠다 싶었어요. 그래서 그때 한 달 아르바이트를 하고 받은 돈이었네요. 그걸 몽땅 털어 데리고 왔어요. 아직도 몽이를 처음 만나던 순간과 처음 품에 안았을 때의 부드러운 느낌을 잊을 수가 없어요. 몽이는 늘 차분하고 영리하고 대견한 아이였어요. 그러면서도 사랑이 넘쳤답니다. 어렸을 적엔 폴짝폴짝 잘 뛰고 장난도 좋아하던 아이였고요."

몽이 엄마라고 자신을 소개한 사람이었다. 몽이를 키우면서 지금의 남편을 만났다고 했다. 남편은 수의사였다. 몽이 진료를 받으러 다니던 병원에서 만나 연애를 했고 지금은 아들딸도 낳아 행복한 가정을 꾸려가고 있었다. 몽이가 맺어준 인연이라 믿었고 늘 감사했다.

시추 강아지 몽이 아래로는 꿍이가 있었고 또 유기견 보호소에서 데리고 온 강아지 둘과 엄마 아빠 사이에서 태어난 사람 아이들 둘, 이렇게 여섯 아이들이 있었다. 그 맏이 노릇을 한 게 몽이였으니 엄마에게는 큰딸이나 다름없다고 했다. 어렸을 때 혈소판 감소증을 한 번 가볍게 겪은 것 말고는 12년 넘게 흔한 피부병이나 귓병도 없이 건강하던 아이였다.

그러다 갑자기 잇몸에서 피가 났다. 처음엔 잇몸병인 줄로만 알았다. 스케일링 하려고 갔다가 마취 전 혈액검사를 해보았다. 스케일링이 문제가 아니었다. 혈소판 수치가 심하게 떨어져 있었다. 게다가 혈액을 채취하느라 바늘을 꽂았던 혈관에서는 지혈이 되지 않았다. 몽이의 다리는 새빨개지도록 출혈이 계속되었고 수혈 처치를 해도 상황은 점점 악화되었다. 몽이는 그렇게 떠나버렸다. 너무나도 허무했다.

그날까지도 가족들은 몽이가 갑작스럽게 떠나버리리라고는 상상도 하지 못했던 일이었다. 마지막 인사도 나누지 못했다. 몽이는 늘 맏이였으니까, 늘 대견했으니까, 이래도 괜찮을 거야 저래도 괜찮을 거야, 믿고만 살아왔다. 그래서 더 챙겨주지 못했던 것 같다고 그제야 미안한 마음이 컸다. 엄마는 몽이라는, 큰딸을 잃은 슬픔을 보내왔다.

"우리 몽이… 잘 지내고 있니? 외롭진 않아? 엄마는 이제 몽이 생각만 하면 왜 이렇게 눈물부터 나는지 모르겠어. 몽이가 없었다면 우리 가족은 이렇게 생겨나지도 않았을 거고 이렇게 행복하지도 않았을 거야. 많은 사람들이 그렇게 생각하고 몽이에게 고마워한단다.

몽이야, 아플 때 많이 힘들었지? 엄마는 우리 몽이가 그렇게 힘든 줄도 모르고 꼭 다시 일어날 거라고만 생각했어. 그래서 자꾸 산소만 코에 갖다 대고 먹을 것도 억지로 먹이고 그랬어. 지금 생각해보면 많이 안아주고 많이 얘기해줄 걸… 모든 것을 후회한단다.

아빠는 다른 아이들 건강은 다 치료해주면서 우리 몽이는 너무 허망하게 놓쳤다고 마음이 많이 아프대. 그래도 몽이 편히 갈 수 있게 너무 많이 아파하진 않겠대. 가는 길 마지막에 너무 아프게 보내서 정말 미안해. 엄마 아빠 그리고 가족들 모두는 우리 몽이 다시 만날 그날까지 늘 몽이 기억하고 사랑할 거야.

너무너무 보고 싶다 아가… 우리 몽이… 엄마가 마음으로 머리 쓰다듬어주면 느낄 수 있겠니? 몽이가 가르쳐준 많은 것들 잊지 않고 열심히 살게. 우리 몽이도 즐거운 여행하고 너무 멀리 가지 말고 우리 꼭 다시 만나자. 사랑해 아가… 사랑해…"

아련한 마음을 다 전하기도 전에 남은 아이들은 남겨진 대로 똑같은 슬픔을 겪고 있었다. 몽이와 가장 오랜 시간을 보낸 동생 꿍이였다. 몽이보다 6개월 어렸지만 더 자주 아픈 아이였다. 지금은 눈도 안 보이고 귀도 들리지 않았다. 자유롭지 못한 자신의 몸을 의지할 곳은 제 눈과 귀 역할을 해준 몽이 언니였다. 이제 몽이가 떠나버렸으니 꿍이는 기댈 곳을 잃어버린 것이다.

꿍이는 홀연히 떠나버린 몽이의 부재에 심한 우울증을 앓았다. 몽이 화장하던 시간에 꿍이는 자면서 계속 짖어댔다. 꿈에서도 떠나는 몽이를 불렀으리라. 가지 말라고 소리쳤는지도 모르겠다. 가족들은 그렇게, 남은 아이들을 위해 몽이가 마지막 인사를 하러 왔다고 생각했다.

조금만

여기에
머물게요

"몽이야 잘 지내니?"

"네. 전 아주 편안해요. 여기 잘 있어요."

"어디 있니 몽이는 지금…."

"가족들 곁에 있어요."

"아직?"

"네. 조금만 여기에 머물다 갈 거예요. 걱정하지 말라고 전해주세요. 전 아직 곁에 있어요. 살아있을 때나 떠나서나 똑같아요. 변한 게 없어요."

"변한 게 없다니?"

"제 마음이요. 제 마음은 늘 여기에 있어요. 사람들 눈에 보이지 않을 뿐이지 전 똑같이 지내고 있어요."

"어떻게 지내는지 얘기 들려줄 수 있겠니?"

"더 편해졌어요. 먹고 마시고 아프지 않아도 되니까요. 하지만 놀고 싶으면 놀고, 쉬고 자고 다 똑같아요. 저를 느껴주세요."

가족들은 과연 몽이답다고 생각했다. 깊은 눈이 마주칠 때마다 무언가를 얘기하고 위로해주는 것 같았던 몽이였는데, 아직 가족들 곁에서 잘 지내고 있다는 얘기조차 역시 몽이라고 생각했다. 비록 육체는 사라지고 몽이의 냄새는 옅어졌지만 그 마음이 여기에 있다는 것은 가족들이 굳게 믿고 있던 바였다. 책상에 앉아 컴퓨터를 할 때면 의자 밑에서 배를 깔고 쿵! 하며 긴 한숨을 내쉬던 몽이를 생각했다. 그렇게 가족들이 생각하는 곳에 몽이는 존재하고 있었다.

"엄마 아빠는 몽이에게 너무 미안하대. 너무 힘들게 보낸 것 같아서…"

"그럴 필요 없어요. 잘 아실 텐데요."

"그래도 남은 사람들은 마음이 아프단다. 사랑하니까 그러는 거야."

"사랑하는 건 다 알죠. 걱정 마세요. 이렇게 떠나오면 이상한 감정은 하나도 남지 않아요. 아무것도 남지 않죠. 사랑만 빼고요."

"아빠는 너를 고쳐줄 수 있는 의사 선생님인데도 치료해주지 못해서 더 미안하대."

"그땐 아무도 몰랐을 거예요. 저도 그땐 불편한 일상 중 하나라고 생각했으니까요."

"언제부터 아팠던 거니?"

"두세 달 전… 아마도 그때부터였던 것 같아요."

"아빠도 몰랐을까?"

"그랬을 거예요. 미안해하지 말라고 전해주세요."

"그래도 미안한 마음은 남겠지만 몽이가 이해해줘서 고맙구나."

"아빠 마음에 달려있지만 그러지 않았으면 좋겠어요."

"몽이의 진심으로 느껴져…."

"네. 저에겐 거짓이 없어요. 전 원래 솔직한 아이였으니까요."

두세 달 전이라는 얘기가 나왔을 때 가족들은 기억을 되짚어보았다. 그때부터 디스크가 생겼다 좋아졌다 했고 피부도 발적되기 시작했었다. 아무도 몰랐을 거라 했지만 몽이의 몸은 그렇게 말을 해주고 있었다. 그것을 알아채지 못했다. 몽이는 정말 솔직한 아이였지만 너무 착해서 아프다는 투정도 안 했을 거라 생각했다.

"엄마는 몽이가 언제 가장 행복했는지 알고 싶대. 그 기억을 간직하시려는 거야."

"저녁 무렵이었어요. 물색이 짙고 깊어요. 호수…."

"호수엘 갔었니?"

"네. 저녁 무렵이었어요. 그때 너무 행복했어요."

처음에는 바다만큼 크게 보이더니 점점 작은 호수의 이미지로 보였다. 어스름 해가 져가고 있었다. 그때 몽이의 가슴에 벅차게 피어오르는 행복이 느껴졌다. 그걸 나에게 고스란히 보여주었다. 물냄새가 올라오는 허공에 코를 쿵쿵대며 냄새를 맡고 숨을 쉬었다. 평온한 시간이었다. 그 기억은 지금의 몽이처럼 아무런 걱정이 없고 행복한 순간이었다.

가족의 말을 들어보니 여름철 저녁이면 풀장에 넣어주고 놀았다고 했다. 집 근처의 대학 잔디밭 옆, 작은 호수에서 놀던 기억도 있었다. 몽이는 어느 것을 애기하는지 모르겠지만 신나게 뛰어놀던 기억은 엄마에게도 아직까지 생생하다고 했다.

"몽이야, 꿍이 알지?"

"당연하죠! 내 동생 꿍이."

"몽이보다 6개월 어리다고 들었어."

"그래도 걘 아가예요. 꿍이는 저 없으면 못 사는 아이니까요."

"그런데 몽이는 떠났잖니."

"하지만 전 여기 있잖아요."

"그거야 그렇지만… 꿍이가 너무 맘 아플 거야."

"그래서 여기 있는 거예요. 그 이유도 커요."

"꿍이 때문에 아직 이곳에 있단 얘기니?"

"그런 이유도 있다는 거죠. 꿍이가 떠날 때까지 지켜줄 거예요 계속해서."

"꿍이가 떠날 때까지라면?"

"꿍이와 같이 떠날 거예요. 전 괜찮아요."

"지금 떠나지 않아도 괜찮아?"

"전 괜찮아요. 기다리는 것 괜찮아요. 다 허락받았어요."

"누구에게?"

"하늘나라 하느님!"

"하느님? 하나님?"

"그렇게도 말할 수 있을 거예요. 좀 묘하지만…."

"많은 얘길 듣고 싶구나."

"나중에 기회가 되면 알 거예요. 지금은 꿍이 얘기 해요."

"그래, 꿍이와는 어땠니?"

"정말 각별했어요. 우리 꿍이… 그런데 꿍이한테도 얘길 했는데 바보같이 헷갈려 해요."

"뭘?"

"꿍이한테 저 떠나온 거, 여기 있는 거, 다 얘기 했는데 꿍이는 헷갈려하는 것 같아요."

"네가 그리워서 그러는 걸 거야."

"그건 저도 알아요. 여기 있으니까 힘들어하지 않아도 된다고 해주세요."

"살아있는 생명들은 그걸 모를 수도 있단다."

"아마 그럴 거예요. 그래도 이건 분명 사실이니까 얘기해주셔야 해요."

"그래 꿍이한테는 잘 설명해볼게."

"꿍이는 제 목소리를 듣고 냄새도 맡고 느낄 수도 있다고요. 그런데도 헤매고 있어요. 다독여주세요."

"그래 꿍이한테 어떻게 해주면 좋겠니?"

"사실을 알려주세요. 들으려고도 안 하겠지만 그래도 알려줄 노력은 필요해요."

"그렇구나. 꿍이에게 힐링도 했었단다."

"잘하셨어요. 고마워요."

"몽이가 이렇게 잘 알려줘서 더 고마워."

"네… 꿍이는 제가 지켜줘야 할 아이니까요."

멋진 재회를
할 거야

몽이는 밝고 건강하고 행복한 목소리로 대답도 잘해주는 착한 영혼이었다. 큰딸로서의 책임감도 느껴졌다. 맏이라는 이름은 그 자체로 무겁다. 될 수 있으면 피하고 싶은 짐이다. 내가 둘러메고 있지 않아도 늘 어깨를 짓누른다. 몽이는 기꺼이 자신에게 주어진 맏이 역할을 해내려고 애썼다. 그것은 이 세상을 떠나서까지 계속되었다. 몽이가 없으면 앞을 못 보고 듣지도 못하는 꿍이는 어떻게 살아갈 수 있을지 걱정이 되었을 것이다. 그런 꿍이를, 몽이는 떠나는 날까지 지켜주겠노라 했다.

영혼이 육체를 떠나는 일은, 무거운 철갑옷을 벗는 것만큼 후련한 느낌이다. 그것은 모자람 없이 오롯이 내게 전달된다. 어찌나 홀가분한지 육체를 벗는 것만으로도 가벼워 쉽게 날아오를 것 같다. 몽이의 목소리는 그 느낌처럼 경쾌하고 행복했다.

꿍이를 위해서라도 당분간은 가족들 곁을 지키겠다는 몽이 이야기에 가족들은 무척 감사해했다. 몽이는 꿍이랑 손잡고 언젠가는 하늘나라로 올라가겠지만 지금 가까이 있다는 느낌은 충분히 행복했다. 특히 엄마의 초등학생 딸은 몽이가 곁에 있다는 얘기를 들은 후부터는 울지 않고 잘 지내려고 무던히 노력했다. 맛난 반찬이 있으면 예쁜 접시에 담아 몽이 몫으로 나눠주기도 했다. 살아있을 때는 짠 음식을 절대 못 먹게 했었지만 이제 몽이는 햄이며 불고기, 라면까지 가리지 않고 다 먹을 수 있게 됐다. 딸과 아들은 몽이의 반려석에 입을 맞추고 손바닥에 올려 산책도 시켜주었다. 피아노도 쳐주었다. 살아있을 때 몽이는 아이들이 피아노를 칠 때면 옆에서 같이 노래하거나 가만히 듣는 걸 무척 좋아하던 아이였다. 그때처럼 몽이의 영혼은 행복해하리라고 아이들은 믿었다.

그러나 꿍이는 끝끝내 슬픔을 놓지 않았다. 몽이가 먹으면 먹고, 뛰면 뛰고, 짖으면 같이 짖던 아이라서 지금은 몽이 먼저 먹질 않으니 한참을 밥그릇 앞에서 기다리고만 있었다. 늘 몽이 눈곱이며 귀 청소며 다 핥아서 닦아줄 정도로 몽이바라기 꿍이였다. 이런 모습을 보며 엄마 아빠는 늘 하던 말이 있었다. '몽이 먼저 가면 꿍이는 금방 따라갈 거야'라는 말이 씨가 되어버린 것처럼 꿍이는 정말 금방이라도 따라갈 아이처럼 힘들어했다. 이제 앞도 볼 수 없고 들을 수 없는 꿍이를 안쓰럽게 바라볼 때마다 '몽이 없으면 아무것도 해내지 못할 텐데…'라며 가족들의 걱정이 컸다.

나는 꿍이에게 힐링을 진행했다. 마음을 위로하고 다독여주는 것이 목적이기도 했지만 몽이가 당부했던 사실 그대로의 메시지를 함께 전달했다.

"꿍이야, 아직은 이렇게 슬프지만 언젠가는 몽이를 다시 만나게 될 거란다. 엄마 아빠가 밖에 나가시면 언젠가는 들어오시잖니? 기다리는 아이들은 돌아올 그때를 몰라서 애가 타는 거야. 몽이를 만나는 것도 네가 그때를 몰라서 힘들 뿐이란다. 하지만 멋진 재회를 할 거고 그건 몽이가 꿍이에게 전하는 메시지야. 우리가 알지 못하는 것을 붙들고 있다가는 지금 소중한 행복들을 놓치게 된단다. 아줌마는 꿍이가 행복했으면 해. 엄마 아빠 마음도 마찬가지야."

그때 누군가 다가와 꿍이의 눈물을 닦아주는 모습을 보았다. 꿍이는 얌전히 있어주었다. 나는 어쩌면 몽이의 영혼이 아니었을까 생각이 들었다. 가족들 말로는 그때 다른 강아지가 꿍이 곁에 와서 눈을 핥아주었다고 했다.

나는 꿍이를 달래고 또 달랬다. 누구보다도 사랑하는 존재를 잃은 슬픔을 잘 알기 때문에 꿍이의 아픔이 나의 마음과 다르지 않다고 느꼈다. 꿍이는 깊은 숨을 내쉬었다. 몽이의 냄새만이 꿍이의 호흡 끝에서 머무르고 있었다. 엄마는 몽이가 생전에 하고 다니던 머리끈을 꿍이에게 가져다주었다. 꿍이는 코를 깊이 파묻고 꼬리를 흔들었다. 몽이 귀털에 묶었던 거라서 아직 냄새가 남아있을 거였다. 그 순간만큼은 몽이를 보고 듣고 모든 감각을 열어 기쁜 추억을 떠올렸을 것이다. 엄마는 몽이 유골함에도 꿍이를 안아 올려주면서, 언니가 우리를 지켜주고 있으니 걱정 말라고 쓰다듬어주었다.

다시 만나리라는 영혼의 약속은 우리로서는 요원하기만 하다. 꿍이에게도 마찬가지였다. '그 시간'이란 멀고도 기약이 없었다. 꿍이가 느끼고 싶었던 것은 늘 곁에 있던 몽이의 온기였다. 그 따뜻함은 어떠한 위로나 힐링으로도 대체될 수 없었다. 온전히 꿍이의 기억 속에만 있는 사랑이었다.

　나는 꿍이의 마음을 존중하기로 했다. 그때로서는 힐링도 큰 힘이 되지 않았다. 운명 같은 긴 터널을 지나고 있는 꿍이에게는 오로지 시간이 필요했다. 아무리 가까운 곳에 있어도 몽이는 꿍이에게 진짜처럼 느껴지지 않았다. 꿍이는 그것이 안타까웠다. 때론 가까워졌다 그대로 멀어지기도 했다. 그것을 붙잡고 싶었다. 나는 꿍이에게 그것을 꿈꿀 수 있는 시간을 충분히 주기로 했다. 모든 살아있는 생명이 그러하듯 꿍이 또한 스스로 치유할 힘이 있다는 것을 나는 믿어주었다.

어떻게 된 거지?

여섯 번째 생일을 얼마 남기지 않은 코커스패니얼 토토는 한여름 계곡으로 물놀이를 갔다. 코커스패니얼 대부분이 그렇듯 토토는 밝은 성격에 장난꾸러기인데다가 속도 깊고 사람을 좋아하던 아이였다. 정말 매력적인 견종이다. 그 사랑스러운 얼굴을 보고 있노라면 나도 모르게 흐뭇해 어쩔 줄 몰라 한다. 큰 발이 귀여워 보이는 건 코커스패니얼만의 독특한 매력 포인트다. 통통한 발을 만지면 손 안에 가득 들어오는 꽉 찬 기쁨이 느껴진다. 건강한 마음만큼이나 건강한 육체를 자랑하던 토토였다. 물놀이를 하는 가족들, 친구들, 강아지들은 저마다 자연과 하나가 된 편안함을 만끽하고 있었다. 반려인 누나는 즐거워하는 토토를 흐뭇하게 바라보았다. 마냥 행복하고 평화로운 여름날이었다.

그곳에서 다슬기를 잡고 있던 아주머니가 보였다. 낯선 사람이었다. 개들의 본능이 발동할 타이밍이다. 토토는 아주머니를 보고 짖었다.

"토토! 짖지 마!"

누나는 토토의 입을 잡았다. 그러자 토토는 그녀의 품에서 뛰쳐나갔다.

"아이구, 그러지 말아요. 나도 개 키우는데… 강아지가 참 예쁘네…."

밖에서 만나는 이런 따뜻한 관심은 동물에게나 반려인에게나 작지 않은 감사를 느끼게 해준다. 아주머니는 토토가 예쁘다고 미소를 지어보였다. 그리고 쓰다듬어 주었다. 깽!!! 순간 토토가 비명을 질렀다. 외마디 비명이었다. 그리고 토토는 누나 품으로 와서 그대로 쓰러졌다. 사지가 풀려버렸다. 혀는 보라색으로 축 늘어진 채 그대로 별이 되어버렸다.

얼마 전까지만 해도 건강검진에서 아무 문제없던 토토였다. 평소에 잔병치레조차 하지 않던 아이라 이렇게 갑자기 아무 이유 없이 떠났다는 것이 도무지 믿기지 않았다. 상실감을 느낄 새도 없이 가족들은 충격에 빠졌다. 뭐가 문제였을까? 토토의 입을 쥐어 잡은 게 잘못이었을까? 그게 아파서 숨을 못 쉬었을까? 아주머니가 어떻게 한 걸까? 도대체 뭐였을까? 고통스럽진 않았을까? 병원으로 가는 차 안에서 아무리 불러봐도 토토는 대답이 없었다.

그렇게 하루 이틀 사흘이 지나고 그녀는 그제야 토토 이름을 다시 불러보았다. 하고 싶은 얘기가 너무도 많았다. 다 들려줬어야 했는데 이제 그럴 수가 없었다.

"토토야, 누나가 토토 주려고 당근도 심고 오이도 심고 토마토도 기르고 있었는데 이거 다 먹고 가지… 할아버지 할머니가 토토 좋아한다고 방울토마토도 챙겨오셨는데 좀 더 있다 가지… 며칠 뒤면 강원도에서 강아지 친구들이랑 신나게 놀기로 했는데, 누나가 너 좋아하는 물고기도 수영장에 풀어주려고 했는데, 해줄 것도 너무 많고 보여주고 싶은 곳도 너무 많은데 이렇게 일찍 훌쩍 가버려서 누나 맘이 말할 수 없이 아프구나.

행여 남들 눈에 천덕꾸러기로 보일까 봐 하고 싶은 것도 못하게 해서 미안해. 많이 혼내서 미안해. 피부 탈날까 봐 고기 많이 못줘서 미안하고, 간식도 쌓아놓고 자주 못줘서 미안해. 그렇게 좋아하는 움직이는 장난감도 아낀다고 못줘서 미안해. 누나 출근할 때 너 우는 소리 듣고도 달려가지 못해서 미안해. 누나가 다시 들어가면 토토가 헤어지기 더 힘들까 봐 모질게 했어. 낮에는 그렇게 혼자 둬서 미안해. 얼마나 심심하고 무서웠을까… 못된 누나는 토토가 혼자만의 시간을 잘 버틸 거라고 일부러 그렇게 생각했어.

처음 너무나도 조그맣던 널 안았을 때 누나의 모든것이 빨려 들어가는 느낌을 받았어. 한 번도 아프지 않았고 걱정을 안겨주지도 않았지. 모든 순간순간마다 토토는 너무 예쁘고 사랑스러웠어. 누나는 하루하루가 정말 행복했단다. 토토야 사랑해. 토토는 누나 인생의 최고의 친구이자 동생이자 아들이었어. 누나한테 와줘서 고마워.

평생 우리 토토 잊지 않고 기억할게. 널 기억하고 슬퍼하고 기도해주는 할아버지, 할머니, 누나, 형, 이모들이 참 많단다. 토토야 잘 가. 그리고 행복해. 고마워 토토야…"

그녀는 가장 먼저 토토에게 이 메시지를 전해주고 싶어 했다. 알 수 있다면 갑자기 떠난 이유도 알고 싶어 했다.

경험적으로 보면 영혼과의 교감은 어느 정도 시일이 지난 후에 시도하는 것이 안정적으로 보인다. 대체로 열흘, 보름 혹은 49재 무렵이나 그 이상이 되었을 때는 별 무리 없이 진행이 되는 경우가 많다. 하지만 누나는 마음이 급했다. 토토는 어디를 어떻게 가고 있는지, 이것이라도 알고 싶은 마음에 잠을 이룰 수가 없었다.

나는 토토와 대화를 시도했다. 하지만 토토는 자신의 죽음을 인지하지 못했다. 내게 자신의 마음을 그려 보내주었다. 토토가 그날 보았던 아주머니는 비현실적인 그림자처럼 혹은 먹구름이 드리운 것 같은 모습으로 스케치되어 있었다. 사람의 형체는 없었고 검게 증발하고 있는 연기 같았다. 토토의 느낌이었을까? 아니면 그것이 실제였을까? 나는 구분할 수 없었다. 영혼에게서 받은 이미지가 워낙 생생해서 나까지도 혼란스러웠다.

토토는 좀 더 시간이 필요해 보였다. 설령 그날 만났던 낯선 아주머니에게 모든 책임이 있다 하더라도 더 이상 마음에 두지 말고 잘 가야 할 것이다. 그것은 토토가 아니더라도 이 세상을 떠난 영혼들은 제 갈 길을 가야한다는 것이 나의 생각이다. 최소한 두렵거나 부정적인 마음에 묶이지 않아야 한다는 것은 분명해 보였다.

나는 토토를 통해 본 이미지들이 얼마나 비현실적인 이야기일지 뻔히 알면서도 사실 그대로 전해야겠다는 생각을 했다. 아직 떠난 것을 알지 못하는 토토에게는 좀 더 시간이 필요하다는 것을 말이다. 가족들이 더 혼란스러워진 것은 당연하다. 나는 너무도 미안했다. 아직은 토토와 원활한 대화를 하는 것이 힘든 시점이었다. 적절한 시간에 다시 토토를 만나보겠노라 말씀드렸다. 토토가 잘 떠날 수 있기를, 평안한 휴식 속에 있기만을 간절히 기도하는 마음으로 그렇게 며칠을 더 보냈다.

"토토야, 다시 왔단다. 괜찮니?"

"어서 오세요. 기다리고 있었어요."

"고맙구나 토토야…! 지금은 어디에 있는 거니?"

"하늘나라예요. 여기 잘 왔어요!"

그곳은 아름다운 냇물이 흘렀다. 온갖 향기로운 꽃들과 신선한 공기는 천연색의 그림처럼 조화로웠다. 그 그림 속에 토토가 있었다. 강아지의 영혼 토토는 작품의 마지막 방점처럼 완벽함을 더해주고 있었다. 게다가 토토가 갖고 싶은 건 모두 있다고 했다. 토토는 기쁨에 들떠있었다. 나는 참으로 다행이라 생각했고 토토의 얘기에 감사했다.

"와… 좋겠다! 토토는… 그런데 외롭진 않니? 널 돌봐주는 영혼이 있어?"

"그럼요! 할머니 할아버지가 곁에 있어요. 내 할머니 할아버지!"

"그분들이 마중 나오셨니?"

"아뇨, 여기 와서 만났어요. 저랑 똑같이 생겼어요."

"그럼 토토는 누가 마중 나와 줬어? 기억해?"

"제가 모르는 아주 많은 동물이 와줬어요."

토토의 주변으로는 개뿐만 아니라 큰 동물들이 가득 보였다. 맨 앞줄에는 큰 뿔을 가진 사슴, 그 뒤에는 갈색 곰, 양 옆으로는 흐린 색깔의 큰 동물들이 보였다. 이름을 다 알 수는 없었지만 토토는 무서워하지 않았다. 토토를 편하게 해주려고 이렇게 마중 나와 주었다고 했다. 모두 친절했다. 다행이었다. 나는 그러나 토토가 떠나던 상황에 대해 다시 물어야 했다.

"토토야, 그날 기억하니? 다시 떠올릴 수 있겠어?"

"네. 고통스러웠어요."

"왜 그랬는지 알 수 있겠니?"

"갑자기 추웠어요. 그리고는 심장이 멈춰버렸죠."

"원래 심장이 안 좋았어?"

"아뇨. 아픈 곳은 없었어요. 아주 잠깐 찌르는 고통만 느꼈어요."

"심장마비였을까?"

"그런 것 같아요. 물이 제 몸에 닿았고 너무 추웠어요."

"네가 죽는다고 생각했어?"

"아뇨, 전혀요. 죽었다는 걸 몰랐어요. 처음엔 전혀 몰랐어요. 누구에게 잘못이 있었는지도 몰랐고 너무 혼란스러웠어요."

"누나는 너를 못 잊게 붙들어서 그렇게 됐다고 생각해."

"전혀 아니에요. 죄책감 갖지 말라고 전해주세요."

"다행이구나, 그럼 토토 예쁘다고 쓰다듬던 아주머니가 어떻게 한 거니?"

"아니에요."

"토토 처음 만났을 땐 어두운 그림자만 보았어. 그건 어떻게 된 거였는지 물어봐도 돼?"

"모르겠어요. 저는 전혀 알지 못했어요. 슬프기만 했어요. 그게 한참 간 것 같아요."

"그럼 언제 어떻게 알게 된 거야?"

"나중에 저를 마중와 준 동물 친구들이 얘기해줘서 알았어요."

토토는 가족들의 생각과 마찬가지로 이렇게 갑자기 떠나리라는 사실을 전혀 알지 못했었고 인정하지 않으려 했다. 어쩌면 그 마음이 어두운 그림자의 표상으로 나타났는지도 모르겠다. 다행히 토토는 가야 할 길을 받아들였다. 시간은 좀 걸렸지만 따뜻한 길을 안내해주는 동물 친구들을 따라간 것이다.

"거기서도 가족들 생각하니?"

"네. 하지만 여기 생활이 바빠요."

"뭐 하는데?"

"이것저것 배울 게 많아요. 여기 생활하는 법이랑 움직이는 법…."

"이쪽 사는 곳과 움직이는 게 다르니?"

"네. 달라요. 여기서는 그냥 바람처럼 움직여요!"

"그런데 왜 배워야 하지?"

"제가 가고 싶은 곳으로 가려면 훈련이 좀 필요해요. 아직은 어려워요. 전 이제 막 적응해가고 있거든요."

바람처럼 움직인다는 것은 어떤 기분일까? 잘은 모르겠지만 토토가 설명해주는 것만으로도 그 순간은 자유로움을 만끽할 수 있었다. 그렇게 가벼웠다. 몸도 마음도 한없이 가벼운 토토의 영혼이었다.

"형아는 토토가 잘 갔는지 궁금하대."

"아… 형아 좋았어요. 저랑 잘 놀아줬어요. 다정하게 대해주고 제 얘기 많이 들어 줬어요. 고맙다고 전해주세요. 잊지 못할 거예요. 그리고…."

"응? 그리고 뭐?"

"잊어버린 게 있는데…."

"뭔데?"

"다음에 얘기할래요."

"어쩌면 아줌마랑은 다시 못 만날지도 몰라. 지금 말해줄 수 있겠니?"

"아… 형아가 저한테 말한 거… 저는 마음에 두지 않아요."

"무슨 말?"

"저한테 못생겼다고 말한 거. 저는 예쁘고 잘생기고 똑똑했어요. 그러니까 농담으로 한 말이란 거 안다고 전해주세요."

"농담으로 받아줘서 고맙구나. 꼭 그렇게 전할게."

"전 마음이 넓으니까요!"

"가족들에게 하고 싶은 말이 있니?"

"사는 동안 정말 행복했어요. 저한테 잘해줘서 고맙다고 전해주세요. 가족이란 아주 따뜻하고 행복하다는 것! 저는 그걸 배웠어요. 정말 소중한 경험이었어요."

"가족들은 이제 토토에 대해 어떻게 생각하면 좋을까?"

"그건 개개인의 몫이에요. 모두 다르게 느끼고 다르게 성장하는 거예요. 뭐라 말할 수는 없어요."

"그래. 가족들은 토토가 뭘 갖고 싶어 했는지도 알고 싶어 하시는구나."

"공이요. 빨간 공!"

"거기에도 공이 있니?"

"네! 원하는 만큼, 갖고 싶으면 다 가질 수 있어요!"

"그게 어디에 있는 거야?"

"생각하면 나와요. 어디에서든…."

토토는 이제 막 하늘나라에 적응해가는 중이었고 많은 것들을 신기해했다. 그것에 즐거워했다. 행복한 마음에 들떠 있는 토토와의 대화는 매우 즐거웠다. 나는 이것저것 많은 것들을 묻고 싶었지만 토토는 바빴다. 바빠도 행복했다. 이제 그만 가봐야 한다고 했을 때 나는 기쁜 마음으로 토토를 보내주었다.

토토에게, 못생겼다는 말은 마음에 담아두지 않을 이야기였다. 하지만 형아라고 했던 가족은 그것이 못내 미안했다. 토토의 메시지를 전했을 때 자신이 하고 싶었던 얘기를 토토가 먼저 해주어 고맙다고 했다. 못생기지 않았을 뿐만 아니라 마음까지 넓은 토토를 느끼기에 부족함이 없었다.

그리고 토토가 갖고 싶어 했다는 빨간 공이란 조카가 토토를 위해 사두었던 것이라고 했다. 이제 조금만 있으면 토토에게 줄 수 있었을 텐데 그걸 받지 못하고 떠나버렸던 것이다. 그렇게 갖고 싶어 했다는데, 이제라도 어떻게 전해줄 방법이 있을지 내게 물어왔다. 나는 완벽한 그림 속에 존재하던 토토의 모습을 떠올렸다. 그러자 토토는 고맙다고, 이미 다 가졌으니 그걸 믿어달라고 했다. 그 말만 해주고 다시 하늘나라의 바쁜 일상 속으로 돌아갔다. 나는 토토의 뒷모습을 보았다. 미처 전해주지 못한 빨간 공을 손에 쥐고 있는 기분이 들었다. 하지만 내 얼굴엔 천천히 미소가 떠올랐다.

이 세상에서

다른 세상으로

내가 아주 어렸을 적 이야기다. 걸어서 꼬박 30분이 걸리는 산 속 동네에 작은 교회가 있었다. 지금은 깨끗하게 포장이 된 도로지만 그때만 해도 흙과 자갈이 뒤섞인 거친 시골길이었다. 차도 다니지 않는 길이지만 한 대 지나가기라도 하면 그 먼지를 옴팍 다 뒤집어써야 했다.

길 옆으로 졸졸 흐르는 도랑에는 메기와 미꾸라지가 살았다. 누군가 송사리라고 했던 물고기도 많았다. 도랑물은 논과 밭에 물을 대주고 있었고 농작물은 햇볕 속에서 거침없이 자랐다. 일요일 아침은 늘 또래 아이들과 그 길을 걸어 교회로 향했다.

교회의 예배 시간은 아직도 생생하다. 선명한 황토색으로 페인트칠을 한 마룻바닥에 우리는 각자 방석을 깔고 앉았다. 띄엄띄엄 앉아도 사람이 몇 안 되는 예배당은 늘 여유가 있었다. 교회를 중심으로 시골 마을들이 여기저기 흩어져 있긴 했지만 신도라고 해봐야 여름성경학교가 재미있는 어린아이들이 대부분이었다. 우리는 기도를 하고 말씀을 듣고 찬송가를 불렀다. 가끔은 율동도 했다.

우리 할머니는 몇 안 되는 어른 신도 중 한 분이셨다. 아이들의 예배 시간이 끝나고 돌아가는 길에 늘 집과 교회의 중간 지점에서 할머니를 만났다. 할머니에게는 나를 만나는 그 순간이 걸음을 멈추고 길 옆에서 잠시 쉬어가는 시간이었다. 어리고 팔팔한 나는 굳이 쉬어갈 이유가 없었지만 꼭 몇 마디라도 할머니와 얘기를 나누는 것이 좋았다. 사실 할머니와 나는 같은 집, 같은 방에서 늘 얼굴을 맞대고 살았지만 말이다.

"할머니, 오늘 전도사님이 천국 얘기해줬어!"

"그래, 뭐라시더냐?"

"음… 하나님이 있는 하늘나라라는데… 저기 하늘 있잖아, 저어어기…."

나는 손가락으로 하늘을 가리켰다. 할머니도 하늘을 올려다보았다. 정오가 가까워오는 하늘은 눈이 부셨다.

"저기 가면 뭐든지 다 있대. 맛있는 것도 많고 맨날 재미있게 놀 수 있대. 그러니까…."

"하늘나라 가고 싶으냐?"

"아니 아직… 대신 할머니가 먼저 가면 나한테 맛있는 것 좀 던져달라고…."

"그래, 다 줘야제. 뭐가 제일 먹고 싶으냐?"

"음… 우선 사과, 그 다음에는 떡이랑… 음… 과자도! 다 던져줘. 할머니, 알았지?"

"암… 그래야제!"

나는 뿌듯하고 기뻤다. 할머니는 내게 약속했다. 이제 앞으로 먹고 싶은 건 언제든지 먹을 수 있다는 상상에 가슴이 터질 것만 같았다. 단지 할머니가 하늘에서 던져주는 사과를 깨뜨리지 않고 받을 방법만 궁리하면 되었다. 나는 이 고민을 두고두고 해댔다. 그때의 나는 세상 모든 걸 가슴에 품고 사는 세계 최고의 부자였다.

그러다 초등학교 이후로는 교회에 다니지 않았다. 내 관심은 하늘나라에서 멀어졌다. 학업과 이성 문제로 옮겨갔다. 천국에 대해서는 더 공부해볼 여력도 관심도 없었다. 아주 한참을 잊고 살았던 단어였다. 그런데 나는 이제 와서 다시 하늘나라 이야기를 듣고 있다. 지금은 잘생긴 전도사님이 아닌, 동물의 영혼들이 들려주고 있다. 놀라운 것은 어릴 적 듣고 그려보았던 천국의 모습과 가히 다르지 않다는 점이다.

내가 원하기만 하면 다 이루어진다는 것은 이 세상에서는 엄두가 나지 않을 말이다. 원하는 것은 너무 많고 세상 사람들에게 할당된 행복을 내가 다 가질 수는 없는 노릇이다. 우리는 이 물질세계에 존재하고 있어서 내가 더 가지면 남은 가질 수 없는 구조 속에 산다. 물질적인 대상이 아니더라도 인간은 끊임없이 가질 수 없는 것들을 욕망한다. 끝없는 사랑을 갈망하고 사회의 인정, 잃어버린 것들까지 다시 찾고 싶어 한다.

나는 지금 동물의 영혼들을 통해서 하늘나라를 보고 있지만 토토가 보여준 하늘나라는 내가 어릴 적 상상해마지 않았던 그 세계와 가장 흡사했다. 사막에 샘이 넘쳐흐르고 꽃이 피어 향내나는 그곳이었다. 꽃으로 무성한 동산에서는 사자와 어린 양들이 함께 뛰어놀고 있었고 어떤 곳에도 욕심과 질투는 없었다. 어릴 적 교회에서 율동으로 표현하던 참사랑과 기쁨이 넘치는 그런 곳이었다.

나의 할머니는 내가 성인이 되어 인도(India) 땅을 떠돌던 무렵 하늘나라로 가셨다. 어린 내게 사랑의 약속을 해주셨던 할머니를 지금 다시 추억해본다. 어쩌면 할머니는 잘 익은 사과를 보며 하늘나라에서도 내 생각을 하시겠지, 그걸 어떻게 전해줄 수 있을까 잠시 고민도 하시겠지, 우리 손녀딸에게, 할머니는 하늘나라에 잘 있다고 말해주고 싶으시겠지… 나는 이런 상상만으로도 어릴 적 가슴이 터질 것 같은 뿌듯한 기쁨을 다시 느낄 수 있다. 동물과의 영혼교감을 통해 확인한 천국의 모습을 알기 때문이다. 최소한 하늘나라를 떠올리는 내 마음은 남부러울 것 없는 부자로 느껴진다.

5장

영혼을 위한 빛,
기도의 힘

나를 달래주고

재워주던

아루는 작고 앙증맞은 요크셔테리어 강아지다. 반려인과 함께 살아온 세월이 12년, 강산이 한 번 바뀌었고 새로운 강산과 함께 나날이 행복한 삶이었다.

나이가 들어가면서 아루에게는 백내장이 발견되었고 호흡기관은 좁아져 숨 쉬는 것이 불편해 보였다. 그것만 제외하면 앞으로 7, 8년은 더 건강하게 살 수 있을 거라는 병원의 긍정적인 진단을 받았다. 그러나 진단은 그저 진단이었고 누구도 책임져 주지 못했다. 아루의 백내장은 급속도로 진행되었다. 양쪽 눈의 시력까지 다 잃고 겨우 빛만 구분하는 정도가 되었다. 하지만 그마저도 감사했다. 아루는 언제나 누나의 곁에 사랑하는 강아지로 존재해주었으니까.

한줄기 빛으로 사물을 감지해야 하는 아루를 데리고 누나는 일 때문에 서울에서 먼 시골로 거처를 옮겨야 했다. 새로운 집의 낯선 구조는 아루에게 적지 않은 불편함이었다. 어느 날은 그녀가 잠깐 외출하고 돌아와 보니 방문이 열려 있었다. 방에서 나와 툇마루로 걸음을 옮기던 아루는 더 이상 걸을 공간이 없는 마루 아래로 떨어져 버렸던 것이다. 떨어진 자리에서는 어디가 어디인지 몰라 더 이상 움직이지도 못했다. 그대로 두려움에 떨고 있었다. 아루도 그녀도 많이 놀랐다.

다음날, 그녀는 여동생의 결혼식이 있는 서울로 떠나야 했다. 새벽부터 준비를 서둘렀다. 그런데 아루가 이상한 소리를 냈다. 몸도 떨었다. 그러다 그대로 축 늘어지더니 심장이 멎어버렸다. 급한 대로 인공호흡을 했다. 사랑한다고, 엄마 만나러 가자고, 누나 결혼식도 봐야지, 병원도 가봐야지… 허둥지둥 정신을 차릴 수 없었다. 그때 기적처럼 아루의 심장이 다시 뛰기 시작했다. 감사했다. 아루를 안고, 감사합니다! 감사합니다! 그녀는 눈물을 흘리며 기도했다.

정신없는 새벽이었다. 그녀는 서둘러 첫차를 타고 아루와 서울로 올라왔다. 동생의 결혼식이 어떻게 끝났는지도 모르게 마음이 조급했다. 아루가 걱정되었다. 병원에서는 심장비대증이 이미 많이 진행된 상태라고 했다. 이 지경이 되도록 그녀는 눈치를 채지 못했었다는 것이 괴로웠고, 아루 혼자 툇마루 아래로 떨어진 그날 이후 급속도로 나빠진 것 같아 마음이 아팠다. 응급 상황이라 어떤 검사도 치료도 불가능한 상태라고 했다. 일주일치 심장약만 받아왔다. 그녀는 아루와 시골로 돌아가는 긴 여행을 하는 것이 무리가 될 수 있었기 때문에 서울에 있는 부모님 댁에서 열흘 정도를 지내기로 했다. 아루는 그 동안에도 여러 번 심장 발작이 있었지만 중간중간 밥도 잘 먹고 놀기도 했다. 그러나 그것은 덤으로 주어진 시간이었다.

곧, 하루는 아침부터 내내 밥을 먹지 않더니 밤에는 급기야 아픈 소리를 내면서 괴로워했다. 너무 아파서 제대로 눕지도 못했다. 정신이 없는 듯 보였지만 앉은 자세로 마음을 다잡으려고 애쓰는 모습이 역력했다. 병원에 데려가면 안락사를 권유할 것 같아 그렇게 하고 싶지 않았다. 계속 아파하면 다음날이라도 어쩔 수 없이 병원에 데려가야겠다고만 생각했다. 그때 아루는 앞이 안 보일 텐데도 집을 둘러보는 듯 하나하나에 시선을 두었다. 누나와 눈을 마주치기도 했다. 앉아있던 아루가 일어났다. 한 발 걷고 쓰러지고, 쓰러지던 아루는 누나에게 똑바로 걸어왔다. 그러다 뒤를 돌아 엄마를 보며 눈물을 뚝뚝 떨어뜨렸다. 그리고 다시 쓰러졌다.

고개는 힘없이 늘어졌고 숨은 멎었는데 아루는 자는 것만 같았다. 믿기지 않았다.

이제는 정말 이별이었다. 인공호흡도 기도도 먹히지 않았다. 그녀는 하얀 수건으로 아루를 감싸주었고 아루는 그 속에서 차갑게 식어갔다.

그녀는 아루의 유골을 받았다. 유골함도 꼭 아루만 같아서 너무 예뻐 보였다. 유골을 어찌할까 고민하다 서울에서 가까운 외할머니 외할아버지 선산에 묻어주기로 했다. 깊은 산이어서 아루가 싫어하면 어쩌나 걱정이 되기도 했지만 생전에 아루를 안고 재워주고 달래주던 외할머니 옆이, 그래도 낯선 시골 뒷산보단 나을 거라 생각했다.

그녀는 유골함을 들고 선산을 찾았다. 외할머니 무덤에서 가장 가까운 곳에 소나무 한 그루를 보았다. 그 아래 흙을 파고 아루의 유골과 잘 섞어 덮어주었다.

한 번만

꿈에 나와 줘

"아루야, 아루야, 우리 애기 아루야. 엄마랑 누나가 아루를 더 편안하게 해주지 못해서 미안해. 아루 힘들게 낯선 시골에 데리고 가서 미안해. 백내장 진행되었을 때 수술해주지 못한 것도 미안해. 확률이 반반이래서 걱정이 돼 하지 못했어. 아루 건강, 회복 가능성, 이런 거 따지느라 아무런 결정을 하지 못했어. 미안해 아루야….

어제 작은누나가 신혼여행에서 돌아왔어. 집에 아루가 없어서 많이 놀랐단다. 우리 착한 아루는 작은누나 결혼식부터 열흘이나 기다려주었는데 얼마나 힘들었을지 모든 것이 미안해.

우리 겁 많은 아루, 하지만 외할머니 외할아버지가 지켜주실 거니까 무서워하지 마. 우리를 지켜주셨던 것처럼 아루를 지켜주실 거라고 엄마랑 누나가 빌고 또 빌었어. 햇살이 잘 드는 좋은 곳이야. 늘 그랬듯이 따뜻한 햇살 아래에서 편히 누워 쉬고 할머니 품에서 즐겁게 놀았으면 좋겠구나. 아루가 있는 그 나무에도 자주 갈게. 작은 누나랑 엄마랑도 금방 다시 갈게.

　누나는 아루가 너무너무 보고 싶고 미안한 게 너무 많구나. 아루가 아팠던 시골에 누나는 아직도 못 내려가고 있어. 하지만 우리 아루 잘 놀아야 해. 우리 또 만나자. 꼭 만나자. 아루와 함께했던 시간 잊지 못하고 그 추억을 꼭 껴안고 잔단다. 아루도 괜찮다면 누나 꿈에 한 번만 나와줘. 누나 한 번만 안아줘. 사랑해 아루야…."

　나는 작은 몸집에서 빛나는 아루의 눈동자를 바라보았다. 똑똑하고 고집이 있어 보였다. 그것은 교감의 차원은 아니었지만 아루는 정말로 그런 아이일 거라는 게 강한 첫인상이었다.

　"아루야, 누나가 아루에게 하고 싶은 말이 있단다."

　이렇게 인사를 건넨 나에게 아루가 떠나던 당시의 통증이 느껴졌다. 보이지 않는 두 눈에 온 신경이 가 있는 듯했다. 눈이 아팠다. 기침도 조금 났다. 지금은 영혼으로 존재하는 아루였지만 생전의 에너지가 느껴졌다.

　"아루야 괜찮니?"

　"저는 많이 두려웠어요. 죽음이 다가오는 것을 알았지만 어떻게든 이겨내 보려고 했어요. 아프지 않은 척 하고 싶었는데 나약한 모습을 보여줬어요. 미안해요. 걱정하게 해서 미안해요."

　"아루야, 누나는 아루가 미안한 마음 갖는 걸 원하지 않을 거야."

　"하지만 미안해요. 다른 말로 표현하고 싶지만 이 마음이 컸어요."

"아루를 병원에 데려가지 않아서 누나도 미안하대. 안락사를 권할 것 같아 그게 두려웠대. 근데 아루를 데려갔어야 했는지 어떤 게 옳았을지 아직도 마음이 많이 아프단다."

"데려가지 않은 건 잘한 거예요. 어차피 저는 이겨내지 못했을 거예요. 제 한계를 보았으니까요."

"떠날 때가 되었던 거니?"

"다 때가 되어서 떠나온 거죠. 단지 제 의지와는 달리 약한 모습을 보였어요. 그게 미안한 거예요."

아루의 누나도 마찬가지고 다른 사람들도 그러하다. 안타깝고 미안한 마음은 쉽게 잊히지 않는다. 아루도 다르지 않았다. 그것은 우리가 서로를 사랑할 때 생기는 마음이다. 하지만 미안하다는 말은, 우리가 진정 사랑하는 대상으로부터 들었을 때는 다시 한 번 마음이 아파온다. 아루가 미안해하지 않았으면 하는 마음처럼 그녀도 더 이상은 미안한 마음을 갖지 않는 것이 좋겠지만 그걸 알면서도 쉽게 되질 않는다. 사랑하는 만큼 미안하다.

아루가 아픈 동안에는, 그녀가 무슨 말이라도 할 때면 말 못하는 강아지가 대답이라도 하는 것처럼 웅얼거리는 소리를 냈다. 그녀는 혹시나 그동안 아루가 하고 싶었던 얘기가 있었는지 궁금하다고 했다.

"누나가 슬퍼하지 않았으면 좋겠는데 제가 더 슬펐어요. 제 마음이 정리되질 않앉어요. 떠날 때가 된 것 같아 그걸 얘기해야 했어요."

"그 얘기를 누나한테 했던 거니?"

"네. 인사만이라도 꼭 하고 싶었어요. 저는 누나 곁에 더 있어야 해요."

"그럼 아루는 아직 누나 곁을 떠나지 않은 거니?"

"아직이요. 누나 곁에 머물러야 해요. 살아있었다면 그 시간만큼은 머무르고 싶었어요. 제게 그 기회가 주어지지 않았던 거지만 아직은 누나를 보살펴야 해요."

"얼마나 더 머무르고 싶어?"

"아마도… 3, 4년은 더 필요할 것 같아요."

"그렇게 오래? 하지만 아루는 하늘나라로 가야 하지 않을까?"

"아직은 괜찮아요. 이건 제 의지니까요. 갈 수 없어서 못 가는 게 아니에요."

"잘은 모르겠지만 누나가 힘내서 슬픔을 이겨내면 아루도 홀가분하게 떠날 수 있겠니?"

"그것과는 별개지만 아직 누나에게는 제가 필요해요."

그녀는 아루의 메시지를 듣고 적잖이 혼란스러웠다. 아루라면… 그럴 수도 있겠다고 생각했다. 아루는 다른 강아지들과 좀 달랐으니까, 오히려 고양이 같은 아이였다고 그녀는 회상했다. 늘 누나에게 집중하면서도 사랑을 받고 주는 것에는 당당한 자세였다.

그래서인지 그녀는 항상 자신이 보호받고 있다는 느낌이 들었다. 아루의 평소 성격대로라면 누나 곁에 머무르면서 지켜주리라는 의지가 충분히 이해되었다. 하지만 영혼이 제 갈 길을 가지 못하고 이 세상에 머무르겠다는 건 누나로서 걱정이 되는 부분이었다. 아루가 곁에 있어준다면 누나는 평생이라도 고맙고 든든하겠지만 혹시라도 아루에게 좋지 않을까 걱정이 되었다. 돌아갈 길을 잃지 않을까, 하늘나라를 찾지 못할까….

이제
너를 보내줄게

나는 아루의 의지를 어떻게 받아들여야 할지, 그녀에게는 어떤 조언을 해주어야 할지 꽤 오랜 시간을 고민했다. 아루로부터 육체의 고통이 사라진 편안한 모습을 보았던 건 확실하지만 그럼에도 누나 곁을 떠나지 못하는 마음이 훨씬 더 크게 보였다. 사진 속 첫인상만큼이나 강렬한 눈빛은 아루의 결연한 의지를 보여주었다. 그것을 사랑이라는 이름으로 해석을 해야 할지, 집착으로 풀어야 할지 조금 혼란스러웠다.

또 당장 이해가 되지 않았던 것은 왜 3, 4년이라는 기간을 명시했던 것일까? 느낌이긴 했지만 아루가 보기에 누나는 안정적이지 못하다고 여기는 것 같았다. 단지 느낌이었다. 이런 경우 나는 이해할 수 없어도 가족들은 그 의미를 알아채는 경우가 많다. 혼자서 고민하다가는 갖은 사념이 들어가 오히려 정보를 오염시킬 수 있다. 혼자 고민할 문제가 아니었다. 함께 풀어가야 했다.

처음에는 그녀도 그 부분이 의아했다. 천천히 생각해보았다. 한 가지 떠오르는 것이 있었다. 내가 아루와 대화하기 전날, 부모님의 이혼 결정이 내려진 상황이었다. 오랜 세월을 아늑하게 살아온 가정이 깨지는 상황에서 그녀는 침착할 수가 없었다. 말할 수 없는 충격을 받았다. 어쩌면 이 안정되지 않은 감정 상황이 한동안 지속될 수 있을 거라 생각이 들었다. 이제는 부모님이라는 울타리가 없어지고 각자의 삶을 살아야 할 때였다. 혼자서 삶을 꾸려가기에는 그녀 자신의 정신력은 너무도 약했다. 누군가 있어야 했고 그것이 아루라면 그래도 위로를 받을 것 같았다. 아루는, 그래서 누나 곁에 머물겠다고 했던 것일까? 적어도 그녀는 그렇게 믿었다. 아루가 대견하고 고마웠다. 그러나 그녀의 힘든 상황 때문에 아루가 가야 할 길을 보류시킬 수 없었다. 그녀는 결정했다. 할 수 있는 노력을 다해 아루를 보내주기로….

그 즈음 그녀에게는 여러 스님들과의 인연이 계속되었다. 평소 종교 생활을 하지 않고 살았지만 스님들과 우연한 만남이 잦았다. 아루를 묻어주고 온 날은 한 스님과 식사까지 하게 되었는데 아루에 대한 얘기가 자연스럽게 흘러나왔다. 스님이 말씀하셨다.

"이번 생에는 그분이 개로 태어났지만 다음엔 인간이 될지, 전생에 인간이었을지도 모르는 일입니다. 언젠가 당신의 부모였을지 자식이었을지도 모르지요. 사람과 사람으로 또 만났다면 미워하고 원망하는 마음을 품기 쉽지만 서로 사랑만 주고받을 수 있는 관계로 만났던 것에 감사하세요. 서로에게 최선을 다했고 좋은 인연으로 마무리할 수 있었던 것을 감사하세요. 너무 오래 슬퍼하지 마시고 감사하는 마음만 전해질 수 있도록 노력하세요."

그녀는 아루와 인연이 끝났다는 생각에 많이 힘들었지만 스님의 말씀을 들으며 마음을 다잡았다. 이번이 아니면 다음 생에라도 다시 아름다운 인연을 기약하고 싶었다. 아루가 필요하다고 여겼던 3, 4년을 채우지 않더라도 하루 빨리 아루가 제 갈 길을 갈 수 있게, 다음 생을 준비할 수 있게 도와줘야 한다는 결심이 섰다. 궁극적이고 자연스러운 길이란 아루에게 영혼의 빛을 밝혀주는 것이라 생각했다.

"고마워 아루야. 미안해하지 말자 우리. 누나는 아루에게 고마운 것들이 아주 많아. 우리가 만난 것, 이렇게 한없이 사랑할 수 있고 지금 아루가 내 곁에 있어주는 것도 모두 고마운 일이야. 아루가 누나를 지켜주는 동안 누나는 안정을 찾아갈게. 점점 더 많이 행복해지도록 노력할게. 그래서 아루가 더 가벼운 마음으로 하늘로 가는 여행길에 오를 수 있다면, 누나는 뭐든 다 할 수 있어. 사랑해 아루야. 그리고 많이 고마워."

그녀는 아루에게 메시지를 보내주었다. 사랑하는 마음을 잘 알아주기를 바랐고 아루가 걱정하지 않게 다시 일어설 것을 약속했다.

도약

아루가 떠난 지 49일이 되었다. 누나는 혼자 절에 가서 조촐하게 향을 피우고 49 재를 지내주었다. 아루가 이제 정말 누나 곁을 떠나리라는 사실이 아쉽기도, 기쁘기도 해서 어느 것이 진짜 자신의 마음인지 그녀는 갈피를 잡을 수 없었다.

그동안 매일 아침이면 일어나자마자 제일 먼저 아루에게 인사를 했다. "잘 잤니? 아루는 잘 있니? 누나는 어제보다 더 편한 하루를 맞았단다. 그러니까 아루도 안심해. 고마워, 사랑해…" 아루가 옆에 있다고 믿고 소리 내어 말했다. 그러다 울어버린 날도 있었지만 기분 좋게 하루를 시작한 날이 더 많았다.

그리고 틈나는 대로 절에 가서 기도를 했다. 집 뒤에 있는 작은 절에 갈 때면 아루가 빛이 가득한 곳으로 걸어가는 모습, 빛에 둘러싸여 밝아지는 상상을 하며 아루를 보내주었다. 그때마다 아루와의 즐거운 추억만 떠올리려 노력했다. 인간으로서 미안한 마음을 다 버리기는 힘들었지만 하루에 조금씩이나마 날려 보내리라 다짐했다. 그러다 보면 아루도 좋은 추억만 갖고 가볍게 떠날 수 있을 거라 믿었다. 행여 그녀의 약한 모습에 아루 마음도 약해질까 걱정이 되어 아루를 위해서라도 힘을 내야 했다. 모든 상황을 바로 보고 씩씩하게 대처하고자 했다. 그렇게 지내온 게 벌써 49일이었다. 많은 생각들이 한꺼번에 밀려오면서 그녀의 가슴에는 벅찬 눈물이 흐르고 있었다.

나는 그때 아루의 영혼을 다시 만났다. 세상을 조망하듯 내려다보는 모습이었다. 아루의 시선으로 산과 강이 있었고 세상 사람들이 북적이는 모습이 보였다. 또… 기도하는 그녀를 보았다. 그녀의 목소리도 들었다. 사랑의 마음과 아루를 위해 빌어주는 정성까지 느꼈다. 아루는 누나를 믿었다. 진실로 진실로 아루의 여행에 밝은 빛이 함께하길 바라는 마음을 전해 받았다. 그 빛은 아루에게 가닿았다. 그리고 아루를 이끌어주었다. 나는 한 영혼이 이제 막 밝은 빛을 따라가는 모습을 기쁜 마음으로 바라보았다. 아루는 막 다른 세상으로 도약하기 시작했다.

내가 지금껏 만난 동물의 영혼이 슬픔이나 걱정에 휩싸이는 경우가 흔하지는 않았다. 대부분은 가야 할 때를 알고 가야 할 길을 안다. 잠시 영혼의 차원에서 삶과 죽음을 인식하지 못하는 혼돈이 있을 수는 있지만 그것도 오래 걸리지는 않는다. 친절한 영혼의 안내자가 기꺼이 알려주기 때문이다. 그리고 길을 안내해준다. 그럼에도 영혼은 어쩌지 못하고 여기에 마음을 두기도 한다. 사랑 때문이다. 우리가 동물을 사랑할 때와 비슷한 이 세상에서의 사랑 방식이다. 우리는 이것을 뛰어넘어야 함을 영혼이 들려주는 이야기를 통해 많이 배울 수 있다.

다른 사례를 보자면 병원 측의 적절하지 못한 처치로 갑자기 떠나는 경우, 가족들은 그 어떤 상황보다도 괴로워한다. 그들은 반려동물이 떠난 슬픔보다 믿고 맡긴 병원의 실수에 격앙된 감정을 느끼게 된다. 이때 가족들은 본의 아니게 부정적인 에너지를 만들어낸다. 되돌릴 수 없는 문제라는 것은, 마음을 놓아버릴 수 있게도 해주지만 자신의 무능력에 크나큰 자괴감을 느끼게도 하기 때문이다.

이렇게 떠나온 동물들은 자신의 갑작스러운 죽음보다도 가족들의 슬픔에 더욱 힘들어한다. 우리가 그들을 위해 할 수 있는 최고의 배려는 편한 여행을 할 수 있도록 진심으로 빌어주는 것이다. 어떤 의식의 행위가 중요한 것이 아니라 진실한 마음을 내는 것이 큰 의미가 있다. 우리의 기도가 얼마만큼 강력한 힘이 될 수 있는지, 나는 아루를 만나면서, 또 여러 교감 사례들을 통해 배울 수 있었다.

동물들은 확실히 인간보다 영적이다. 그것은 인간이 감지하기 힘든 보이지 않는 차원에 익숙하다는 의미이다. 생명이라면 누구나 고통과 죽음을 반기지는 않지만 동물들은 최소한 죽음을 내다볼 줄 알고 그때가 되면 겸허하게 받아들인다. 죽음 이후를 두려워하지 않는 것도 인간보다 훨씬 자연스럽다. 이는 거의 모든 종류의 동물들에게 해당한다. 영적이라는 표현에 한 가지 덧붙이고 싶은 것은 다소 논란의 여지가 있을 수 있지만 영적으로 더 진화되었다는 얘기도 포함하고 있다. 우리가 그들의 영혼을 보고 그들의 이야기를 들을 수 있다면… 그리고 세상은 너무나도 정교하게 가르침과 배움의 연결그물로 짜여있다는 것을 안다면 더 이상 논란이 되지도 않겠지만 말이다.

검은 고양이

이야기

　해 질 무렵이면 가끔 산책을 나가는 공원이 있다. 내가 사는 도시의 외곽에 자리한 그 작은 공원은 잔디밭을 빙 둘러 천천히 걸어도 3분이면 족하다. 근처에는 큰 강이 흐르고 빙상장, 야구장, 축구경기장, 테니스코트 등 다양한 체육시설로 꾸며진 곳이다. 1년에 한두 번 지역축제라도 하는 날이면 떠들썩하지만 대부분은 아무도 없다. 그래서 나만의 고요한 비밀정원이 되어준다. 이곳에서 만나는 참새, 까마귀, 거미와 지렁이까지 나의 휴식을 온전히 존중하고 바라봐준다. 가끔은 보온병에 커피를 담아가 마시면서 지는 해를 바라보기도 한다. 강 건너 산 너머로 하루 해는 그렇게 져간다. 그럴 때면 내 가슴에까지 고요한 강물이 흐른다.

　그날은 해가 다 지고 어둑어둑해질 참이었다. 집에 돌아가려고 공원 주차장으로 발걸음을 옮겼다. 항상 주차장의 맨 끝에 차를 세워놓곤 했었는데 그날은 중간쯤

에 두었다. 잔디밭으로부터 그곳에 막 이르렀을 때 검은 고양이 하나를 보았다. 고양이는 아무도 없는 인도에 앉아있었다. 조심해…! 내 마음속 말이 떨어지자마자 갑자기 고양이가 차도로 뛰어들었다. 한꺼번에 자동차 서너 대가 돌진했다. 평소에는 차도 거의 다니지 않는 길이었는데 마치 거친 폭풍이 몰아친 것만 같았다. 양쪽에서 밀려든 차들 사이를 헤쳐 나가기란 불가능했다. 퍽! 하는 둔탁한 소리가 공원에 울렸다. 차들은 아무 일도 없었다는 듯, 쌩 하고 달려 나갔다. 다시 적막했다.

도대체 무슨 일이 일어난 거지? 이 찰나에도 무수한 생각들이 번잡하게 만들어질 수 있다는 사실이 놀라웠다. 평소에 차들이 많은 곳도 아닌데 하필이면 서너 대가 한꺼번에 달려오다니! 고양이는 왜 하필 그 순간에 뛰쳐나갔을까? 나는 왜 그 고통스러운 장면을 목격해야 했을까?

고양이가 꿈틀거리는 것이 보였다. 어떡하지? 살았을까? 다시 일어날까? 날쌔게 제 갈 길을 가지 않을까? 나는 바보처럼 멍하니 서있었다. 이제 고양이는 누운 채로 꼼짝도 하지 않았다. 그 장면까지 수많은 일이 일어나고 수많은 생각들이 번졌던 것 같았지만, 고작 3초 정도밖에 지나지 않았다.

그제야 정신이 들었다. 차라도 한 대 더 달려오면 그대로 몸은 짓이겨질 거였다. 생각만으로도 비참했다. 나는 차도 사람도 아무도 없는 도로를 가로질러 고양이에게로 달려갔다. 축 늘어진 검은 몸을 안았다. 고양이는 아무런 저항 없이 네 다리를 가지런히 늘어뜨리고 있었다. 나는 우선 풀로 무성한 한쪽 길에 눕혔다. 두 앞발 사이, 고양이의 가슴에 손을 얹어보았다. 심장이 뛴다면 병원으로 달려가리라… 그러나 심장박동인지 내 손의 떨림인지 구분을 할 수 없었다. 눈을 보았다. 눈꺼풀이 열린 채로 동공은 풀려있었다. 이렇게 가슴에 손을 얹고 있으면 다시 심장이 뛰지 않을까? 나는 아마도 그런 기적을 바랐던 것 같다. 그러나 아무리 느끼려고 해봐도 전해오는 박동은 없었다.

고양이는 죽었다. 나는 눈을 감겨주려고 손을 갖다 댔다. 그러나 눈은 감기지 않았다. 그만두었다. 가슴이 아팠다. 나는 뒤죽박죽인 기도와 떠오르는 만트라를 총동원해 외워댔다. 그리고 나무와 풀로 가려진 곳에 다시 자리를 옮겨 눕혔다. 그새 해는 져서 어두웠고 내게는 아무런 장비가 없었다. 당장 묻어줄 수가 없었다. 미안해 예쁜 고양이야… 내일 다시 올게… 혹시라도 다시 살아난다면 네가 가고 싶은 곳으로 가도 돼… 어쩌면 나는 하룻밤 새 고양이가 다시 살아날지도 모른다고 생각했던 것 같다.

그날 밤 나는 꿈을 꾸었다. 그 고양이였다. 물을 먹고 다시 기운을 차린 모습이었다. 건강했다. 그러고는 기쁜 얼굴로 내게 걸어왔다. 걷는 모습도 우아했다. 아! 다행이구나, 네가 다시 살아났구나! 나는 안도했다….

아침에 일어나보니 밤새 촉촉하게 비가 내려 있었다. 꿈이었지만 고양이는 어쩌면 정말로 살아났을 것만 같았다. 아니야, 분명히 죽었는데… 정말 살아났을까? 아, 모르겠구나… 나는 고개를 저었다.

경비실에서 모종삽을 빌려 나는 공원으로 향했다. 외곽으로 뻗은 길을, 걸어 지나는 사람도 없거니와 나무와 풀숲에 눕혀놔서 눈에 띄기도 힘들었을 것이다. 그래도 혹시나 없어져버렸다면? 그때는 내 꿈을 믿으리라 생각했다. 고양이는 다시 살아나서 제 갈 길을 갔으리라 믿기로 했다.

나는 천천히 그 장소로 걸어갔다. 한 발짝 한 발짝 가까이 다가갔다. 고양이는 그대로 누워 있었다. 정말로 죽어 있었다. 어제 모습 그대로였다. 그 모습을 한참을 내려다 보았다. 아무런 기척도 하지 않고 조용히 누워 있는 모습을 보는데 나는 더 이상 떨리지 않았다.

근처에는 연보라색 쑥부쟁이 꽃무더기가 하늘하늘 피어 있었다. 꽃들은 아름다운 영혼을 위해 아늑한 그늘을 만들어주고 있었다.

나는 꽃무더기 아래에 땅을 파기 시작했다. 촉촉한 흙에서는 돌덩이도 섞여 나오고 풀뿌리도 함께 올라왔다. 생명이 꺼진 몸 하나를 위한다고, 풀뿌리라 해서 마구

뽑아댈 수는 없었다. 조심히 흙을 걷어 내며 땅을 팠지만 아무리 파내도 넉넉히 깊어지지가 않았다. 파낸 흙은 다시 스르르 아래로 밀려 내려갔다. 나는 아예 무릎을 꿇은 자세로 손으로 흙을 퍼내고 또 퍼냈다.

나는 땀을 닦으며 가만히 누워 내 손길을 기다리고 있는 고양이를 바라보았다. 정확하게 말하자면 영혼이 떠난 검은 고양이의 육신을 보았다. 전날 심장에 손을 얹었던 것처럼 다시 한 번 만져 보았다. 몸은 벌써 딱딱하게 굳어 있었다. 나는 한참을 바라보며 내가 알지 못하는 고양이의 삶을 추억해 보았다. 너, 검은 고양이… 아름다운 털옷을 입은 육신이었으나 더는 이곳에 마음을 두지 말고… 잘 가거라… 나는 마음으로 이야기했다. 그리고 파낸 구덩이에 그 몸을 내려놓았고 흙으로 덮었다. 팔 때는 한참이더니 덮을 때는 금방 끝나버렸다.

무덤 옆으로는 예쁜 들꽃이 무성했고 갈색 낙엽들이 지천에 널려 있었다. 나는 낙엽을 긁어다 무덤 위를 덮어주었다. 들꽃도 한 줌 꺾어다 낙엽 위에 놓아주었다. 갈색, 연보라색, 노란색이 아름답게 어울렸다. 다행이었다. 그리고 그 곁에 앉아 기도를 했다. 옴마니밧메훔 옴마니밧메훔 옴마니밧메훔… 잘 가거라 착한 영혼아… 밝은 빛이 너와 함께하길 바란다….

너와 난
멋진 인연이야

"고양아, 내가 보았던 검은 고양이 너 거기 있니?"

"응! 이렇게 만나니 더 편하군."

"어떻게 된 거야? 왜 갑자기 차에 뛰어들었니?"

"너에게 보여주려고….”

"헉! 왜? 왜 나에게 그걸 보여주려고 했던 건데?"

"네게 필요한 거야. 그래서 너를 기다렸던 거야."

"나를 기다렸다고?"

"나는 시키는 대로 했을 뿐이야. 괜찮아. 무서운 일 아니라구."

"난 무서웠어. 그런 장면을 처음 봤거든. 정말 놀랐어!"

"그래서 네게 필요했던 거지. 네게 도움이 되었기만을 바라."

"이게 왜 나한테 필요한 거지? 난 이해를 할 수가 없구나.”

"네가 경험이 없다는 것이 이유였지. 그게 다야. 그것만 기억해.”

"그럼 내가 네 죽음을 보고 무언가를 배웠어야 하는 거니…."

"죽음의 순간을 보고 느끼는 것, 그게 너한테 빠져 있었거든."

"난 아마도… 나중에라도 그런 경험이 있을 텐데… 미리 해야 하는 이유라도 있었니?"

"네 마음에 씨를 뿌려놓은 거야. 나는 다시 피어날 거니까."

"너는 나를 알고 있었어? 마치 잘 아는 친구처럼 얘길 하는구나."

"그땐 몰랐지만 지금은 아주 잘 알아. 너와 난 멋진 인연이거든."

"어떤 인연? 내가 널 다음에 또 만나기라도 하니?"

"응. 기대해도 좋아. 네가 좋아하는 모습으로 갈 거니까."

"어떤 모습? 내가 좋아하는 모습?"

"검은 고양이. 넌 검은 고양이를 좋아하잖아."

"그런 생각 따로 해본 적 없어. 난 그냥 동물은 다 좋을 뿐이야."

"아니야. 넌 특별히 검은 고양이를 좋아해."

"어쩌면… 그래, 난 말야. 네가 어떤 모습으로 온다 해도 다 좋아. 개의치 않아."

"그래도 이왕이면 네가 알아보기 쉽게 가는 게 좋겠지. 더구나 넌 검은 고양이를 좋아한다니까."

"그건 그렇다 치자. 그런데 혹시 내 기도 들었니?"

"아… 그거… 고마웠어. 정말 눈물 나게 고맙더라구. 덕분에 더 편안해."

"내가 너에게 빛을 따라 가라고 잘 가라고 계속 빌었거든. 혹시 그 소리를 들었나 해서…."

"들었지! 난 웃고 있었는데 넌 너무 진지했어. 감동했어, 정말!"

"내 손으로 묻은 동물은 네가 처음이야. 그래서 가슴이 아팠고 미안했고…."

"미안하긴! 넌 단지 관찰만 하는 역할이었으니까 어쩔 수 없었지."

"이런 게 다 정해져 있었던 거니?"

"크게 보자면 그렇지만 작은 부분들은 약간씩 변경될 수 있어."

"넌 그럼 바로 죽은 거니? 혹시 더 살아있지 않았어?"

"바로 죽었어. 차에 부딪히기 전에 난 몸을 떠났거든."

"어떻게 그런 게 가능하지?"

"가능해. 가능하니까 이렇게 말해주는 거야. 잘 기억해."

"그럼 넌 고통을 느끼지는 않았니?"

"아주 조금, 몸이랑 분리되면서 아주 조금, 하지만 거의 느끼지 않았어."

"내가 너한테 달려가기 전에 몸을 움직이는 걸 봤는데…."

"그건 몸이 움직인 거지. 내가 움직인 게 아니었어."

"네 몸은 너 아니니?"

"꼭 그렇다고 말할 수 없지. 더구나 지금은 확실히 아니야. 고마워 날 사랑해줘서…."

"내가 널 사랑해줬다고?"

"응. 넌 날 사랑했어. 그게 필요하지 사람들에겐… 너는 나를 소유하지 않았지만 나를 사랑했던 거야. 네 안에 쌓인 지혜가 지금의 나를 볼 수 있게 해주는 것이고. 네가 나를 사랑하기 위해서는 나를 가질 필요는 없잖아? 그걸 알려줘야 해."

"누구에게 알려야 하지?"

"사람들에게, 될 수 있으면 많은 사람들에게 알려야 해. 그게 네가 해야 할 일이야."

"하지 않으면?"

"하지 않을 수가 없어. 하도록 되어 있으니까. 걱정하지 말고 너를 믿고 따르기만 하면 돼."

"네가 도와줄 거니?"

"난 이미 너를 도왔어. 네가 원한다면 그리고 필요하다면 너를 더 도울 거야."

"아직은 뭘 원해야 하는지 모르겠어. 난 아직도 네가 행복하기만을 바라. 어디서든."

"그건 걱정하지 않아도 돼. 네 덕분에 나는 영혼이 크게 성장했으니까."

"그럼 우린 언제 다시 만나니?"

"그건 말이지…"

만물은 나와

다르지 않다

    나는 검은 고양이의 말을 거듭 생각하고 또 생각해보았다. 나는 적어도 고양이가 말하는 멋진 인연이라는 내용에 빠르게 공감하지는 못했다. 아무런 준비도 없이 갑작스럽게 맞닥뜨린 상황이 불편하기만 했다. 아무리 내가 경험이 없기로서니 한 번의 생을 온통 나의 경험을 위해 포기할 수도 있을 만큼, 삶이란 이렇게 미치도록 가벼운 것이란 말인가? 인정하고 싶지 않았고 그게 사실이라면 더더구나 그 멋진 검은 고양이에게 미안했기 때문이다. 그렇기는 해도 '검은 고양이'를 특별히 좋아하는 나에 대해서 정확히 알고 있는 것은 인정한다. 맞다. 나는 어릴 때부터 '검은 고양이 네로' 노래를 아주 좋아했고 아직도 즐겨 부르고 흥얼거리고, 블로그의 퍼스나콘도 검은 고양이에다, 명함에까지 검은 고양이 이미지가 들어가 있었다. 듣고 보니 내 취향의 흔적들이 온갖 군데에서 발견되었다.

    무덤을 만들어주고 온 날 밤, 고양이의 영혼은 마치 나와 전부터 자주 알고 있던 아이처럼 편한 말투로 대화를 나눠주었다. 사실 말투라는 것은 존댓말이나 반말이나 어떤 구체적인 단어가 중요한 것이 아니다. 영혼들에게는 말이 필요치 않다. 말이 없어도 아무 문제 없는 자유로운 소통이 가능하다. 인간으로서는 그것을 이해하는 일이 쉽지 않아서 이 부분에서도 종종 오해를 불러일으키는 것 같다. 동물과 소통하는 것, 영혼과 대화하는 것은 말도 안 되는 소리라고 폄훼하지만 사람들이 받아들이건 그렇지 못하건 사실은 사실이다. 영혼에도 마음이나 생각, 의도가 있다는 가정을 한다면 그들이 보내주는 메시지는 우리가 쓰는 가장 적절한 언어로 전해진다. 어쨌든, 고양이는 나를 친구처럼 대해주었다. 덕분에 나도 잘 알고 있었던 느낌은 분명히 받았다.

나는 꽤 긴 대화를 했고 다소 놀라운 얘기들은 몇 번씩 다시 묻고 확인하면서, 맙소사! 어떻게 이런 일이 있을 수 있지? 세상에나! 이런 말들을 연발했다. 고양이는 시종일관 즐거운 얘기를 들려주는 것 같았고 내가 꿈에서 보았던 모습처럼 얼굴에 미소를 띠고 나를 가르쳐주었다. 고맙기는 했지만 그렇다고 미안한 마음이 완전히 가신 것은 아니었다.

검은 고양이와의 대화 후, 나는 특별히 더 오랜 시간을 명상에 할애했다. 내가 놓치지 말아야 할 것들에 대해서 생각해보고 다시 한 번 그가 즐거운 여행을 할 수 있게 기도해주고 싶었다. 달밤 아래의 명상은 고요하고 아늑했다.

마음이 고요해질수록 내게서 점점 무언가가 멀어지는 것을 느꼈다. 두려움과 충격, 놀람이나 미안함이 사라지고 있었다. 그것들을 다 걷어내고 나니 사랑이 보였다. 그 사랑은 분명 지금껏 알던 사랑과는 다른 '사랑'이었다. 검은 고양이를 비롯한 모든 만물, 생명 있는 것들이 한꺼번에 보였다. 그동안 나와 성향이 다르다고 멀리했던 사람들이나 도덕적이지 못하거나 기본도 안 된 사람들이라 치부하면서 나와 멀리 떨어뜨려놓은 모든 이들 말이다. 찰나에 수많은 생각들이 일어날 수 있듯 역시 찰나에 수많은 모습들이 보였다.

어떤 영혼도 악을 갖고 있지 않았다. 나의 불편한 느낌은 사라지고 사랑으로 빛난 얼굴들만 보였다. 더 이상 어디에도 미움이란 없었다. 아무것도 바라지 않는 온전한 '사랑'이었다. 뿌듯했다. 검은 고양이, 네가 내게 준 선물이 바로 이것이었구나! 궁극적으로 내게 알리고자 했던 고양이의 메시지를 바로 보았다는 느낌에 가슴이 떨렸다. 사랑… 사랑… 사랑… 몇 번을 다시 보아도 그 사랑은 온전했다. 내가 동물을 사랑하듯 인간을 포함한 모든 자연과 만물을 사랑해야 한다는 것이 내게 던져진 숙제였다. 그들은 나와 다르지 않았다!

나는 비로소 마음이 편해졌고 더 이상 미안한 마음은 들지 않았다. 검은 고양이의 삶이 가볍게 끝나버렸다 해도 그 생명이 의미 없는 것은 아니라는 생각은 분명했다. 오히려 생명은 '완벽한 어떤 것'이라는 확신을 갖게 되었다. 그 느낌은 한줄기 빛처럼 내 정수리를 통해 강하게 들어왔다.

이번에는 나의 기도가 영혼에게 가닿고 있는 것을 보았다. 분명히 고양이의 영혼은 내 마음의 소리를 듣고 있었다. 그의 영혼과 나의 영혼은 서로 연결되어 있었고 다른 영혼들과 존재들도 마찬가지였다. 거대한 존재의 일부로 살아가는 우리는 그 속에서 서로를 잘 알아보고 있었다. 고양이는 미소를 지어보였다. 나도 조용히 행복한 사랑을 보냈다.

우리가 언제 어떻게 어떤 모습으로 다시 만날지는 알 수 없는 일이다. 그것은 더 이상 내게 중요하지 않았다. 다만 그 영혼이 약속해준 대로 사랑스러운 검은 고양이로 다시 온다면 나는 최선을 다해 사랑하며 멋진 삶을 함께 살아 주리라 다짐했다.

6장

무지개다리를
건너는
기나긴 여행

수호신과
안내령

　　삼돌이 이야기로 돌아간다. 시장에서 개 파는 아주머니에게 넘겨졌다가 그날로 세상을 떠난 삼돌이는 극심한 육체적인 고통을 겪었다. 삼돌이는 처음에 자신이 죽었다는 것을 몰랐다. 그냥 누워 자는 줄로만 알았다. 화단 모퉁이에 자신의 모습이 그렇게 널브러져 있었던 것이다.

　　그때, 세상을 먼저 떠난 보리가 와주었다. 삼돌이가 이상한 행동을 하게 된 것, 그래서 시장으로 넘겨진 것의 발단이, 보리를 교통사고로부터 지켜주지 못했다는 죄책감에서 시작됐던 것인데 보리의 영혼은 삼돌이의 손을 잡아주러 그곳으로 와주었다.

　　"삼돌아, 보리랑은 어땠니?"

　　"보리… 여기 있어요. 저와 같이…."

　　"아… 같이 있으니까 좋겠구나!"

　　"네. 좋아요. 저 죽을 때 보리가 와줬어요. 그래서 알았죠.. 저는 마당에 아직 누워 있는 줄 알았거든요. 그런데 보리가 와준 거예요."

"그랬구나. 보리는 너 보는 앞에서 교통사고로 떠났다고 들었어."

"네. 저는 맘이 많이 아팠어요. 그래서 방황도 많이 했고…."

"보리가 죽은 게 네 책임이라고 생각했던 거니?"

"네. 사실 제 책임이죠."

"왜?"

"말리지를 못했어요. 보리가 뛰어나갈 때 말리지를 못했다구요. 가지 말라고 소리쳤어야 했는데 워낙 순식간이라 말리지를 못했어요. 그리고…."

"그리고?"

"차가 위험하다고 미리 얘기를 했어야 했는데 그 말도 못했어요. 제가 가르쳐주지 못한 거예요. 그래서 그게 제 책임이 되는 거예요. 그 점에 있어서는 아직도 미안해요."

"지금 보리는 옆에서 뭐라고 해? 네 책임이라고 하니?"

"아니죠. 보리 생각은 다른데 그건 중요하지 않고 제가 제 자신을 어떻게 생각하느냐가 중요한 거예요. 제가 잘못한 건 맞아요."

삼돌이는 보리에 대한 미안한 마음을 아마도 꽤 오래 간직할 것 같았다. 보리가 괜찮다고 하는데도 자신의 잘못에 깊은 후회가 남아 보였다. 이걸 보면 영혼의 차원이라고 모든 문제가 해결되는 건 아닌 것 같아서, 마음에 남은 미련은 어쩌면 다음 생으로 넘어가게 되는 건지도 모르겠다. 미련뿐만 아니라 사랑과 미움, 후회나 모든

잉여 감정들이 말이다. 나는 삼돌이가 언젠가는 보리에게 미안한 마음을 사랑으로 갚을 수 있도록 기도해주었다.

나는 삼돌이 소식을 전한 후에, 삼돌이의 예쁜 누나로부터 다시 보리의 영혼교감 요청을 받았다. 보리는 떠난 지 1년이 넘어 있었다. 이런 경우에는 기간적으로 보면 환생의 가능성도 적지 않아 가야할 길을 존중해주는 입장에서 대화를 진행할지의 여부를 좀 고심하게 된다. 하지만 보리와 함께 있다는 삼돌이 얘기를 들었으니 대화에는 문제가 없을 것으로 보였다. 나는 골든 레트리버의 몸을 가졌던 보리의 영혼을 만났다.

"보리야…"

"안녕하세요."

내가 보리와 접속하자마자 꽃들의 정원에서 퍼져 나오는 듯한 향기를 느꼈다. 생소한 경험이었다. 어떤 꽃냄새인지는 모르겠으나 매우 향기롭고 아름답고 행복했다.

"기분 좋게 맞춰서 고마워. 보리에게선 아주 좋은 향기가 나는 것 같구나."

"고마워요. 그리고 가족들에게 삼돌이 이야기를 잘 알려줘서 고마워요."

"누구라도 했을 거야…."

"그걸 당신이 해주고 있는 거죠. 대단해요 그 마음."

"고맙다 정말… 근데 보리는 아직 삼돌이 곁에 있다고 들었어."

"네. 맞아요."

"어떻게 만났니?"

"제가 삼돌이를 찾아갔어요. 위험했었죠. 삼돌이를 빼내왔어요."

"육체에서 영혼을 빼내왔단 뜻이니?"

"네. 삼돌이한테 알려줬어요. 죽음을요. 그리고 나랑 같이 가자고 했어요."

"그때 삼돌이는 어땠었니?"

"처음엔 어리둥절했었죠. 자다 깬 아이처럼요."

"그랬겠지. 많이 놀랐을 거야."

"그런데 대범하던걸요. 삼돌이는 정말 멋진 아이예요."

나는 보리의 이야기를 들으면서 눈물이 핑 돌았다. 특별한 얘기는 아니었지만 삼돌이에 대한 보리의 마음이 왜 그리도 뭉클했는지 모르겠다. 내가 처음 삼돌이의 사진을 볼 때부터 느꼈던 비범한 눈빛이 다시 떠올랐다. 한없이 평화로운 영혼들, 그들의 사랑이 느껴졌다.

"고맙다 보리야… 삼돌이를 그렇게 지켜줘서 정말 고마워. 너도 아주 멋진 영혼이야."

"삼돌이는 정말 착한 아이였는데 사람들이 그걸 잘 몰라봤어요. 그걸 속상해하던 아이였죠."

"살아있을 때 말이니?"

"네. 여기 와서도 그런 소릴 했어요."

나는 어쩐지 보리의 음성에서, 높은 차원에 있는 영혼이라는 느낌을 받았다. 모든 것을 포용해주고 넉넉하게 안아주는 그런 영혼이라는 생각이 들었다. 느낌의 근원을 묻는다면? 나는 무어라 할 말이 없다. 그저 그렇게 느낄 뿐이고 나는 그것을 믿을 뿐이다.

"보리는 사고 후에 가족들 곁에 머물렀었니?"

"네. 한동안은 그렇게들 많이 있어요."

"그렇더구나. 왜인지 물어도 될까?"

"얼마간은 시간이 필요한 거예요. 이 세상에서의 마지막 휴식이라고 보면 되죠."

"이미 영혼은 몸을 떠났잖니."

"그래도 세상에 머물러 있는 느낌이죠. 그리고 가족들을 아주 가까이서 지켜보고 느낄 수 있으니까 그렇게들 많이 해요. 저도 그랬어요."

"그럼 보리는 지금 어디 있는 거니?"

"이후엔 제 길로 떠나왔죠. 이건 예정된 수순이에요."

"얼마 만에 떠났는지 궁금하구나."

"꽤 오래 머물렀어요. 몇 달쯤…."

"그럼 지금 있는 하늘나라에 온 지는 얼마 안 된 거니?"

간혹 영혼과의 대화에서 시간의 개념이 나올 때면 소통이 힘들어질 때가 있다. 그것은 우리가 계산하는 방식과 그곳의 시간이 아마도 다른 데서 오는 것 같다. 그것보다도 하늘나라에는 시간의 개념이 존재하지 않는 건 아닐까 생각해본다. 이곳과 시간이 다르다는 얘기도 듣기는 했지만 과거 현재 미래는 각각 분리된 어떤 것들이 아니라는 느낌이다. 동시에 존재하는 어떤 것, 여기에도 있고 저기에도 있을 수 있는 무언가의 것, 나는 여전히 물리계에 머물러 있으므로 그것을 완벽히 이해하기는 어렵다. 머리로 이해하려고 할수록 더 꼬이는 느낌이지만 순간순간 그것은 무결점의 완벽한 진리로 와 닿기도 한다.

"보리는 미소를 많이 지어주는구나."

"제 역할이에요. 영혼들에게도 그렇게 하고 있어요."

"다른 영혼들은 너를 통해 위안을 얻니?"

"네. 그게 제가 이곳에 존재하는 이유예요."

"멋지구나! 보리는 왠지 남다를 것 같았어."

나는 보리와 대화하는 내내 마치 성령이 임한 듯한 느낌을 받았다. 대부분의 크리스천은 동물에게는 영혼 자체가 없다고 말하지만 내가 만난 보리는 명백하게 성스러운 영혼이었다. 처음 전해져오던 꽃향기부터 보리의 음성, 말할 수 없이 따뜻한 느낌은 어디에서도 느껴보지 못한 완벽한 평화의 모습이었다. 이런 보리가 삼돌이의 손을 잡고 길을 안내해주었으니 보리는 어쩌면 안내령의 역할을 한 삼돌이의 수호신이었을지도 모르겠다. 내가 가늠하지 못하는 수많은 생에서의 수많은 특별한 인연들로 말이다.

가족들에게

보낸 선물

보리가 교통사고로 떠나던 날 아침, 가족 중의 한 명이 꿈을 꾸었다고 했다. 보리는 신나게 장미꽃밭을 뛰어다녔다. 그러다 풀쩍 품에 안겨왔다. 꿈에서 깼다. 잠깐이었지만 너무도 생생한 꿈이라 보리를 보면서도 한참이나 꽃밭의 향내가 마음에서 떠나질 않았다. 그날 그렇게 보리가 영영 떠나버릴 줄은 상상도 못했다고 했다.

내가 보리와의 대화 내용을 전했을 때 가족들은 잊고 있었던 그 꿈을 다시 떠올렸다. 어쩐지… 너무나도 생생하고 너무나도 아름다운 모습이 보리가 있는 하늘나라를 미리 보여준 것 같다고 했다. 어쩌면 보리는 알고 있었을 거라는, 그런 생각이 이제야 들었다.

보리를 떠나보내고 얼마 지나지 않은 어느 날, 가족들은 처음 보리를 데려왔던 농장에 다시 갔다. 가면서 보리에게, 좋은 아이를 만날 수 있게 해달라고 기도했다. 보리에게 못다 준 사랑을 아낌없이 줄 수 있는 아이라면 좋겠다고 생각했다.

그곳에서 눈 하나가 보이지 않는 작은 강아지를 만났다. 아무도 데려가려 하지 않는 너무 약한 아이였다. 가족들은 이런 인연도 보리의 뜻이라는 생각이 들었다.

"보리야, 그건 네가 가족들을 도운 거였니?"

"네. 맞아요. 잘 아시는군요."

"어떻게?"

"그 아이는 사람의 손길이 필요했어요. 가족들은 마음을 열고 받아주었죠. 제가 옆에서 도와줬으니 일이 척척 진행됐던 거예요."

"그랬구나. 정확한 상황은 모르겠지만 보리 힘은 정말 대단한 것 같아."

"그런 얘기는 그만해도 돼요. 그게 중요한 게 아니에요."

"그럼 어떤 게 중요할까?"

"세상에는 우연 같은 일들이 많이 일어나지만 모든 게 다 계획대로 진행되고 있다는 사실이요."

"모든 게 다?"

"네. 아무것도 아닌 일 같지만 모두 어떤 이유가 있어서 일어나는 일들이죠."

"그럼 물어보고 싶은 것들이 너무나 많아지겠구나. 삼돌이가 그렇게 떠난 이유를 물어봐도 되겠니?"

"삼돌이는 다른 삶으로 투입돼야 하니까요. 더 멋진 삶이죠. 지난번 삶은 잠깐으로 족해요. 가족들을 위해 잠깐 내려갔다 온 거고 이번엔 더 중요한 일이 기다리고 있어요."

"그럼 너는?"

"제 이야기는 아직 단정 지을 수 없어요. 그냥 이유가 있다는 것만 알아주세요."

"그래 알겠어. 많은 것들이 궁금하구나, 정말."

"그럴 거예요. 하지만 하나하나 알게 돼요. 당신도… 우리 가족들도…."

"그럼 너 떠나고 다시 데려온 강아지는?"

"그 아이 또한 가족들에게 가르침을 줄 거예요."

"어떤 가르침이지?"

"그건 천천히 알아가야 하는 거죠. 더 이상 묻지 마세요."

"알겠어. 많이 궁금하지만 각자 알아서 풀어야 할 숙제로 이해할게."

보리는 가족들이 아낌없이 사랑해주어야 할 작고 약한 강아지를 보내주었다고 했다. 그런 생명을 통해 가족들이 배워야 할 점들이 있다고 했다. 그것은 분명 보리가 보내준 선물이었다는 것을 가족들 어느 누구도 믿어 의심치 않았다.

사람들은 어떤 일을 겪을 때 대부분 자신의 의지라고 여긴다. 내가 생각하고 느끼고 결정하고 행동했다고 믿는다. 하지만 보리의 얘기를 들어보면 결정의 주체자인 '나'라는 것은 애초에 존재하지 않는다는 느낌을 받는다. 내가 하는 생각과 말과 행동들은 어떤 것인가를 위해서 소용되는 도구일 뿐이라는 생각이 든다. 그렇다고 '나'가 의지 없는 기계처럼 전락하는 것은 아니다. 훌륭한 역할을 해낼 수 있는 도구로 쓰일 수도 있고, 자신의 가치를 모르는 경우라면 그렇게 살다가 떠나게 될 것이다. 여기서도 결국은 영혼의 메시지를 통해 자신의 삶을 어떻게 받아들이고 어떻게 소용되게 살 것인지 결정하는 것은 본인의 지혜와 어리석음으로 나눠질 뿐이다.

"보리야, 너는 어떻게 환생할 건지 가족들이 많이 궁금해한단다."

"그건 알 수 없어요. 아직 먼 얘기예요."

"가족들은 너와 다시 만나고 싶어 하는걸…."

"그 마음은 이해해요. 하지만 마음을 묶어두지 마세요. 큰 걸 못 봐요. 다 놓치게 되죠. 이제 더 마음을 넓게 가져야 해요."

"예를 들면?"

"다른 돌봐야 할 생명들이 많아요. 그걸 보세요."

내가 보리의 이야기를 전했을 때 다시 한 번 가족들은 어떤 사건 하나를 떠올렸다. 보리 이전에 삼돌이와의 대화 내용을 전한 그날, 가족들은 집에서 가까운 공원에 우연히 가게 되었다. 그곳에서 동물영화제를 하는 것을 보았고 삼돌이 누나는 학창 시절 이름이 같았던 친구를 15년 만에 다시 만났다. 흔한 이름도 아니었는데 성과 이름이 똑같은 친구를 오랜만에 다시 만나니 신기했다. 게다가 유기견, 유기묘를 홍보하고 입양 보내는 부스에서였다.

그곳에서 유기견 보호소에 있는 분들과 많은 얘기를 나눈 후 가족들은 정기적으로 봉사를 하기로 마음먹었다. 이제 삼돌이와의 예기치 않은 이별은 가슴에 담아두고 일상으로 돌아가면 삼돌이와 보리에게 받은 사랑을 다른 사람들과 동물들에게 돌려주면서 살겠노라고 했다. 이것 또한 보리의 메시지와 일치하는 우연 같은 일이었다.

"가족들은 보리가 어디에 있든지 행복하길 바란단다."

"그런 마음을 유지한다면 더 큰 일을 할 수 있어요. 명심하세요."

"가족들에게 전하는 말이니?"

"네. 꼭 잘 전해주셔야 해요."

"그래. 나도 잘 새겨들을게. 더 하고 싶은 얘기 있어?"

"삼돌이에 대해선 슬퍼하지 마세요."

"그래. 가족들도 이제 마음을 추스르고 일상으로 돌아올 수 있을 거야."

"그게 바람직해요. 앞으로 더 많은 일들이 있겠지만 한 가지만 분명하게 기억하면 다 이겨낼 수 있어요."

"무엇인데?"

"모든 것에는 이유가 있다는 것."

"고통을 이겨내야 할 이유?"

"네. 그런 것들이 중요해요. 그것을 한 번 되돌아보면 명확히 보일 거예요. 보고 나면 다 이겨낼 수 있게 돼요. 모든 게 별 거 아니에요."

"그럼 우리 삶에서 뭐가 중요할까?"

"너무 진지하지도, 너무 가볍지도 않게 살면 돼요. 그리고 감사하는 마음, 그건 잊지 마세요."

"보리가 좋은 얘길 많이 해주는구나."

"저도 숱한 삶을 통해 배워왔던 것들이에요. 지금 이런 얘기 하고 있는 게 제 일이기도 하지만…."

"나에게도 해주는 소리니?"

"네. 당연해요. 같이 귀담아 들으셔야 해요. 얘기하자면 끝이 없지만 중요한 얘기는 다 전했어요. 전 여기서도 최선을 다하고 있어요. 걱정하지 말고 잘 지내야 해요."

보리의 메시지들은 가족들 인생의 터닝 포인트로서 강렬한 지침을 보여주었다. 삼돌이와 보리로 인한 인연은 가족들과 나의 인연으로까지 확대되었다. 새삼 내가 이런 역할을 하고 있다는 것이 뿌듯하고 이것도 일종의 소명처럼 느껴졌다. 무엇보다 내가 무심히 흘려버리지 않게 나의 귀에 차곡차곡 담아준 보리의 따뜻한 마음에 깊은 감사를 느꼈다.

맛있는 여행

나츠라는 이름의 그 영혼은 아주 독특한 모습을 하고 있었다. 긴 막대사탕을 들고 줄곧 가벼운 발걸음에다 어깨에는 뭔가 한가득 짊어진 채로 그야말로 기나긴 배낭여행을 하고 있는 아이처럼 보였다. 나는 이 영혼과의 대화가 매우 흥미로울 것이라는 느낌에 사로잡혔다. 나츠에 대한 첫인상이었다.

하얀 고양이 나츠는 태어난 지 2년 반 만에 범백으로 떠났다. 범백혈구감소증, 아무런 이상 증상도 보이지 않던 나츠가 어느날 심하게 토를 해댔다. 평소에 옹알옹알 말이 많다고 느꼈지만 이날은 심상치 않게 애옹애옹 울기만 했다. 반려인 언니가 바로 병원에 데려갔다. 그러나 입원한 지 만 하루도 안 되어 세상을 떠나버렸다. 어떻게 이렇게 무심히, 갑자기 떠나버릴 수 있을까! 지금은 아니지 않나, 좀 더 시간을 줬어야 하지 않나… 머리가 멍해지는 것만 같았다. 나츠는 그녀가 일본 유학을 가면서 한국에서 데려간 유일한 친구였는데 그런 단 하나의 친구가 갑자기 떠나버렸다. 누구에게나 그렇지만 그 상실감은 이루 말할 수 없이 컸다.

나와 통화를 하면서 그녀는 온통 눈물 바람을 했다. 말소리조차 분명치 않게 들렸다. 아직 나츠를 마음속에서 보내줄 준비가 전혀 안 돼 있었다. 그도 그럴 것이 나츠가 떠난 지 3일 만이었다. '울 애기, 나츠…' 내가 알아들을 수 있었던 단어는 이 두 마디가 전부였다. 우선 나는 그녀의 가슴에 살아있을 어린 고양이 나츠가 진심으로 잘 가길 기도했다.

앞서 언급했다시피 영혼교감에는 적절한 시간이 있는 것 같다. 떠난 직후에는 자신의 죽음을 인지하지 못하는 경우도 상당수 있어서 어느 정도 시간이 흐른 후에 시도를 해보게 된다. 하지만 그것도 늘 분명하지는 않다. 각 영혼마다 환생의 시기가 달라서 무작정 시간을 보내고 있을 수만은 없다. 나의 대화 경험으로 보자면 짧게는 일주일도 안 돼서, 길게는 5년 이상 걸려 환생이 결정되는 사례도 있었다. 이보다 더 짧거나 길거나 하는 일도 있을 테지만 많은 경우 이 시간적인 범위 내에서 환생의 결정을 하게 되는 것 같다. 따라서 동물들의 영혼이 언제 어느 시점에 환생을 한다, 라고 단정적으로 얘기하는 것은 몇몇 공통된 사례에서만 결론을 도출한 얘기가 아닐까 싶다. 결론은… 알 수가 없다.

나츠는 일주일 만에 환생해버리는 경우가 아니길 바라면서 나는 다른 일정들과

조율을 해 나츠와의 대화 시간을 잡았다. 떠난 지 보름이 되던 무렵이었다.

내가 불러온 나츠의 영혼은 커다란 막대사탕을 들고 있었다. 긴 막대 끝으로 하양과 노랑의 회오리 무늬가 커다란 동그라미를 그리고 있는 사탕이었다. 제과점이었나? 어디선가 본 것 같긴 한데 그 맛은 기억이 나지 않았다. 내 아리송한 생각을 그대로 읽은 나츠가 그 맛을 전해주었다. 달달했다. 그러나 세상 어디에도 없는 달콤함이었다. 와! 이런 맛이라면 매일이라도 사 먹겠구나! 나츠는 자신이 칭찬이라도 받은 것처럼 의기양양했다.

"나츠는 그 사탕을 어디서 난 거니?"

"언니가 보내준 거예요."

"어떻게 보내주지?"

"저 먹으라고 이것저것 많이 챙겨줬어요. 가방 안에 가득 들어있어요."

나츠는 가방 안을 보여주었다. 사탕, 초콜릿, 캐러멜, 맛땅콩 등등 없는 것 없이 달달한 간식 가방이었다. 이것들이 다 어디서 난 거란 얘기지? 어떻게 영혼이 이런 걸먹으며 갈 수가 있지? 나츠는 소풍 가는 병아리 유치원생처럼 마냥 즐거워했다. 천진난만하고 귀엽게만 보였다.

"나츠야, 그런데 언니는 네가 갑자기 가버려서 너무너무 슬퍼하고 있단다."

"괜찮아요. 전 다시 언니에게로 갈 거니까요."

"응? 언제? 어떻게?"

"그건 잘 모르겠지만 제 실수로 떠나온 거니까 조만간 곧 돌아갈 거예요."

"언니가 들으면 반가워할 소식이구나. 그런데 네 실수라니?"

"아, 실수로 아팠어요."

"어떻게 실수로 아프지? 아픈 건 본인 뜻대로 되는 게 아니잖니."

"저에게는 실수였어요. 꼭 제 실수라고 할 수는 없지만 그럼 누군가의 실수였겠죠."

"그렇구나. 그럼 나츠가 지금 가고 있는 곳은 어디니?"

"하늘나라요. 그곳으로 가고 있는 거예요."

"거기까지는 얼마나 멀어?"

"천천히 가고 있어서 얼마나 걸릴지는 잘 몰라요. 그런데 나비가 있어서 기분이 좋아요."

나츠는 나비를 따라 폴짝폴짝 날듯이 뛰었다. 그림으로 그려 보이자면 초록색으로 펼쳐진 풀밭이 가장 먼저 눈에 들어왔고 오른편에 나츠가 서있었다. 그림의 한가운데에는 파란 나비가, 조금 더 먼 시선으로는 하얀 다른 동물들이 보였다. 나츠는 예전부터 알고 지내던 나비라고 했다. 나츠도 나비도 행복했다. 그림의 전체에는 한없이 따뜻한 빛이 쏟아지고 있었다. 완벽하게 아름다운 풍경이었다.

"나츠야, 지금은 아프지 않니?"

"전혀요. 이렇게 팔팔한 거 보이잖아요. 괜찮아요. 누구의 실수라고 해도 그건 그냥 실수니까요."

"나츠는 당분간 이런 여행을 계속하는 거니?"

"아마도요. 여행은 늘 즐거워요. 잠시 휴식하는 거예요. 이렇게 영혼으로 왔다는 것은 잠시 휴식하는 시간인 거죠."

"아, 그렇구나. 나츠에게는 지금이 휴식 여행이라는 뜻이니?"

"쉽게 얘기하면 그렇죠. 언니에게는 제발 울지 말라고 해주세요. 울면 안 좋아요. 사람도 영혼도 힘들어져요."

"언니는 울지만 나츠는 이렇게 행복하잖니."

"언니도 곧 괜찮아질 거예요. 그래서 저도 편해요. 언니는 저를 믿을 거예요."

나는 나츠의 소식을 그녀에게 전했다. 나츠는 영혼이었지만 내가 그 사실을 몰랐다면 깜빡 속을 만큼 발랄했다. 목소리 또한 통통 튀는데다 아무런 근심 걱정 없이 마냥 즐거운 아이 같았다. 나는 나츠가 보여주는 풍경을 보면서도, 영혼이 아닌 심장 콩콩 뛰는 고양이가 넓은 풀밭에서 나비 잡으러 뛰어다닌다고 생각했을 것이다. 나츠의 즐거운 느낌에서 하나도 더하거나 뺄 것 없이 그대로를 전했다.

그녀는 다시 울었다. 하지만 처음 울던 그때와는 다른 울음이었다. 나츠의 유골함 앞에 그녀는 매일 먹을 것을 올려주고 있다고 했다. 평소에 그녀가 좋아하던, 그러나 나츠에게는 줄 수 없었던 달달한 것들이었다. 그중에서도 회오리 무늬 막대사탕은 내가 나츠와 대화하던 날 예쁜 제과점에 들렀을 때, 나츠 생각이 나서 울며 사왔던 것이라고 했다. 그것들을 나츠가 고이고이 받아주고 즐겁게 여행하고 있다는 소식에 그녀는 한참을 울었다. 그러고는 웃었다. 웃음인지 울음인지 모를 그녀의 벅찬 마음이 느껴졌다. 이제 더는 슬프지 않고 오히려 기쁘다고 했다. 팔랑팔랑 즐거운 여행을 하고 있는 나츠의 미소가 느껴졌다.

휴식과
치유의 시간

　내가 동물의 영혼과 대화하면서 보는 그림들은 무한한 퍼즐 액자의 조각 하나하나에 지나지 않을 것이다. 얼마나 많은 조각들을 맞춰야 그림의 전체 윤곽을 잡을 수 있을지조차 모른다. 그저 무한할 것이라고만 여겨진다. 따라서 완성된 작품이 나올 수도 없고 결론도 있을 수 없는 이야기다. 그럼에도 퍼즐 하나하나를 만나다 보면 그들의 공통점으로 유추해볼 이야기들은 분명히 있어 보인다.

　반려동물이 떠나면 흔히 무지개다리를 건넜다는 표현을 쓴다. 단순히 죽음을 뜻하기도 하지만 그 다리를 건너야 비로소 하늘나라에 다다를 수 있다고 여기기도 한다. 이쪽에서 저쪽으로 건널 수 있게 해주는 다리라는 구체적인 매개물은 우리의 이해를 돕기에 충분하다. 동물을 사랑해보지 못한 사람들에게는 고작 짐승 하나 죽었을 뿐인데, 무지개다리라는 표현부터 유난이라는 시선이 지배적이지만 동물을 가족으로 받아들이고 사랑한 사람에게는 절대적인 위안이 될 수도 있는 이야기이다. 사람들이 자신의 경험의 한계치 안에서만 이해하는 것은 여기에서도 극명한 입장 차이를 보인다.

내가 동물의 영혼을 통해 특히 많이 보았던 장면은 어떤 안온한 공간에서 휴식하고 있는 모습이다. 마치 우리가 따뜻한 욕조 안에서 하루의 피로를 푸느라 긴장을 놓고 스르르… 몸과 마음이 이완되는 기분이랄까? 완벽한 화음으로 영혼의 마사지를 받고 있는 느낌일 수도 있겠다. 어느 쪽이든 말할 수 없이 편안하고 영혼은 다시 건강한 에너지로 충전되는 시간을 의미한다. 그를 통해 비로소 '내일'을 준비할 수 있을 것이다. 영혼에게 내일이란 다음 생을 의미할 수도 있으며 하늘나라에서의 소임이 기다리고 있는 경우도 있다.

그렇다면 모든 동물들이 이런 휴식의 시간을 갖게 되는 것일까? 그 기간은 얼마만큼일까? 이것은 필히 거쳐야 하는 경로일까? 모두 확실한 대답은 없다. 어차피 동물에게는 영혼이 없다는 가르침을 따르는 종교에서는 단순한 죽음을 무지개다리로 표현하겠지만, 윤회 사상을 받아들이는 쪽은 환생의 시점을 포함한 다양한 이야기들이 궁금할 수밖에 없다. 그래서 특별히 49재라는 의식을 치르기도 한다. 인간의 시간인 49일 동안 좋은 곳으로 가길 기도해주거나 다음 생에는 사람으로 태어나라고 빌어주기도 한다. 사람이 아닌 그냥 동물의 삶이 좋다는 영혼들도 종종 있었지만 어떻든 이 기간을 무지개다리를 건너기 전의 여행에 빗대서 이해하는 사람들이 많은 것 같다.

우연찮게도 이 정도의 시간 동안 영혼들이 휴식과 치유의 공간에 머물러 있는 경우가 많아 보인다. 특히 인간으로부터 심한 학대를 받았다거나 오랜 기간 병든 몸으로 있었거나 하는 힘든 삶을 살았을 경우에는 더 오랜 기간 휴식하는 모습도 보았다. 지고한 안내자나 다른 영혼들로부터 집중적인 치유의 과정을 거치는 것으로 보였다. 이것은 여행으로 비치기도 하고 어딘가에 머물러 있는 모습으로도 보인다. 실제로 무지개 빛깔의 아름다운 빛이 보이기도 한다. '아, 저것이 무지개다리로구나!'라고 두어 번 본 게 전부였지만 모든 영혼들에게 공통적인 것은 '다음'이 기다리고 있다는 것이다. 세상을 떠나와서 마지막에 이르는 귀착이 아닌 경유지의 개념이다. 한 영혼과 줄기차게 대화하면서 여행의 처음부터 끝까지의 경로를 관찰할 수 있으면 좋겠지만 이는 사람의 호기심을 충족시켜줄 수는 있을지언정 영혼의 여행을 존중해주는 마음은 아니라 여긴다.

반려인이 영혼교감을 신청하는 시점이 보통은 여기에 속하는 경우가 많다. 그렇다고 모든 영혼이 예외 없이 비슷한 시기에 무지개다리를 만나고 휴식하고 환생하는 것은 아니다. 천차만별로 각자 다른 카르마와 소임이 있기 때문에 이 세상뿐만 아니라 저쪽 세계에서도 다른 삶을 사는 것이다. 그렇다. 그것은 분명 죽음의 세계가 아닌 또 다른 삶의 세계이다. 우리는 이것을 분명히 인지해야 할 것이다. 비로소 고향에 돌아온 그 평안한 기분을 진심으로 존중해주어야 할 것이다.

바니라는

이름의 토끼

"2009년 6월 12일 오전 7시 20분, 바니를 처음 만난 날입니다. 생일은 정확히 알수 없지만 아마도 4, 5개월은 되지 않았을까 싶어요. 아버지가 아파트 경비 일을 하시는데 그곳 주민이 데려가라고 하셔서 아가 토끼를 집에 데리고 오셨어요. 저는 꼬맹이 시절부터 막연히 동물원 청소부가 되고 싶었답니다. 동물들을 실컷 보고 돌봐주고, 깨끗이 청소해주고 싶었죠. 그런 저에게 동물 가족과 함께할 기회는 좀처럼 오지 않았는데 성인이 되고 나서야 선물처럼 찾아온 첫 번째 동물 가족이 바니였어요. 바니는 그렇게 저희 가족과 4년을 함께 살았답니다. 그리고 2013년 5월 16일 오후 4시 36분… 바니는 하늘나라로 갔습니다."

바니는 순하고 애교 많은 토끼라고 했다. 마치 강아지 같았다. 엄마 아빠 누나 형아, 가족 모두를 잘 따르고 특히 엄마 뒤라면 늘 졸졸졸 따라다녔다. 설거지할 때나 발코니에 빨래를 널러 갈 때나 욕실까지도 따라올 정도로 엄마를 사랑했다. '바니야

뽀뽀해줘…' 하고 얼굴을 가까이 대면 대답처럼 뽀뽀를 해주었다. 하얀 얼굴에 까만 귀를 쫑긋 세우고 있는 모습은 영락없이 귀여운 봉제 인형 같았다. 잔병치레만 몇 차례 있었을 뿐 늘 건강하던 바니였는데 어느 날부터는 밥을 먹지 않았다.

작은 도시에 살고 있는 가족들은 2시간 거리의 광역시에 있는 큰 병원에 바니를 입원시켰다. 입원 열흘째, 바니가 많이 아프다는 연락을 받고 가족 모두가 병원으로 향했다. 2시간 걸려 도착했을 때 바니는 이미 떠난 후였고 잘 먹지 못해 말라 있던 바니의 마지막 모습을 보며 가족들은 펑펑 울었다. 병원 치료받는 것도 힘들었을 텐데, 마지막 순간에는 정말 무서웠을 텐데, 가족들도 보지 못하고 떠날 땐 어떤 마음이었을까 생각하면 심장이 무너지는 것 같았다. 이럴 줄 알았으면 입원시키지 말 걸, 열흘이나 못 보고 지낸 시간이 너무도 후회됐다. 말할 수 없이 미안했다.

가족들은 바니를 집으로 데려와 늘 자리하던 곳에 눕혀주었다. 하얗고 통통하던 바니가 이렇게 가벼워졌다는 것이 믿기지 않았다. 한참을 바라보며 토닥토닥 해주며 가족들은 슬픔에 말을 잇지 못했다. 꿈이었으면, 하는 하루가 저물어갔다.

잠이 들었던 건지 깨어 있었던 건지, 분간이 안 되는 아침이 밝아왔다. 바니의 누나는 눈을 뜨지 않은 채 그대로 세상을 감지해보았다. 어느 것이 꿈이고 어느 것이 현실일까? 알 수 없었다. 부스럭거리며 일어나는 소리에 바니가 다시 깡충깡충 뛰어와줄 것만 같았다. 그런데 아무런 기척이 없었다. 다시 한 번 눈물이 쏟아졌다. 바니가 없구나, 바니가 떠났구나….

한없이 깊은 잠에서 일어날 줄 모르는 바니를, 그녀는 조심스레 안았다. 그리고 뒷산으로 올랐다. 바니와 가장 잘 어울릴 나무를 골랐다. 작고 건강해 보이는 소나무였다. 그 아래 바니의 쉴 곳을 마련해주었다. 작고 하얀 몸이 흙으로 덮였다.

바니를 보내고 몇 날 며칠이 지났지만 가족들은 여전히 바니가 그리워 눈물로 지내고 있었다. 무엇보다도 바니가 영영 떠나버렸다는 것이 믿어지지 않았다. 그 하얗고 보드라운 몸을 다시 볼 수 없다는 것은 너무도 견디기 힘든 아픔이었다. 나는 바니 누나의 긴 편지를 읽으며 내가 마치 바니와 오랜 시간을 함께해 온 느낌이 들 정도였다. 바니와의 추억은 그렇게 가족들 곁에 가까이 머무르고 있었다. 바니는 어디쯤 가고 있을까? 가족들의 걱정처럼 외롭지는 않을까? 나는 바니의 여행길에 살짝 올라탄 무임 승차자가 되었다.

노란 프리지어

향기처럼

"바니야, 토끼 아가 바니 맞니?"

"네. 저 맞잖아요."

그런데 바니의 모습은 노란 꽃으로 보였다. 충만한 빛의 노란 꽃들이 함박웃음을 터뜨리고 있는 것처럼 보였다. 그 모습이 어떻게 토끼 바니가 될 수 있을지, 바니의 영혼에서 느껴지는 상징일까? 바니가 좋아했던 것일까? 하지만 꿈에서는 모든 것을 자연스럽게 인식하듯 바니도 그렇게 내게 인식되었다. 노란 꽃은 분명 바니였다.

"바니야, 가족들이 하고 싶은 얘기가 정말 많대."

"궁금해요. 어서 듣고 싶어요."

바니는 얼굴을 가까이 대고 귀를 쫑긋하는 모습을 보여주었다. 꽃인데도 토끼처럼 귀를 세울 수 있었다. 게다가 남자 토끼라는 것이 믿어지지 않을 만큼 사랑스러웠다. 목소리도 하는 행동도 해주는 말들도 영락없는 여자아이 느낌이었다. 물론 영혼에게는 성별의 개념이 의미 없기는 하지만 바니는 사랑스러운 토끼 소녀 같았다.

"바니는 병원에 혼자 있을 때 외롭지 않았니?"

"가족들을 생각하고 기다리고 또 기다리면서 보냈어요. 그때는 떨리고 무서웠죠."

"많이 힘들었겠구나."

"하지만 지금은 아니에요. 토끼 몸을 하고 있을 때 그랬지 지금은 아니에요."

"가족들을 못 보고 떠나서 슬프지는 않았니?"

"그때는 제가 어디로 가는지 왜 이런 상황이 됐는지 몰랐어요. 하지만 두려움은 잠깐이었어요. 몸을 가진 생명에게는 무서움, 절망, 혼란스러움 같은 감정은 너무나도 자연스러운 거라는 걸 알아요. 저는 그때 모든 걸 초월해 있는 생명이 아니었기 때문에 그게 자연스러웠을 거예요. 하지만 바로 제 운명이란 걸 깨달았어요. 그 이후로는 전혀 무섭지도 두렵지도 않았고 가족들을 원망하지도 않았어요."

"가족들은 네가 떠난 후에야 병원에 도착해서, 네게 너무 미안하다고 하셨어."

"부디 저의 오래된 두려움이 가족들을 아프게 하지 않았으면 좋겠어요. 제가 지금 알려주고 싶은 것은 바로 지금, 더할 나위 없이 행복하다는 거예요. 물론 가족들을 떠나서 행복하다는 것이 아니라 모든 것을 초월해있는 이 공간, 또 다른 생명들이 저를 기쁘게 해요. 그러니 사랑하는 가족들도 저를 기쁘게 생각해주길 바라요."

바니는 이렇게 친절하게, 자세히 알려주었다. 바니가 표현해준 대로 내가 본 영혼의 모습도 더할 나위 없이 행복해 보였다.

"바니야, 가족들이 네 목소리를 들으면 정말 행복할 것 같구나."

"그럴 수 있을 거예요. 저는 남들이 부러워할 만큼 행복하게 살았어요. 그곳은 바로 저의 집이었고 그들은 저의 가족들이었고 저의 삶은 최고였어요."

"그럼 지금 바니가 있는 곳을 좀 보여줄 수 있겠니?"

"좋아요! 당신을 환영해요!"

나는 바니가 활짝 열어젖힌 장막 너머로 영혼들의 세계를 보았다. 수많은 영혼들은 여행 중이었다. 여행길에는 온갖 꽃들이 넘쳐났다. 세상의 모든 아름다운 색이 다 있는 것 같았다. 적어도 수천수만 가지 색들의 조화로운 그림이었다. 우리가 지금껏 보았던 지상의 향기로운 꽃들을 다 모아놓는다 해도 하늘나라의 꽃들에 비하면 초라하고 탁한 색으로 비칠 것만 같았다. 그 꽃들 사이로는 집으로 돌아가는 영혼들, 쉬고 있는 영혼들, 바니와 인사하는 영혼들… 이런 다양한 모습들이 한꺼번에 보였다. 내 심장이 빠르게 뛰었다.

영혼과의 대화에서 한둘, 혹은 몇 정도의 영혼을 보는 것이 일반적이라면 이렇게 많은 수의 영혼이 한꺼번에 보인 적은 처음이었다. 바니와 관계가 있든 없든 수호신이든 인도령이든 중요하지 않았다. 그들은 모두 바니의 친구였고 친근했고 사랑이 넘쳤다. 내가 저 속에 서있을 수 있다면 얼마나 행복할까! 나도 모르게 그런 생각이 들었다.

바니는 그 속에 있었다. 가족들에게 주는 대답으로 아주 훌륭한 영상이었다. 느리

게 리플레이 시키면서 두고두고 보고 싶은 풍경이었다.

"고마워 바니야, 이렇게 멋진 모습들을 보여줘서…."

"당신에게 주는 선물이에요. 가족들에게도 잘 보여주면 좋겠어요."

"덕분에 내가 행복하구나. 가족들에게 하고 싶은 얘기가 더 있니?"

"우리 가족은 늘 화목해요. 저는 걱정하지 않아요."

바니는 볼을 간질이는 바람을 불어주었다. 나의 머리칼이 흔들리는 듯했다. 그리고 바니는 가족들과 함께하던 그 순간, 사랑이 넘치던 그 시간을 영원히 기억하겠노라 했다.

나는 바니의 행복한 여행길을 가족들에게 그대로 묘사해 보여주었다. 바니가 보여주는 기쁨을 부족함 없이 전해주고 싶었고 가족들은 그런 바니가 더없이 사랑스럽다고 했다. 그토록 사랑스러운 영혼을 생각하며 바니의 누나는 내게 긴 메시지들을 남기곤 했다.

"바니의 이야기를 듣고 많이 울었어요. 바니에 대한 고마움과 사랑에 너무 벅찼어요. 심장이 아프게 뛰는 것이 아니라 따스하게 저린 것처럼 뛰어왔습니다.

바니가 노란 꽃의 형상으로 존재하고 있다고 하셨죠. 제가 가장 좋아하는 꽃이 노란색 프리지어예요. 꽃 같은 바니, 꽃처럼 예쁘고 사랑스러운 바니는 지금 어떤 모습일지 자세히는 모르지만 이렇게라도 전해 들어서 너무도 행복합니다. 그리고 제 방에 있던 꽃에도 관심이 많아 늘 장난을 쳤던 바니였죠. 모든 것이 여자아이 느낌이라고 하셨는데 실제로 저희 가족이나 수의사 선생님조차 여자로 오해하셨을 성도였어요. 그런 줄 알고 지내다가 어른 토끼가 되어서야 남자아이였다는 것을 알게 되었습니다. 하지만 늘 저에게는 섬세하고 다정하고 예쁜 여자아이 같았어요.

바니는 누구보다도 건강하고 행복하게 잘 지낼 거라는 걸 알고는 있었지만 바니의 소식을 듣고 나니 제 가슴에는 꺼지지 않은 촛불 하나가 막 불을 밝힌 것 같아요. 타지도 없어지지도 사라지지도 않을 촛불이요. 가끔은 죽고 싶을 만큼 힘들었던 적도 있었지만 그때마다, 내가 죽으면 바니를 볼 수 없게 되는 것이 싫어서 절대로 삶을 포기할 수 없었답니다. 죽음의 문턱에서도 저를 불러준 것이 바니였고, 바니와 함께하는 제 삶은 너무나도 소중했어요. 세상에서 가장 다정하고 예쁜 토끼 바니의 누나라는 것이 저는 정말 행복합니다."

7장

동물들이 머무는 곳

네가

나를
바꿔버렸어

　"제가 믿는 신인 하나님은 당신 이외의 존재를 더 사랑하면 그를 뺏어 가신다고 배웠습니다. 저는 그것이 두려웠습니다. 저는 하나님을 믿는 종교인으로 살고 있지만 동건이와도 오래오래 함께 살고 싶었습니다. 그럴수록 더더욱 열심히 신앙하게 되었고 매일 열심히 동건이를 보살피면서 살아왔습니다. 영화배우처럼 잘생겨서 이름도 동건이인 우리 강아지는요, 무척 사랑스럽고 어른스러웠습니다. 저는 그런 동건이를 자식처럼 여겼습니다. 매일 아침 출근할 때는 다녀올게 하면서 인사하고, 들어오면 안아주고, 한순간 한순간 후회하지 않기 위해 최선을 다했습니다. 그런 동건이가 떠나버렸습니다. 후회하지 않으리라 생각했지만 다하지 못한 사랑에 아픈 후회가 남았습니다. 동건이를 한 번만 더 보고 싶습니다. 동건이 목소리를 들려주세요. 제가 들을 수 있도록 도와주세요…."

    그녀는 동건이를 처음 만나던 그때부터 하나님께 기도를 했다. 열아홉 살, 가정불화와 이성 친구와의 시련, 학교 친구들과의 마찰로 심한 우울증을 앓고 있을 때였다. '하나님, 제게 강아지 하나를 보내주세요. 그러면 제게 큰 위로가 되고 힘이 될 것입니다!'

    매일 기도를 하던 어느 날, 아버지께서 강아지 하나를 안고 들어오셨다. 친구의 집에 들렀다가 마당에 묶여있던 시추 강아지 한 마리를 보신 것이다. 추워서 덜덜 떨며 끙끙대는데 주인은 조용히 하라며 윽박지르고 때리는 것을 보고 불쌍한 마음이 들었다. 집 안에서 키우는 개, 밖에서 키우는 개가 따로 있을까마는 작은 아이가 그렇게 묶여있으니 더 안쓰러웠던 것이다. 그날로 부모님이 좋아하시는 배우 이름을 따온 동건이는 그녀의 가족이 되었다.

    그녀는 그전까지만 해도 동물들에게는 감정이라는 것이 없다고 믿었다. 아픔도 없을 거라 생각했다. 관심 자체가 없으니 설령 감정이나 아픔이 있다 해도 먼 나라 얘기였다. 더 어릴 적에는 마당에 있던 강아지를 장난감처럼 갖고 놀다 실수로 밟아 죽인 적도 있었다. 그때도 죄책감은 눈곱만큼도 생기지 않았다.

그런데 동건이는 달랐다. 작은 발 하나가 밟혀 아파하는 것을 보고 고통을 느낀다는 것을 새삼 깨달았다. 그것은 그녀에게 가히 깨달음의 수준이었다. 놀라웠다. 서운하면 삐지고, 그러다가도 시원한 바람을 쐬어주면 마음을 풀기도 하는 것이, 영락없이 동물에게도 감정이 있다는 뜻으로 이해되었다. 전에는 왜 그런 걸 몰랐을까? 그 전에는 눈에 보이지도 않던, 나 아닌 동물의 고통이 고스란히 보이기 시작했다. 그 후로는 주변 친구들에게까지 동건이를 자식처럼 소개하면서 동물에게도 마음이 있다는 것을 알려주었다. 마치 하나님 말씀을 전도하듯 동물의 마음을 알리며 다녔다. 그동안 만나왔던 사람들은 받는 사랑만큼 돌려줄 생각이 없는 경우가 허다했다. 그런데 동건이가 보여주는 한없는 사랑과 인내를 보며 분명 강아지 모습으로 온 천사라고 생각할 수밖에 없었다.

그런 천사 같은 동건이를 언젠가부터 피부병 하나가 괴롭히기 시작했다. 사람처럼 땀이 나는 피부라고 했다. 그러나 병원에서조차 원인을 알지 못했고 자주 씻겨주고 닦아주고 관리해주는 방법밖엔 없다고 했다. 동건이를 처음 안고 오셨던 아버지조차도 냄새 나니 너무 가까이하지 말라고 했다. 하지만 이제 가까이하지 않을 수가 없게 돼버렸다. 어떤 냄새도 모두 사랑의 응집체였다. 어느 누구의 타박에도 아랑곳

하지 않고 늘 동건이만 가까이하며 사랑을 전해주고 싶었다.

그러다 열 살이 되던 어느 여름날, 동건이는 산책을 나간 길에 힘없이 쓰러져버렸다. 갑작스런 상황이었지만 병원에서는 이 또한 원인을 알 수 없다고 했다. 동건이는 그 이후에도 쓰러졌다 일어났다, 다시 휘청거리며 쓰러지기를 반복했다. 그러는 사이 머리를 제외하고 목 아래로 전체 마비가 오고 있었다. 그럼에도 동건이는 살고자 하는 의지가 매우 강해 보였다. 엄마 노릇을 하는 그녀가 떠먹여주는 밥도, 누운 채로 잘 먹어주었다. 몸은 힘들었지만 눈빛만큼은 영화배우의 카리스마에 뒤지지 않았다.

그녀는 동건이가 다시 건강하게 일어설 수 있다면 뭐든지 하리라 다짐했다. 인터넷을 하염없이 뒤져댔다. 비슷한 증상을 찾아보다가 목 디스크가 아닐까 생각했고 치료법에 대해 알아보았다. 그러다 동물에게 한방 치료를 한다는 어느 동물병원의 광고를 보게 되었다. 동건이를 안고 무작정 그 도시로 향했다. 다른 선택의 여지가 없었다.

수의사 선생님은 희망이 없는 것은 아니지만 극적인 회복까지는 장담할 수 없다고 했다. 한방 치료를 시도해볼 수는 있겠다고 했다. 그것만 해도 다행이라고 하나님께 감사드렸다. 하루 세 번 침을 맞고 약을 복용해야 했기 때문에 동건이를 입원시키고 돌아오는 길에 그녀는 내내 울음을 그치지 못했다. 동건이는 동건이대로 좁은 케이지에 갇혀 울 걸 생각하면 더더욱 눈물을 멈출 수 없었다.

그때 대학원생 신분이었던 그녀는 치료비에 큰 어려움을 겪고 있었다. 돈이 있는 만큼만 치료를 받다가 돈이 떨어지면 퇴원을 시킬 수밖에 없었다. 그래도 동건이가 다시 힘들게나마 걸어주기도 하는 모습을 보면서 그녀는 더욱더 열심히 뒷바라지를 했다. 그렇게 입원과 퇴원을 반복하는 동안 2년이 흘렀다.

그 세월을 병원에 의지하며 버텨갔지만 동건이의 몸은 점점 더 굳어져갔다. 결국에는 누운 채로 앞발만 버둥거리듯 움직일 수 있었고 다른 곳은 영영 감각까지 잃어버렸다. 하루 종일 누워있어서 욕창도 생겼지만 푹신하고 덥지 않게 누워있도록 동건이를 돌보는 방법은 나름 발전해나갔다.

"오늘도 엄마 기다려줘. 사랑해 동건아, 영원히 함께 살자…."

이제 직장인이 된 그녀는 마냥 동건이만 안고 있을 수 없었다. 출근할 때 속삭여주고 점심시간이면 잠깐 들렀다. 밥 주고 대소변 봐주고 한 시간을 안고 있다가 근무 시간이 되면 다시 직장으로 나갔다. 저녁에 돌아와서는 기다려줘서 고맙다고, 동건이 심장에게는 오늘도 잘 뛰어줘서 감사하다고, 하나님께도 늘 기도를 올렸다. 최대한 많은 시간을 가까이하고 싶어 집안일을 할 때나 음식을 만들 때도, 항상 앞으로 멘 가방에 동건이를 안고 있었다.

이렇게 함께하는 시간 동안 그녀는 결혼을 하게 되었다. 남편이 데리고 온 어린 강아지 토리가 하나 더 생겼다. 그런데 동건이가 누워 지내다 보니, 가족들이 외출한 사이 토리가 동건이 한쪽 귀를 물었다. 살점이 떨어져 나가버렸다. 아무런 대응도 하지 못하고 고스란히 고통을 느끼고 있었을 동건이에게 너무도 미안했다. 토리와 분리하기 위해 강아지 우리까지 사서 동건이를 보호했다. 그런데 어느 날 다시 한 번, 울타리 안으로 토리가 점프해 들어가 다른 쪽 귀를 물어뜯어 동건이는 피투성이가 되어버렸다. 응급 상황이었지만 그때는 늦은 밤이라 치료를 해줄 마땅한 곳이 없었다. 이번에는 상처가 너무 커서 고름까지 차올랐다.

다음 날 동물병원에 가서 치료를 받으며 동건이는 귀에 작은 호스를 꽂아 고름을 빼냈다. 거즈와 압박 붕대로 귀와 목이 칭칭 감긴 채 몇 날 며칠을 지내야 했다. 그래도 아프다고 투정하지도 않고 밥도 물도 약도 다 잘 먹어주고 있었다. 추워서 낑낑대다 전 주인에게 얻어맞았던 강아지 동건이는, 이제 열네 살의 늙은 몸으로 조용히 살아가고 있었다.

이런 의젓한 동건이에게 조금이라도 더 맛있는 음식을 나눠주고 싶었던 그녀는 어느 늦은 밤, 간식을 챙겨주었다. 그런데 동건이가 죽어갔다. 눈이 풀리고 온몸이 늘어졌다. 다시 숨은 돌아오지 않았다.

그녀는 동건이를 끌어안고 밤을 샜다. 마치 품속에서 자고 있는 아기처럼 보였다. 몸은 계속 따뜻했다. 그녀의 체온이 전해져 다시 피가 돌았으면 하고 바랐다. 그동안 따뜻한 체온을 많이도 나눠주던 동건이에게, 그녀는 고작 하룻밤 그렇게 해줄 수 있을 뿐이었다.

미안해
고마워

사랑해

"사랑하는 동건아. 엄마는 네가 죽었다는 게 믿기지가 않아. 너무 슬프고 힘이 들어. 너는 내 생명이고 내 행복이고 내 아가고 가족이고 전부였어. 네가 있어서 난 정말 행복했고 내 강아지로 와주어서 정말 고마워. 마지막까지 아픈 내색 한 번 안 하고 힘내줘서 고마워. 칭칭 감긴 붕대 때문에 목이 답답한 것도 몰라서 미안해. 엄마가 교회 일로 바빠서 함께 있어주지 못한 시간도 미안해. 동건이를 영원히 사랑해. 영혼으로나마 엄마 곁에 항상 있어줘. 우리는 다시 만나리란 걸 믿어. 영원히 행복하게 살자 내 아가야…"

그녀는 궁금했다. '동건이의 영혼은 어디로 갔을까?' 그런데 교회에서는 사람의 영혼만을 언급했지 동물에게는 영혼조차 없다고 했다. 묻고 또 물어도 같은 대답뿐이었다. 하지만 동건이에게 영혼이 없을 리가 없었다. 하나님이 이처럼 아름다운 동물들을 영혼이 없는 기계로 만들어놓진 않았으리라, 그녀는 믿었다. 분명히 본능대로만 사는 짐승이 아니라는 것을 동건이를 통해서 보았는데 말이다. 이렇게 끝나버리고 만다면 다시는 동건이와 만날 수 없는 거냐며 하나님을 찾았다. 아무것도 바라지 않을 테니 동건이의 영혼만이라도 다시 만나게 해달라고 기도했다. 그러다 동물교감이란 것을 알게 되었다. 동물에게도 영혼이 있는 것 같았다. 마지막 희망이었고 동건이에게 못다한 말을 꼭 전해주고 싶었다.

나는 그들을 연결해주었다.

"동건아… 동건아…."

"저를 왜 부르시죠?"

"엄마가 동건이의 영혼이라도 만나고 싶어 해."

"전 엄마 곁에 있어요. 겁먹지 말라고 하세요."

과연 엄마 곁을 졸졸 따라다니는 동건이의 모습이 보였다. 마비된 몸이 아니라 건강하게 걸어다니고 엄마 노랫소리를 듣는 동건이였다. 그 목소리는 마치 천상에서 울려 퍼지는 소리 같았으나 나는 동건 엄마의 노래라는 것을 알았다. 동건이의 행복한 기억이었다.

"동건이가 떠나고 엄마는 너를 밤새 안고 잤대. 그걸 느꼈니?"

"전 떠나지 않았어요. 지금도 마찬가지지만요. 엄마 품을 느낄 수 있었어요. 세상에서 가장 포근했어요. 살아있을 때보다 더 행복했어요. 엄마가 우는 건 가슴이 아팠지만… 제가 위로를 해주어도 엄만 울기만 했거든요."

"동건이는 뭐라고 위로를 했었니?"

"울지 말라고요. 제가 옆에 있으니까 울지 말고 나를 봐달라고요."

"그때 네가 세상을 떠난 걸 알고 있었어?"

"네. 저는 죽음을 바로 알았어요. 바로 인지를 했어요."

"방황하지는 않았니?"

"절대 그러지 않았어요. 저는 오랫동안 준비를 해왔으니까요. 때가 된 것이 홀가분하고 기뻤어요. 이제 더 이상 아프지 않아도 되니까요."

"엄마가 들으면 서운해하실 것 같아."

"왜죠?"

"네가 떠나고 싶어 했다고 오해하실지도 몰라."

"이렇게 잘 있는 걸 알면 그럴 리 없어요. 걱정하지 마세요."

죽음을 인지하고도 곁에 머물러 있는 것은 마지막으로 가족과 함께하는 시간이기도 했고 동건이의 영혼을 믿고 싶어 하는 엄마에 대한 배려였다는 생각이 들었다.

"그럼 계속 엄마 곁에 있는 거니?"

"전 엄마 곁에도, 하늘나라에도 있어요."

동건이의 말이 끝나자, 어떤 장면이 보이기 시작했다. 처음에는 가까운 곳부터 먼 풍경까지 물감이 번지듯 그려지기 시작했다. 아주 넓은 구름바다로 보였다. 그 가운데 커다란 깃발과 웅장한 성이 보였다. 어떤 중심이나 표식을 의미하는 것 같았다. 다른 영혼들이 이걸 보고 오거나 이 주변을 지나는 모습들도 보였다. 동건이의 옆으로는 다른 동물이 보였으나 내가 아는 동물의 형상은 아니었다. 어디서도 본 적이 없는 모습이었다. 그리고 동건이의 털빛은 흰색과 갈색의 윤기 나는 모습이었다. 몸은 작지만 전체적으로 탄탄하고 완벽한 균형을 이루고 있었다.

"넌 정말 건강해 보이는구나!"

"맞아요. 이걸 잘 전해주세요."

"네가 착하게 살아서 그러니?"

"아뇨. 사람들에게 사랑을 주어서 그래요. 사랑을 알려주고 사랑을 배우게 해서…."

"그렇구나. 그럼 너는 엄마 곁으로 다시 오진 않을 거니?"

"사람들은 이해할 수 없겠지만 전 엄마 곁에도 있고 동시에 여기 하늘나라에도 있어요."

"그럼 영원히 이렇게 지낼 수도 있을까?"

"얼마동안은요. 엄마가 원하니까 이렇게 지낼 거예요. 그리고 저도 원해요."

"엄마가 들으면 반가워하실 소식이구나. 그런데 아직도 네게 미안한 점이 많대."

"그걸 보면 가슴이 아파요. 얘기를 해주고 싶었어요. 엄만 안 좋은 생각만 하세요. 제가 떠난 거랑 엄마가 잘못한 것들…."

"사람들은 다 그렇단다. 그것도 사랑이랑 다르지 않아."

"그래도 엄만 그러지 않았으면 좋겠어요."

"어떻게 하면 좋을까?"

"농담도 하고 친구들이랑 웃고 떠들고 그렇게 행복하게 살았으면 좋겠어요."

"예전엔 그랬니?"

"가끔 그랬어요. 엄마 목소리는 참 좋아요. 노래 같아요."

노랫소리가 흘렀다. 느린 허밍이었다. 이 부분에서는 진짜 엄마의 목소리인지 천사의 노랫소리인지 구분이 되지 않았다. 너무도 아름다웠다. 어디에서도 들어본 적이 없는 완벽한 소리였다. 왜 영혼들을 통해서 느껴지는 오감들은 한 점의 티끌도 없이 완벽하게만 여겨질까? 왜 내가 사는 세상에는 이런 완벽한 감각이 통제받고 있을까? 정확하게 표현할 어떤 단어도 없다는 것은 인간의 언어라는 것도 한없이 부족한 도구임에 틀림없다고 여겨졌다.

"엄마에게 더 해줄 얘기가 있니?"

"엄마가 잘 알아요. 어떻게 살아야 할지, 제가 가르친다고 되지 않아요. 엄마 인생이니까 다 때가 있는 것처럼 엄마도 경험하면서 배우는 게 좋아요 지금은."

"네가 다시 왔으면 좋겠대. 엄마 곁으로. 언제까지고 기다릴 수 있대."

"하지만 엄마는 저를 몰라볼 거예요. 그건 중요하지 않아요."

"어떤 모습으로 올지 알려주면 엄마가 더 기쁠 텐데…."

"아니에요. 그냥 그렇게 또 인연을 만든다는 것만 알아두세요. 엄마는 궁금해하지만 그런 게 중요하지 않다는 것을 알아야 해요."

"왜?"

"그냥 엄마는 사랑만 하면 돼요. 그럼으로써 엄마는 더 성장해요."

"너를 통해 다 배우지 못한 게 있니?"

"그건 아니에요. 제가 다른 인연으로 간다는 뜻이에요."

"동물로 오니?"

"네. 하지만 어차피 몰라볼 거니까 중요하지 않아요."

"엄마는 더 많은 동물을 사랑하는 게 필요할까?"

"네. 그건 좋죠."

"왜?"

"동물이나 인간이나 다르지 않아요. 사랑은 같은 거니까… 대상에 집착하지 말고 사랑하는 마음으로 살면 돼요. 그게 중요해요. 그게 엄마를 위한 거니까 저한테 집착하지 말아야 해요. 그게 엄마한테 좋고 저한테도 좋아요."

"엄마는 네가 은인이라고 생각한단다."

"저는 엄마에게 길을 보여준 것뿐이에요."

"네가 살아있을 때부터 의도했던 거니?"

"아뇨. 몰랐어요. 여기 와서야 알았죠. 동물의 몸과 인식은 한계가 있으니까요."

"엄마에게 힘든 일이 많았지만 그때마다 다시 살게 해준 게 동건이라는구나."

"고마워요. 그게 제 할 일이었는데 엄마가 알아줘서 고마워요. 안 그랬으면 제 일이 실패를 했을 테니까 여기 와서도 전 면목이 없었겠죠."

"동건이는 엄마를 위해 내려온 천사 맞니?"

"어떤 면에서는 그렇죠. 하지만 엄마도 천사예요."

"엄마가 착해서?"

"네. 엄마도 천사예요."

"그럼 엄마도 어떤 임무가 있다는 소리니?"

"그건 아까 얘기했어요."

"사랑?"

"네. 더 열심히 사랑해서 엄마의 영혼을 키워야 해요."

"그건 모든 사람들한테 해당되지 않을까?"

"대부분은요. 하지만 모두는 아니에요."

"엄마는 두고두고 동건이에게 감사할 거야."

"그 마음이 중요해요."

"엄마가 동건이 만나고 싶으면 다시 이렇게 찾아와도 될까?"

"그건 문제없지만 엄마한테 좋지 않아요."

"왜?"

"자꾸 쓸데없는 생각을 하게 되니까요. 기억하세요. 엄마는 더 많은 사랑을 해야 해요. 그게 다시 저를 만나는 길이에요. 그것 말고는 없어요."

"더 하고 싶은 얘기 없니?"

"엄마 노래를 듣고 싶어요. 엄만 노래도 잘 부르거든요."

"엄마한테 잘 전할게. 꼭 불러주실 거야."

"아, 좋아요. 빨리 듣고 싶어요…."

너는
천사였구나

"놀라웠습니다. 정말 동건이였습니다. 제 노래를 들려달라는 말, 그건 저와 동건이만 아는 비밀 같은 거였어요. 전해주신 한마디 한마디가 제가 아는 동건이였습니다.

동건이가 떠날 무렵, 남편과의 힘든 일로 또 다른 상처가 너무 컸습니다. 여기저기서 상담도 받아봤지만 매일 우울증에 시달리고 있었어요. 모든 삶을 포기하고만 싶었습니다. 그런데 동건이를 다시 만나고 싶은 마음이 저를 다시 일으켰습니다. 동건이는 떠나고 나서까지 저를 일으켜주었습니다. 좌절하지 않고 열심히 노력해서 하나님께 인정받고 싶었어요. 그러면 동건이를 만나서 영원히 함께하게 해달라고 부탁할 수 있을 테니까요. 그 생각만으로 다시 힘을 내서 살게 되었습니다.

동건이를 직접 느껴보고 싶어서 동물교감도 배우고 연습도 열심히 했습니다. 처음에는 쉽지 않았지만 마음을 바르게 잡고 동건이를 불렀어요. 제 마음이 흔들릴 때는 아무리 불러도 오지 않아서 저는 흔들릴 수조차 없었습니다. 동건이를 보고 싶으면 이러면 안 되었어요. 저는 동건이를 위해서 저의 모든 걸 바꿔야 했습니다. 그만큼 가치 있는 생명이었으니까요.

저의 노력에 보답이라도 해주듯이 한번은 저에게 바다를 보여주었습니다. 다음 번엔 동화 속에 나오는 큰 깃발이 있는 성으로 뛰어가는 모습을 보여주었어요. 얘기해주신 그 장면과 다르지 않았습니다. 와…! 동건이가 하늘나라에 잘 도착했구나…! 저는 너무나도 기뻤습니다. 하나님이 동건이를 다시 보내주신다니, 그게 어떤 모습이라도 저는 감사합니다. 동건이의 목소리를 듣고 저는 다시 힘을 냅니다. 행복해야 하고 제 갈 길을 잊으면 안 된다는 것을 알았습니다. 동건이는 저에게 삶과 죽음, 죽음 이후에까지 저를 지켜주고 살려주는 천사가 맞습니다."

나는 벅찬 감정으로 적어 내려간 그녀의 답장을 받았다. 무엇보다 다시 힘을 내서 살아가겠다는 다짐이 고마웠다. 그것은 동건이의 사랑을 믿어줌으로써 가능한 이야기다. 당장 내 손에 잡히지 않는다고 다시 슬픔에 빠지는 사람들이 얼마나 많은데 영혼이 전해준 말 한마디에 이렇게 힘을 내기란 쉽지 않은 경지라는 것을 안다.

나는 많은 동물의 영혼들이 비슷한 얘기를 해주는 것을 듣는다. 중요한 것은 결코 과거의 아픈 기억이 아니라고 했다. 거기에 얽매이고 그 속에서만 안타까워하고 미안해하기를 원하는 동물은 아직까지 본 적이 없다. '나 말고 다른 동물을 사랑하면 안 돼요'라고 얘기한 영혼은 만난 적이 없다. 내가 만난 영혼들은 하나같이, 가족들이 어서 빨리 슬픔을 이겨내고 행복하게 살기를 바랐다.

그럼에도 사람들은 쉽게 그 말에 따르지 못한다. 사랑했던 존재가 그렇게 얘기해주는데도 우리는 슬픔 밖의 세상을 보지 못한다. 사랑하는 반려동물을 떠나보냈다는 건 나의 가장 소중한 것을 잃는 것과 다르지 않기 때문이다. 그 슬픔은 세상 어떤 것으로도 대체가 되지 않는다.

내가 상실감으로부터 벗어난다는 것은 마치 그 존재를 더 이상 사랑하지 않는 것 같은 느낌을 갖게도 한다. 사랑스럽고 마음에 드는 모든 것과는 헤어지기 마련이고 없어지기 마련이고 달라지기 마련이라고 하는 붓다의 말씀은 그 옛날 옛적부터 지금까지 참으로 아픈 진리다.

슬픔에 빠져 있는 동안에는 어떤 말도 들리지 않는다. 인정하지 않겠지만 우리는 듣고 싶은 말을 만들어놓고 그 얘기만 들을 수 있는 귀를 열어놓는다. 이때는 사실이건 아니건 그것이 중요한 것이 아니다. 나의 생각과 나의 바람만이 중요한 것이 되어버린다. 나 또한 그런 시간을 경험해보았기 때문에 인간으로서 경험하는 당연한 애도 반응이고 필요한 시간임을 이해한다. 그런 내게 생각의 다른 방향을 보여주고 알게 해준 것도 동물들이다. 그들의 영혼이다. 슬픔의 주체인데 그것에서 벗어날 열쇠도 쥐어주었던 것이다. 그것은 다름 아닌, 그들이 행복하다면, 나도 더는 슬퍼할 이유가 없다는 것이다. 나의 슬픔이 중요한 것이 아니라 소중한 존재의 행복이 더 값지기 때문이다. 그래서 기꺼이 나의 슬픔을 지우고 나면 남는 것은 모두의 행복이다.

우리가 사랑했던 아름다운 영혼은 이 세상을 떠나 더 안온한 휴식으로 돌아간다. 그것은 더 이상 의심의 여지가 없다. 나의 슬픔에만 몰두해 있는 것은 아닌지, 더 중요한 것은 무엇인지 생각해보는 것이 필요하다. 사실 동물을 사랑했던 당사자보다 더 나은 메신저는 없다. 그들의 영혼에게 우리의 마음을 직접 얘기해본다면 더 깊은 순수함으로 우리의 소리를 들을 수 있을 것이다. 그때 우리가 그토록 만나고 싶어 했던 그들의 영혼은 사뿐히 우리의 어깨 위에 내려와 앉을지도 모른다. 나는 지금, 슬픔에 빠져있는 가족들의 사막 같은 가슴에 작은 씨앗 하나를 던져 놓는다. 언젠가 빗방울 하나라도 떨어지게 되면 움이 터 초록빛 생명을 얻기를 바랄 뿐이다.

오래된
초상화 같은 얼굴

"정신 차리고 아기를 돌봐야 하는데 그것도 너무 힘겹습니다. 저는 13개월 아기 엄마예요. 그런데 10년 키우던 강아지를 하늘나라로 보내고 눈물이 그치질 않습니다. 가슴이 아파서 일상생활도 해내지 못할 정도입니다. 하루 종일 눈물만 납니다. 저를 도와주세요."

메일 내용과 함께 받은 사진 속 꼬맹이의 모습은 풍성하게 뻗은 털에 잘생긴 오렌지세이블 포메라니안이었다. '산책 갈까?'라는 말 한마디에 자다가도 귀를 쫑긋 세우고 벌떡 일어나던 꼬맹이는 풍성한 털 때문인지 여우나 원숭이, 토끼가 아니냐는 말까지 들어왔다. 신나게 달리던 꼬맹이의 모습만 생각하면 엄마는 다시 눈물이 줄줄 난다고 했다. 앞발을 힘껏 내딛어 달리면 자그마한 뒷발은 가지런히 모아져 공중에 떠 있다가 땅에 닿던 모습, 그런 꼬맹이가 귀여워 엄마는 가끔 몰래 숨기도 했다. 그러면 꼬맹이는 엄마를 찾느라 이리저리 두리번거렸다. 미안한 마음에 '나 여기 있어!' 하고 나가면 한걸음에 달려오던 모습은 날쌘 새끼 사자 같았다.

꼬맹이의 반려인에게는 뇌출혈로 10년째 의식 없이 누워 지내는 아버지가 계셨다. 고생하는 아버지께 미안해서 따뜻한 방에서도 잘 수 없었고 맛있는 음식, 예쁜 옷 사는 것이며 웃음조차도 잃고 살았던 날들이었다. 그보다도 훨씬 전에 헤어진 어머니… 남들에게 엄마라는 말은 따뜻하고 포근한 말이지만 그녀에게는 세상에서 가장 낯선 말 중 하나가 '엄마'였다. 엄마의 사랑을 받지 못한 외로움의 옆자리에 오로지 꼬맹이가 있어주었다. 결혼 전부터 결혼 후까지, 그리고 지금 딸을 낳아 기르고 있는 순간까지 꼬맹이만이 그 세월을 지켜주었던 것이다.

힘들고 지치면 유난히 많이 울곤 했던 그녀에게 꼬맹이는 자다가도 뛰어와 눈물을 핥아주던 고마운 아이였다. 그 모습이 고마워 더 눈물이 났지만 꼬맹이를 안고 있는 동안에는 포근한 냄새가 따뜻하고 좋아서, 안은 채로 잠이 들던 날도 많았다. 그녀가 낳은 딸아이가 꼬맹이를 귀찮게 해도 꼬맹이는 가만히 견뎌주었다. 기관지 협착증 때문에 뛰거나 흥분하면 숨이 차 헐떡거리던 것을 제외하면 늘 의젓하고 건강하게 살아준 꼬맹이였다.

꼬맹이가 떠나기 전날 갑자기 숨 쉬는 것을 더 힘들어했고 비틀비틀 잘 걷지도 못해 24시간 응급진료가 가능한 동물병원으로 뛰어갔다. 그런데 불안했다. 꼬맹이를 잃을 것만 같았다. 숨을 못 쉬어 혀가 파랗게 변해버린 꼬맹이를 위해 해줄 수 있는 것이 고작 산소 넣어주는 것밖에 없다고 생각하니 그녀는 피가 마르는 것 같았다. 그동안 건강을 지켜주지 못한 것이 너무도 후회되었다. 꼬맹이는 병원에서 물 한 모금도 먹지 못하고 그렇게 떠나가 버렸다. 점점 차가워지는 꼬맹이를 안고 울었지만 다시 그 온기는 돌아오지 않았다.

나는 꼬맹이의 사진을 한참을 바라보았다. 왜 내 눈에는 사람처럼 보였을까? 강아지의 복실한 털만 뒤집어쓴 사람의 이목구비를 보는 듯했다. 그것도 아주 오래된 초상화처럼… 꼬맹이는 분명 작은 몸집과 귀여운 강아지를 부르는 이름으로 잘 어울렸지만 내가 본 사진 속 아이에게는 너무도 먼 이름이었다. 그래도 꼬맹이라는 그 이름을 우선 마음에 새겼다.

"꼬맹아, 하늘나라에선 편하게 숨 쉬고 행복하게 잘 있니?"

엄마가 가장 알고 싶은 이야기였다. 더 이상 아프지는 않은지 행복한지, 그것만 알아도 눈물을 멈출 수 있을 것 같았다.

"울지 마세요. 엄마만 행복하면 전 다 괜찮아요."

"네가 없어서, 엄마는 네가 보고 싶으니까 눈물이 나는 거란다."

"엄마가 외로워하지 않았으면 좋겠어요. 엄마의 외로움은 여기서도 느껴져요."

"네 마음은 잘 전할게. 꼬맹이는 잘 지내니?"

"밝고 노란 빛이 저를 이끌어주고 있어요. 갈 길을 알지만, 저도 어디로 가야 하는지 알 것 같지만 그래도 안내를 받으니 더 편해요."

꼬맹이가 알려준 밝은 빛은 주위를 넓게 감싸고 있었다. 마치 스포트라이트처럼 한 영혼에 집중해서 온기까지 전해주고 있었다. 내가 마치 꼬맹이가 된 듯, 따뜻한 빛에 나른함까지 느꼈다. 피곤한 하루를 마치고 이제 막 잠자리에 들어가는 시간처럼 온전한 휴식을 알려주었다. 이대로라면 꼬맹이는 그 빛만으로도 충분히 치유될 거란 생각이 들었다.

동물병원에 입원해있던 당시 꼬맹이는 숨을 잘 쉬지 못해 괴로워했다. 그 모습을 보기 힘들어 그녀는 잠시 자리를 비웠다. 그때 꼬맹이 혼자 죽음을 맞이하게 했다는 사실이 두고두고 그녀의 가슴을 할퀴었다. 마지막 가는 모습을 지켜주지 못해서 많이 무서웠을 거란 생각을 하면 왜 하필 그때 자리를 비운 걸까, 후회가 막심했다.

"엄마는 너의 마지막 시간을 함께해주지 못해 너무 미안해하신단다."

"곁에 있어줬으면 하고 바랐지만 바쁜 걸 아니까 이해해요. 많이 바빴죠. 엄마는….'

바빠서 자리를 비운 게 아니었는데 왜 꼬맹이는 엄마가 바빴다고 이해했을까? 엄마는 두려워서 잠시 떠나 있던 거라고 얘기를 해줘야 할까? 어떻게 얘기를 해야 하나? 내가 갈등을 하고 있을 때 꼬맹이가 그걸 알아차렸다.

"엄마는 바빴어요. 저에게 그렇게 얘기했어요. 그러니까 이해해요."

나중에 그녀와 통화를 하면서 안 일이지만 엄마는 의사 선생님께 바쁜 일 때문에 어디 좀 다녀와야 한다고 그 자리를 떠났다고 했다. 그것은 핑계였다. 아픈 아이를 보는 것이 두려웠던 것이다. 그런데 꼬맹이는 그것을 들었고 그대로 믿고 있었다.

　　"꼬맹아, 그동안 몸이 많이 힘들었다고 들었어. 언제부터 아팠니?"

　　"아마도 1년쯤 된 것 같아요. 그때부터 저는 떠나올 준비를 했던 것 같아요."

　　"1년이나?"

　　"네. 지금 보니 그렇게 긴 세월이 아니에요. 금방 지나가버렸네요. 그때는 힘들었지만 지금 보니 아무것도 아니었어요. 이상해요. 이상한 느낌이 들어요. 너무나도 잠깐, 반짝 하는 순간으로 기억이 돼요. 왜 그러는지는 잘 모르겠어요."

　　"그곳 시간이랑 여기랑 다르니까 그런 게 아닐까?"

　　"그럴지도 몰라요. 살아있던 시간은 아무것도 아니었어요. 제가 기쁘고 슬프던 시간들인데 금방 지나가버렸어요. 기쁨도 슬픔도 먼 기억으로만 남아있어요. 꿈만 같아요. 지금 저에게는 이곳의 편안함만 있어요."

　　"네가 편하다면 그걸로 된 거야. 엄마도 그걸 바라신단다."

　　"고마워요. 여기는 제가 원하던 것들이 다 있어요."

　　꼬맹이는 내게 짤막한 장면 하나를 보여주었다. 밝은 노란빛으로부터 그림들이 쏟아져 나왔다. 파티였다. 형형색색의 풍선들은 가볍게 하늘로 떠올라 있었고 기다란 줄에 매달린 빨간 리본은 꼬맹이가 있는 곳까지 흘러내렸다. 그 사이사이를 즐겁게 뛰어다니는 모습의 영혼이 보였다. 웃는 얼굴의 꼬맹이였다. 그리고 꼬맹이는 말했다.

"엄마가 지금 이곳을 본다면 분명 기뻐할 거예요."

"꼭 자세히 전할게. 지금은 아프지 않은 거지?"

"이 모습만 잘 보여주면 돼요. 저는 잘 가고 있으니까요."

나는 꼬맹이의 영혼에서 진중함을 느꼈다. 목소리는 차분했다. 육체를 벗어난 영혼의 색깔만 남은 꼬맹이는 더 이상 작은 강아지가 아니었다.

이곳이

하늘나라예요

나는 그녀에게 최대한 자세히 꼬맹이가 보여준 곳을 묘사해보았다. 이 물질세계에서나 볼 수 있음직한 풍선이며 리본이 왜 꼬맹이가 있는 하늘나라에 있는 건지… 그것은 그녀가 잘 알고 있었다. 그녀는 오열했다. 딸아이 돌잔치 때 풍경이었다. 그날은 집에서 파티를 했는데 유난히 꼬맹이가 즐거워했다. 색색이 풍선을 띄워 올렸고 빨간 리본을 매달았다. 꼬맹이는 리본을 잡으려고 폴짝 뛰어오르기도 했다. 아기 사진을 찍으려고 하면 모든 장면에 꼬맹이가 들어와 있었다. 꼬맹이는 자신까지 주인공이 된 기분이었을 것이다. 즐거웠던 삶의 하루를 하늘나라에서도 만끽하고 있었다. 이 모습은 꼬맹이가 잘 가고 있다는 사실을 알려주기에 부족함이 없었다.

꼬맹이가 1년 전부터 아프기 시작했다는 점에 대해서도 그녀는 너무도 가슴 저리는 이야기라고 했다. 아기를 낳은 게 그때쯤이니 이후로는 아무래도 꼬맹이에게 신경을 써주지 못했던 것이다. 꼬맹이가 받을 사랑이 아기에게 옮겨가는 걸 보며 외로워했다고 그녀는 기억했다. 그 외로움이 꼬맹이를 아프게 한 것이라고 여겼다. 그렇게 조금씩 자신으로부터 떠나고 있었던 것을 알지 못했다는 사실에 그녀는 가슴 아파했다. 그녀는 다시 울었다. 이해는 되었지만 시기적으로 맞아떨어졌다고 해서 꼭 그 이유라고 설명할 수는 없었다. 나는 꼬맹이에게 그에 대한 자세한 얘기를 묻지 않았던 것이 그녀에게 미안했다. 적어도 죄책감은 덜어줄 수 있었을지도 모르는데….

그녀는 꼬맹이를 보낸 후에야 깨달았다고 한다. '꼬맹이가 있어서 내가 행복했구나, 그렇게 행복할 수가 없었는데도 늘 슬픈 환경만 보고 살았구나, 그래서 이제는 사랑하는 강아지와 함께 지내는 사람들이 세상에서 가장 행복해 보인다'는 그녀였다.

하지만 언젠가 또다시 지금의 자신을 그리워할 날이 올지도 모른다. 지금 내가 그리워하고 있는 꼬맹이, 그리움 자체가 행복이었다는 사실을 다시 알게 될지도 모른다. 소유라는 환상이 주었던 행복만이 전부가 아니었다는 사실을 말이다.

동물들의 영혼이 보여주는 하늘나라에서는 오묘한 것들도 내게 아주 자연스럽게 느껴진다. 자연스러운 것을 우리가 불필요하게 오묘하다고 하는지도 모른다. 물질적 실존이 하늘나라에도 존재하는 것으로 나는 오감을 통해 받아들이지만 그것은 간혹 영화 스크린에 비유되기도 한다. 실체가 아니지만 분명히 인식되고 지각된 것이라는 점이다. 풍선은 둥둥 떠올라 가벼웠고 리본이 매달린 실을 잡아당기면 끌려올 것만 같았다. 나는 그것들을 생생하게 보았지만 결국은 만질 수 없는 스크린 속

허상이라는 것이다. 그것을 투영하는 것은 영혼이 이 세상을 살 적에 가졌던 다양한 기억들이라고도 한다. 임사 체험을 하고 돌아온 사람들의 얘기가 그들의 종교관이나 사회 정체성에 크게 다르지 않은 점도 이런 식의 해석이라고 볼 수 있다. 사실 영혼 등의 에너지 존재들에게는 형체라는 것이 의미가 없어 보이지만 우리는 그들을 이해할 다른 방법이 없는 것이다.

그럼에도 나는 꼬맹이나 다른 영혼들이 보여주는 세계를 가감 없이 받아들인다. 단순히 이쪽 세상에서 저쪽 세상으로 가져간 기억이라기보다는 거기에 오감을 초월한 사실적인 감각이 더해져 있다. 하늘나라라는 특성이, 제한된 감각으로부터 무한히 자유로운 세계라는 점에서 그리 인식되는 것일 수도 있을 것이다. 원하는 것이 있다면 생각만으로 창조된다는 이야기도 동물의 영혼을 통해 들었지만 그것이 허망한 의식의 영상에 지나지 않을 것이라고는 생각하지 않는다. 큰 가치가 있다는 얘기도 아니다. 결국에는 좋고 나쁨의 기억이 있는 한 카르마의 형태로 다시 태어난다는 의미이다. 우리는 단지 그것을 이해하는 것이다.

그녀는 무슨 애긴가를 더 전하고 싶어 했지만 꼬맹이의 경우에는 다시 대화할 큰 이유가 없었다. 그 영혼은 알 수 없는 특별함으로 내 기억 속에 남아있고 어느 누구보다도 즐거운 기억을 엄마에게 선물해주었다. 나는 그것만으로도 영혼의 충만한 행복을 느꼈기 때문이다.

내가 이런 뜻을 비치자 그녀는 마음을 접었다. 꼬맹이가 잘 가고 있고 잘 지내고 있고 다시 멋진 삶을 시작하리라는 믿음만으로 충분하다고 했다. 나의 욕구보다는 사랑하는 존재를 존중하는 그녀의 마음이 따뜻하게 전해져왔다. 그리고 아직까지 꼬맹이의 목소리는 내 기억 깊은 곳에 남아있다. 더불어 그녀의 목소리까지⋯ 아마도 그들은 이번 생이 아니더라도 언젠가는 기쁜 재회를 하며 서로를 알아보리라 생각되었다.

8장

지고한
소명과 사랑

발바리의 추억

이것은 아홉 살 무렵에 떠난 발바리 이브의 이야기다. 크리스마스 이브에 시작된 가족들과의 인연에 따라 이름이 이브가 된 강아지다. 이브는 내가 그동안 많이 들어왔음직한 은혜 갚은 동물들 이야기가 충분히 아름다운 진실이라는 것을 몸소 보여주었다.

진눈깨비가 내리는 크리스마스 이브였다. 나이 오십이 낼모레인 그녀는 시장통을 지나 집으로 가던 길이었다. 어둑한 철길 건널목이었다. 땡동땡동 소리에 안전바가 내려오고 있었다. 이쪽도 저쪽도 안전하게 기차가 지나길 기다리는 사람들과 자전거가 서 있었다. 그런데 가만 보니 그 철길 한가운데 누구 짐짝인가 했더니만 강아지 한 마리가 앉아 있었다. 마치 제집인양 능청맞게도 앉아 있었다고 했다. 퐁퐁퐁 기차는 속도를 내며 달려오고 있었다. 사람들이 소리쳤다. 야! 이리 와! 웅성웅성하는 틈에 그녀는 생각할 겨를도 없이 그 안으로 달려들어 강아지를 잡아 채왔다. 기차는 겨울바람만 남기고 꽁무니를 보이며 사라졌다. 아이고! 다행이네… 몇몇 사람들이 남긴 안도의 목소리가 바람에 날렸고 모두 제 갈 길로 사라졌다.

근처 상가에 물어보니 '맨 여그 떠돌아 댕기는 똥개여!'라는 대답만 들을 수 있었다. 이름도 주인도 없는 모양이었다. 땟국물 촬촬 흐르는 강아지를 데리고 집에 와보니 그날은 또 군대에서 휴가 나온 아들이 케이크를 사들고 기다리고 있었다. 오랜만에 가족들이 한자리에 모이는 날이었다. 이브도 얼마만인지 모를 목욕재계를 하고 그 자리에 끼었다. 얼떨결에 이브의 생일이 되어버렸다. 엄마 아빠 딸 아들, 가족들과 이브의 인연은 그렇게 시작되었다.

그녀는 중년의 느지막에야 막둥이를 본 기분이라고 했다. 늘 이브를 옆구리에 끼고 다녔다. 집 옆 텃밭에서 땅을 고를 때도 이브는 적적하지 않게 친구가 되어주었다. 볕 좋은 날 마당에서 나물을 다듬을 때도 눈을 마주치며 꼬리를 살랑살랑 흔들어 주었다. 이웃들에게는 이브 자랑을 늘어놓느라 반나절을 훌쩍 보내기도 했다. 그 사이 군대 간 아들은 몇 번인가 휴가를 더 나왔다가 이제 완전히 집으로 돌아왔다. 다시 학교 공부를 시작했고 딸은 결혼할 남자 친구도 데리고 왔다. 그렇게 가족들의 수년간의 인생에 이브가 함께하고 있었다.

어느 겨울엔가 가족들은 큰 사고를 당할 뻔했다. 전기장판 합선이 문제였다. 세상모르고 깊은 잠에 빠져 있던 가족들을 깨운 것은 이브의 목소리였다. 어디서도 그런 우렁찬 소리를 내본 적이 없던 이브였다. 엄마는 꿈속에서부터 유난히 시끄럽게 짖는 이브를 보며 짜증을 냈다. '와 이라노!' 투덜대며 일어나보니 이미 장판 주변으로 불이 일고 있었다. 급히 가족들을 깨웠다. 누군가가 화재 신고를 했고 소방차가 오기

전에 다행히 불길이 잡혔다. 죽다 살아났다는 안도감에 엄마는 이브를 부둥켜안고 울었다. '아이고야! 니가 우리를 살렸고마!' 그날로 이브는 가족들에게 영웅으로 승격되었다. 꾀죄죄한 발바리 똥개에서 엄마의 친구가 되었다가, 반려가족에서 영웅으로 승승장구를 이어갔다.

그렇게 함께하면서 이브는 아픈 곳 한 군데도 없었다. 처음 건강 체크하러 병원에 갔던 것과 예방접종 몇 번 맞은 것이 전부였다. 큰불 날 뻔했던 그 밤 이후로는 다시 얌전하고 예쁘게 꼬리를 흔드는 아이로 지내주었다. 가족들이 수고스러울까 봐 꼭 마당에 나와서만 쉬를 하던 아이였다. 손님들 맞아주는 솜씨도 세련돼서 어느 누구 하나 이브에게 미소를 날리지 않는 사람이 없었다. 가족들은 그런 이브가, 한 마디를 하면 열 마디를 알아듣는 똑똑한 아이라고 생각했다.

그러던 이브가 어느 봄날 예방접종 후 쇼크를 보였다. 얼굴, 눈, 다리까지 퉁퉁 부어오른 채 토하기를 수차례, 체력이 남아나지 않을 것 같았다. 급히 병원에 데리고 갔지만 더 견뎌주질 못했다. 늦봄의 꽃잎처럼 너무도 허망하게 이브가 떠나버렸다. 한 십 년은 더 살 것만 같았다. 엄마는, 곧 시집갈 큰딸 아가가 태어나면 같이 아장아장 마당을 노니는 상상도 했었고 아들 결혼식은 야외에서 이브와 함께하리라 계획했었다. 그날은 이브에게도 턱시도를 입혀주고 싶었다. 그 꿈들이 한꺼번에 무너져버렸다.

자두나무 아래
따뜻한 바람

이브가 떠난 지 두 달이 되어가고 있었다. 아직까지 눈물바람만 하는 엄마를 위해 해드리고 싶은 것이 이브와의 대화라고, 자칭 이브의 오빠가 연락해왔다. 진작 이렇게 강아지의 마음을 듣는 게 가능하다는 것만 알았더라도 이브에게 해주고 싶은 얘기가 많았을 텐데 이제 이브가 떠나고 난 후에야 한꺼번에 전하려니 너무 가슴이 벅차다고 했다. 그 인연에 어떻게 다 감사할 수 있을까! 나는 이브 오빠가 적어준 글만 읽는데도 그들의 세월에 뭉클했다.

나는 꼭 직접 만나서 이브의 얘기를 듣고 싶다는 엄마의 바람에 따라 그곳 먼 도시로 여행 일정을 잡았다. 오랜만에 혼자서 떠나는 여행이었다. 가족들이 보내준 글을 통해 이브의 삶을 언뜻 보았지만 어쩌면 더 많은 사연들이 있으리라 짐작되었다.

처음 만나는 자리였지만 엄마는 부끄러울 것도 없이 눈물을 쏟아냈다. 이브와의 추억이라면 다 보여주고 싶다고 했다. 이브와 처음 만나던 장소부터 함께하던 길과 이웃들, 이브의 망막에 맺혔을 꽃 한 송이까지 전해주고 싶었다. 마당의 자두나무 아래 다시 풀씨가 내려앉은 이브의 무덤이 있었다. 나는 이제 흙과 물과 하나가 되어 따뜻한 바람으로 떠올랐을 이브의 영혼을 상상했다. 그리고 가족들이 건네준 이브의 사진을 보았다.

"이브야, 너 참 예쁘구나!"

"와… 저에게도 이런 날이 왔군요!"

"무슨 날?"

"이렇게 이야기하는 거요. 영광이에요. 저는 늘 특별한 것만 같아요. 가족들에게도 그랬고 지금도 마찬가지니까요."

이브는 행복에 들뜬 목소리로 얘기해주었다. 이제 막 새싹이 돋아나는 것 같은 연둣빛 들판이 보였다. 하얗고 작은 꽃들이 가득했다. 바람이 이브의 귀를 스치는가 싶더니 문득 커다란 도포 자락을 어루만지고 지나갔다. 나는 그것이 이브의 소매라고 생각했다. 아름다운 영혼의 영광스런 감사를 받으며 나는 대화를 이어갔다.

"가족들에게는 너와 함께한 세월이 세상에서 가장 소중한 날들이었단다."

"그것 또한 기쁘군요. 제게 보여준 사랑에 비하면 전 아무것도 한 일이 없는 걸요."

"이브는 가족들을 구해주었고 서로 더 사랑하게 해주었고 기쁜 날 슬픈 날을 함께해 주었잖니…."

"그 점에 있어서는 저도 감사해요. 잊을 수 없는 인연이에요. 그런데 엄마에게 전해주세요. 혼자서 몰래 가슴 치며 울지 마세요. 여기선 엄마의 눈물이 빗물로 내려요."

이브의 이야기에 엄마가 놀라며 물어왔다. '아니, 부엌에서 소리 안 내려고 가슴을 치며 울던 걸 어떻게 그걸 이브가 알고 있습니까?' 어쩌면 영혼들은 이 세상을 떠나고 나서도 우리를 살펴보고 걱정하고 잘 지내기만을 바라니까요···. 나는 이브의 진실한 목소리가 엄마에게 그대로 전해지도록 노력했다.

"이브야, 거기 하늘나라에서는 어떻게 지내고 있어?"

"저는 할 일이 많답니다."

"무슨 일을 하는지 물어봐도 될까?"

"다른 영혼들의 성장을 돕는 일을 해야 해요. 그들에게 부족한 점을 가르쳐주고 다시 세상에서 할 일을 알려주기도 하죠. 때로는 고집스런 영혼들이 있기도 하지만 이게 다 우리가 가고 있는 길이니까요, 누구 하나 다를 게 없어요. 다 저와 같아요."

"그럼 가족들을 만났던 건 이브에게 어떤 의미가 있었니?"

"충분한 사랑을 주고받았죠. 저는 무척 호강했어요. 가족들은 제가 너무 일찍 떠나버렸다고 슬퍼했지만 전 과분한 행복을 느꼈어요. 이제 제가 다시 일을 할 수 있게 가족들이 응원해주셨으면 좋겠어요."

"어떤 일을 할 거니?"

"전 다음번에는 좀 힘든 삶을 살 거예요. 그렇다고 가족들이 슬퍼하면 안 돼요. 그것은 슬픈 일이 아니에요. 영광스런 임무죠."

"힘든 삶이라니? 네가 힘든 일을 하기 위해 다시 환생한다는 얘기야?"

"네. 맞아요. 가족들의 사랑이 저에게 충분히 용기를 주었으니까 전 두렵지 않아요."

"네가 두렵지 않다면 가족들도 분명히 널 응원해줄 거야. 혹시 어떤 모습으로 환생을 하니?"

"저는 트럭을 타고 다닐 거예요."

"트럭을 타고 다닌다고? 왜?"

나는 이브가 보여주는 영상에 집중했다. 이브는 갈색의 큰 개로 보였다. 아마도 환생할 모습이리라 생각됐다. 이브의 곁에는 트럭을 타고 여기저기 떠돌며 장사하는 한 남자가 있었다. 남자의 거처는 분명하지 않았고 집도 절도 없이 트럭 하나가 가진 전 재산으로 보였다. 덥거나 춥거나 그 힘든 시간을 온몸으로 받아내야 한다. 늘 배가 고픈 삶이다. 그의 곁에서 단 하나의 가족으로 위안을 주는 것이 이브의 다음 삶이라고 했다.

"왜 그렇게 힘든 삶을 살아야 하지?"

"저를 위한 삶이 아니에요. 한 영혼을 따뜻하게 하고 사랑을 알려주는 것이 저의 임무니까요."

"그건 네가 꼭 해야만 하는 거니? 변경될 수도 있을까?"

"어떤 식으로든 영혼을 성장시키는 것이 제 일이에요. 저는 괜찮아요."

"엄마는 너를 어떻게든 다시 만나고 싶어 하신단다. 널 더 사랑해줄 거래. 아직 못다 한 일들이 너무 많아서 네가 다시 오면 다 이루고 싶으시대."

"가족들과의 인연은 충분해요. 그 부분은 잘 설명해주세요. 우리는 하고 싶은 일을 하기 위해서 태어나는 게 아니에요. 무언가를 배우기 위해서 육체를 빌려 삶을 사는 거죠. 그것은 대부분 슬픔과 고통을 통해서 얻어져요. 그렇지 않고서는 배우기가 힘드니까요. 당신이 잘 설명해주셔야 해요. 그것이 당신이 해야 할 일이에요."

무슨 복을

지었다고

가족들은 이브의 다음 생에 대해 너무도 안타까워 했다. 다시 오면 부족함 없이 사랑해줄 텐데 왜 힘든 삶을 살아야 하는지 그 영혼이 안쓰러워 다시 또 눈물을 흘렸다. 가족들이 기억하는 건 작은 강아지의 모습뿐이었기 때문에 그 작은 아이가 짊어질 무거운 삶을 덜어줄 수만 있다면 그렇게 해주고 싶어 했다. 큰 뜻을 이루는 존재라는 사실에는 반가웠으나 그것이 힘든 여정이 될 것임은 분명해 보였다.

그렇다고 마냥 안쓰러워하고 괴로워하는 것은 본인이나 영혼에게도 이득이 될 것은 전혀 없다. 이것을 받아들이고 거부하는 것은 이제 가족들의 역할이 아니다. 이브의 임무는 확고해 보였으므로 이브의 말을 믿어주고 숭고한 계획을 응원해주는 것이 현명한 일이라 생각되었다.

이브를 만나고 돌아온 뒤 얼마 지나지 않은 날이었다. 나는 주말 동안에 있었던 강의와 이런저런 일들의 피로 때문에 뜨거운 물로 씻고 싶었다. 욕실 가득 수증기로 가득했다. 따뜻한 온기 속에서 비누 거품을 냈다. 라벤더 향기가 퍼졌다. 순간, 눈을 감고 있는 내 주변 어디선가 이브의 목소리가 들려왔다. 내가 불렀던 것도 아닌데 이브가 나를 찾아와준 것이다.

"가족들에게 전해주세요. 여행을 취소하라고…."

"무슨 여행?"

나는 비눗물에 눈도 뜨지 못하고 이브의 목소리에 귀를 기울였다.

"여행을 떠나려고 해요. 하지만 가지 않는 게 좋아요. 그렇게 전해주세요."

나는 서둘러 거품을 씻어냈다. 이게 무슨 소리지? 응? 이브야… 그러나 이브는 금세 사라지고 없었다. 다시 불러 봐도 이브는 돌아와주지 않았다. 나는 이브가 얘기한 가족들의 계획을 알 수 없었지만 갑작스럽게 들은 그 목소리를 무시할 수도 없었다. 처음 이브 오빠에게 받았던 이메일 안의 전화번호를 찾아냈다. 대학에 다니고 있는 오빠의 번호였다. 전화 연결이 안 되었다. 나는 문자를 남겼고 한 시간쯤 후에야 연락을 받았다.

"이브가 저를 찾아왔어요. 가족들이 여행을 갈 건데 그걸 취소하라고 하는군요."

"여행을요?"

이브 오빠는 먼저 놀라워했다. 어떻게 여행 계획까지 알고 있단 말일까? 아무리 영혼이라고 해도 말이다. 그건 일단 맞았다. 다음 날 저녁 비행기로 가족들의 4박 5일 여행이 계획돼 있었다. 하지만 밑도 끝도 없이 이유도 알지 못한 채 여행을 취소하기가 난감하다고 했다. 혼자만의 결정도 아니고 가족 모두의 일정이었다. 여행사에는 적지 않은 위약금도 물어야 했다. 가타부타 설명이라도 있었으면 이해라도 하겠는데 더 이상 이브의 부언은 없었다. 나는 가족들의 마음을 이해했으나 내가 해줄 수 있는 말은 그뿐이었다.

그날 이후 가족들의 결정이 잠깐 궁금한 마음도 들었지만 다시 일에 떠밀려 잊고 지냈다. 이브의 메시지는 어떻게 받아들였을지 여행 계획은 취소를 했는지 더 알아보지 못했다. 그러다 며칠 지나 나는 이브 엄마의 전화를 받았다. 문득 이브의 메시지가 떠올랐다. 그래, 그 일이 있었지! 나는 어떻게 되었는지 여쭈었다.

가족들은 여행 계획을 취소했다. 이브의 말을 믿어주었던 것이다. 그리고 나를 믿어주었다. 당초 계획했던 여행지에서 큰 태풍으로 사망자가 1만 명을 넘어서고 있다는 뉴스를 보기 전까지만 해도 가족들은 반신반의하고 있던 상황이었다. 일정대로 갔더라면 분명 무슨 일이든 났을 것이며 모두 죽거나 다치거나, 최소한 여행다운 여행을 즐기지 못했을 상황이었다. 나는 뉴스를 보지 못했지만 가족들의 애기를 들으니 너무도 위험한 상황이었음은 자명했다.

가족들은 하늘에서 내려다봐주는 이브에게 그리고 나에게 고맙다는 인사를 전해왔다. 엄마의 목소리는 많이 떨리고 있었다. 다시 한 번 이브가 가족들을 살렸다는 사실에 감정을 억누르기가 힘들었을 것이다. 엄마는 이브가 정말 특별한 인연이라고 생각했고 전생에 무슨 복을 지어 목숨을 그렇게 구해주는지 참으로 감사할 따름이라고 했다. 그럴수록 그 작은 영혼이 더 보고 싶어진다고 했다. 강아지의 몸이 강아지만은 아니었다는 생각에 다시 또 눈물이 난다고 했다. 이브는 이렇게 두고두고 가족들의 가슴에 살아있을 거라 했다.

우리가 사랑했던 동물들의 영혼은 살아있을 때나 세상을 떠나서나 큰 역할을 해주는 것을 나는 가끔 목격한다. 가족을 구하거나 자신의 목숨을 바쳐 가족들을 살리기도 하는, 흔히 들어왔던 이야기들이지만 영혼과의 대화를 통해 더 생생하게 보고 경험할 수 있었다. 이브처럼 세상을 떠나서까지 가족들을 살려내기도 한다. 눈앞의 현상만 인식하고 열정을 쏟는 사람들과는 달리 반려동물을 사랑함으로써 경험하는 수많은 기적 같은 일들로 사람들의 마음은 무언가에 열리게 된다. 나는 그것을 '신성'이라 부른다.

우리가 동물을 사랑할 때는 세상에서 가장 중요한 것들을 아낌없이 표현하고 나누게 된다. 사랑한다는 말을 어디서 그토록 많이 할 수 있단 말인가! 동물을 바라볼 때는 시시때때로 사랑하는 마음이 샘솟아난다. 어렵게 고백할 필요도 없고 상대가 어떻게 받아들일까 고민할 이유도 없다. 우리는 너무나도 자연스럽게 그들을 사랑하고 아낌없이 표현한다. 이렇게 열린 마음은 차원을 뛰어넘는 사랑을 알게 해준다. 그럼으로써 우리의 마음은 조금씩 신성에 가까워진다. 동물들이야말로 인간을 치유해주는 힐러임에 틀림없다. 결국 우리가 동물을 사랑한다는 것은 우리의 영혼을 성장시키는 인연이라고 할 수 있겠다.

하늘나라 천사로 존재하는, 우리가 사랑했던 동물들의 영혼이 늘 지켜봐준다는 사실은 우리가 기억해야 할 아름다운 사실이다. 그날 가족들은 상상도 못했으리라. 눈 내리는 철길 위에 겁 없이 앉아 있던 이브를 보는 순간, 가족들의 가슴에도 둥지를 틀기 시작한 소중한 인연이었음을….

궂은 운명에
안녕

어느 추운 겨울날 배가 고파 울고 있는 노란 고양이가 그와 눈이 마주쳤다. 길 위에 사는 다른 생명들은 사람과의 접촉을 극도로 꺼렸지만 이 고양이는 아니었다. 어쩌면 너무도 배가 고파 그럴 자존심도 없었을지 모르겠다.

고양이는 그를 보고 울면서 다가왔다. 밥이 필요했다. 그도 고양이의 말뜻을 알아챘다. 마침 일하는 사무실에 수입한 채식 사료가 잔뜩 쌓여있었던 터라 그는 사료 봉지를 뜯어 물과 같이 내주었다. 고양이는 아무런 경계도 하지 않고 허겁지겁 배를 채워 나가기 시작했다. 그렇게 우주는 그의 삶 속으로 들어와버렸다. 추위와 배고픔에 시달리는 삶 대신 이제는 따뜻하고 넓은 세상에서 자유롭게 살라는 마음을 담은 이름이었다.

그가 우주와 동거를 시작한 지도 10개월이 지났다. 가을밤이었다. 문득 보니 우주의 엉덩이 쪽에 구멍이 뻥 뚫린 상태로 진물이 줄줄 흐르고 있었다. 응급실을 가야 한다고 생각했으나 막상 가려니 아는 곳이 없었다. 그대로 밤을 꼬박 새우고 날이 밝아서야 부랴부랴 병원을 찾았다.

심각하지 않기를 바랐지만 상처는 생각보다 훨씬 깊었다. 처치를 위해 면도한 부위에는 뱀의 이빨자국이 드러났다. 수의사 선생님은 뱀에 물린 상처가 염증으로 악화됐을 거라 했다. 바깥을 자유롭게 드나드는 외출 고양이로 두다보니 이런 일도 겪는구나 생각했다. 그렇다고 집 안에 가둘 수는 없는 노릇이었다. 밖에서 만난 우주는 바깥 생활을 즐겨 했다. 그 즐거움을 뺏고 싶지는 않았다. 어느 쪽을 선택해도 감당해야 할 고통이 있었다. 그는 우주를 존중하기로 했다. 그러나 뱀에 물린 상처는 소독만 해서 될 문제가 아니었다. 이미 살이 썩고 있었다. 마취를 하고 상한 부분을 도려내는 큰 수술을 해야 했다. 열두 바늘이나 꿰맨 상처는 두 달을 꼬박 고생한 후에야 서서히 아물어 갔다.

이런 그에게 인간으로서의 삶의 시련이 찾아왔다. 하던 일은 실패하고 갑자기 고향을 떠날 수밖에 없는 상황이 되었다. 한 달을 타지에서 보내며 그곳에 자리를 잡기 위해 준비를 해나갔다. 한 달… 그동안 얼굴도 못 보고 산 우주는 어머니가 계시는 고향 집에서 어떻게 지내고 있는지, 보고도 싶고 그리운 마음도 컸다. 떠나올 때 언뜻

보았던 우주의 뒷목에 있던 작은 상처는 잘 아물었을지 걱정도 되었다. 이제 그가 새로 정착할 곳을 정했으니 몇 가지 짐과 함께 우주를 데리러 고향에 다녀올 생각이 었다.

오랜만에 찾는 고향 집이었다. 가족들은 변한 것이 없었지만 어느 누구도 집 밖을 오가던 우주를 신경 써주지 못했다. 우주에게도 한 달은 기나긴 세월이었다. 뒷목의 작은 상처는 거북이 등딱지처럼 8센티 가량의 굳은살로 커지고 말았다. 아마도 우주는 가려운 뒷목을 참지 못해 자꾸 땅바닥에 드러누워 비벼댔을 것이다. 게다가 겨드랑이 밑은 전에 없었던 또 다른 상처로 염증이 생기고 있었다.

우주와 함께 떠나온 타향에서의 삶도 다시 이렇게 시작되었다. 그는 우주를 데리고 시내에 있는 동물병원에 가보았다. 병원에서는 겨드랑이 상처는 치료하겠지만, 뒷목까지 커져버린 딱지 밑에는 굳은살이 박혀있어 다시 수술을 해야 한다고 했다. 마취 후 절개를 해서 근육을 제거했다. 이번에도 열두 바늘이었다. 겨드랑이도 상한 부분을 긁어내고 소독 거즈를 넣은 채 봉합했다. 그 이후에도 5일 간격으로 병원에 가서 마취를 하고 소독 거즈를 바꾸는 치료를 네다섯 번을 더 했다. 마취를 할 때마다 속이 울렁거리는지, 토하는 우주를 볼 때면 말할 수 없이 가슴이 아팠다. 그와 함께 우주는 이런 고생을 넉 달이나 더 한 후에야 완치가 되었다.

얼마간은 아무 일 없이 지나가는 것 같았다. 그새 겨울과 봄을 보냈다. 더운 여름이 왔다. 우주를 만난 지도 2년이 되어가고 있었다. 남들에게는 긴 세월도 아니겠지만 숱한 일을 겪고 나니 한평생을 같이 살아온 모진 인연의 반려자로 여겨졌다. 미운 정 고운 정이 다 들어버렸다. 이제 그에게는 우주가 없어서는 안 될 가족이었다.

이렇게 한시름 놓는가 싶더니 다시 한 번 상처가 눈에 띄었다. 우주의 뒷발로 낸 상처는 오른쪽 목의 염증으로 진행되고 있었다. 지난 악몽이 떠올랐다. 다시 고름이 줄줄 흐르는 것을 보고 그는 기겁을 했다. 도대체 어디서부터 잘못됐단 말인가! 그는 혼란스러웠다. 동시에 그의 어려운 처지를 몰라주고, 한 남자의 노력을 비웃기나 하는 것 같은 그 작은 고양이에게 너무도 화가 났다. 참을 수가 없었다. 그는 우주를 때렸다. 이렇게 상처만 내고 고생할 골칫덩이라면 재주껏 혼자 살아보라고 소리를 쳤다. 그리고 집 밖으로 쫓아버렸다.

그렇게 자신의 분에 못 이겨 괴로워하기를 30여 분. 정신을 차리고 보니 우주는 그로부터 쫓겨나 있었다. 상심했을 우주를 생각하니 그는 미칠 것만 같았다. 이러면 안 되었다. 그는 우주를 부르며 찾아댔다. 미친 듯이 우주만을 불러댔다. 한참 만에야 우주의 모습을 발견한 그는 함께 차에 올랐다. 눈물을 훔치며 동물병원으로 향했다. 미안하다고 용서해달라고 몇 번이나 울먹이며 얘기했다. 아프지만 않아준다면 더는 바랄 게 없다고 진심을 다해 말해주었다. 그러나 우주는 이번에도 마취 수술을 해야 했다.

그 일이 있은 후로 노란 고양이 우주는 밥을 먹지 못했다. 그와 처음 만나던 그날의 모습처럼 점점 야위어갔다. 그때만 해도 그는, 사료를 씹으려면 목 쪽의 근육도 움직여야 하는데 수술한 부위가 아파서 밥을 먹지 못하는 거라고 생각했다. 하지만 병원에서는 씹는 것과 수술은 관련이 없다고 했다.

어쨌든 우주를 살려야 했기에 그는 엄마 같은 아빠 역할을 해냈다. 사료를 분쇄기에 갈아 발효유에 개었다. 그걸 한 숟가락씩 떠먹였다. 먹지 않으려는 아이에게 음식은 선택이 될 수 없었다. 강제로 먹여야 했다. 사랑도 미움도 우리가 살아야 가능할 터이니 더 궂은 날이 오더라도 열심히 살아보자 했다. 그러나 우주의 마음은 어디론가 자꾸만 떠나고 있었다. 날이 밝으면 집을 나가서 하루 종일 어딘가 풀숲에 박혀 아무리 불러도 돌아오지 않았다. 그렇게 점심도 거르고 저녁이 되어서야 나타났다. 날마다 수술 부위에 염증 방지 파우더를 뿌려주고 밥을 강제로 먹였지만 점점 우주의 체력은 떨어지고 있었다. 몸을 회복시키려고 병원에서 수액을 넣어 주어도 이제 더는 몸에서 받아들이지 않았다. 우주는 떠났다.

영혼이 떠나버린 작은 고양이의 몸을 꼬옥 껴안고 그는 한참을 울고 또 울었다. 죄책감에 견딜 수가 없었다. 상처는 상처대로 곪아간 데다 자신으로 인해 우주는 마음의 상처까지 받아 결국 치유될 수 없는 상황에 이르렀다고 생각했다. 이제는 돌이킬 수도 없었다. 자신의 외로운 인생에 기꺼이 들어와주었던 사랑스러운 고양이 우주가 그렇게 떠나버린 것이다.

빛을 지다

빛을 갚다

"아가야! 네가 아빠 곁을 떠난 지도 한 달이 넘었구나. 아빠가 우리 아가를 좀 더 다정하고 자상하게 대해줬어야 했는데 고향을 떠나와서 생활이 빠듯하다보니 그런 여유가 부족했던 것 같다. 정말 미안하다.

아가야! 내가 잘해주지 못해서 네가 세상을 떠난 것 같아 아빠는 날마다 죄책감에 시달리고 있단다. 그래도 나는 너를 너무도 사랑했단다. 새벽마다 산책을 마치고 방에 들어올 때면 옹와 하고 그렇게 예쁜 목소리로 반겨줄 때 아빠는 너를 두 팔로 안아서 쓰다듬어주곤 했었지. 그때 난 말할 수 없이 행복했단다. 다음에는 고양이로 오지 말고 사람으로 와야 된다고 농담도 했었는데 정말 그렇게 되기를 진심으로 바라고 있단다. 지금도 아가를 너무너무 사랑하고 보고 싶은 아빠가, 네 이름을 다시 한 번 불러본다."

나는 그에게 들려주었을 예쁜 고양이의 목소리를 상상하며 우주와의 대화를 시작했다. 그가 보내준 사진 한 장 속에는 차가운 파란 하늘을 배경으로 고요하게 앉아있는 노란 고양이의 모습이 있었다. 나는 궂은 운명을 벗어버린 우주의 영혼은 어떻게 지내고 있을까, 따뜻하게 다독여주고 싶은 마음뿐이었다.

"우주야… 우주 맞니?"

"예의를 갖춰 말을 하게."

엄중한 목소리로 들렸다. 간혹 반말의 필터로 걸러지는 메시지를 동물들에게서 받긴 했어도 이 정도의 무게는 아니었다. 나는 조심스럽게 대화를 이어가야 했다.

"저… 고양이 우주로 살았던 영혼이 맞으신지요."

"그렇지. 그렇게 얘기해야지. 아무렴…"

"혹시 제가 조심해야 하는 이유를 여쭤봐도 될까요?"

"나는 그런 존재니까. 자네가 경외하는 마음을 갖는 것이 당연한 걸세."

얘기한 바로 우주는, 아니 그분은 보통의 인간들이 알지 못하는 높은 차원에 존재한다고 했다. 영혼에게도 레벨이 있다니! 하늘나라에도 이 세상과 다를 바 없이 수직적 관계가 존재하는가 싶어 거부하고 싶었지만 그것은 영혼의 진화와 관련한 '차원의 다름'이라고 했다. 어느 누가 결정해주는 것도 아니고 직위 따위가 행복한 영혼의 삶을 보장해주는 것도 아니었다. 자신이 어떤 깨달음을 얻었는지에 달려있다고 했다. 나는 그분의 말씀에 정중한 자세로 임해야 했다. 그럴 수밖에 없었다.

"이 세상에 우주로 계실 때 함께했던 분이 많이 슬퍼하고 있습니다."

"그래서?"

"그래서 그분 부탁을 받고 이야기를 나누고자 왔습니다."

"그렇군. 하고 싶은 말을 해보게."

"우주였을 때 왜 몸을 그렇게 많이 다쳤는지, 혹시 그분의 카르마를 대신 치른 것이 아닌가 하고 궁금해하십니다."

"아니야. 내 몸이 안 좋아서 그랬어. 귀찮게 했다면 미안하군. 그리고 카르마를 누군가 대신 치를 수는 없다네. 그렇게 전하도록 하게. 자기 카르마는 자기가 치르는 것이지 다른 사람이 대신할 수 없다고. 그래서 늘 선하게 살아야 하는 걸세."

"그분은 의식이 확장되지 않아서 잘 몰랐답니다. 미안하다고 하십니다."

"괘념치 말라고 하게. 자기 삶을 산 것뿐이니 미안하고 말 것도 없지. 그러다 잠깐 인연이 되어서 만나서 산 것뿐이네. 그렇게 알게."

"그러면 지금은 어떤 곳에 있나요? 그분은 고양이 우주를 너무 보고 싶어 하시는데 언젠가 삶을 마감하면 다시 만날 수 있는지 알고 싶답니다."

"그럴 수 없어. 다시 만날 수 없어. 그건 더 이상 미련을 갖지 말라고 하게."

"왜인지 여쭤봐도 될까요?"

"아쉽겠지만 우리 인연은 이걸로 끝이야. 그동안의 인연은 아름다웠지만 그걸로 끝이니 더 이상 연연해하지 말라고 전하게. 그러면 좋지 않아. 이것 또한 삶의 지침이 될 걸세."

"이해합니다. 그럼 지금 계신 곳은 어떤 곳인가요?"

"여기는 평화로워. 이런 설명으로는 부족할 테지만, 여하튼 여유롭게 생각도 할 수 있지."

"네… 그렇군요. 그럼 그때 세상을 떠난 이유가 그분으로부터 받은 충격이 너무 커서 밥을 먹지 못한 거냐고 합니다."

"그래. 그건 충격이었지. 충격이었어. 사랑한다고 믿었는데 그렇게 쫓아냈다는 것이 힘들었다네. 하지만 나로선 배운 것이 있었고 사실 그걸 배우려고 그 사람한테 간 거니까 놀랄 것도 없다네."

"그 일로 그분이 가슴 아파합니다. 후회하고 있어요."

"다 알고 있는 일이야. 하지만 나는 배울 걸 다 배웠으니까 원망 같은 건 하지 않아. 오히려 감사해야지. 귀중한 가르침을 얻었고 그걸 마지막으로 배운 덕택에 내가 지금 이렇게 있는 것이니까."

"그러면 다시 태어나지 않으시나요?"

"아직 그럴 계획이 없다네. 여기서도 할 일은 많아. 굳이 사람으로 태어날 이유도 없고."

"그분은 잘못한 게 많아 계속 죄책감이 든답니다."

"그걸 배워야 한다네. 그래서 나를 만난 것이고… 우리는 서로에게 필요한 대로 알맞은 인연으로 만난 것이야. 그걸 볼 줄 알아야 성장할 수 있는 것이지. 그것이 인생의 목표야. 그걸 놓치면 헛 삶이 되어버리니 항상 깨어있어야 한다네."

"그럼 그분은 무엇을 배우기 위해서 만난 것인가요?"

"남을 고통스럽게 하면 그만큼 자신이 감당해야 할 빚이 생기는 것이야. 그걸 배워가는 과정이고 그러면 더 이상 빚을 지지 않는 삶을 살 수 있는 것이지. 그때가 되면 더 이상 육체의 삶을 살지 않아도 되는 것일세."

나는 이 대화를 어떻게 전해야할지 실로 난감했다. 전하기 힘든 내용이었다. 어떻게 받아들일지, 그것은 그의 몫이었지만 한편으로는 귀한 인연이었다는 생각도 들었다. 그가 원하는 어떤 대답도 없었지만 이 또한 그가 받아들여야 할 과정이라고 여겨졌다. 나는 대화 내용을 정리한 파일을 첨부해놓은 채 한참을 망설이다 마침내 메일 보내기 버튼을 눌렀다.

그는 처음에 너무나도 혼란스러워했다. 메일을 읽고 한잠도 못 잤다고 했다. 자신이 사랑했던 우주였는데 살아생전 함께 나눈 시간에 대한 미련은 전혀 없어 보였다. 더 이상의 인연도 없을 거라는 얘기에 깊이 낙담했다. 그 지독한 인연이 정말로 이렇게 끝나버렸단 말인가? 한 줌의 바람으로도 남지 않은 우주의 존재는 그의 가슴에서도 매몰차게 빠져 나가버린 것만 같았다.

그는 다시 우주와 대화를 해달라고 요청해왔다. 다시 한 번 자신의 진실한 마음을 전해주고 싶어 했다. 나는 설령 그 영혼을 두 번 세 번 더 만난다 해도 비슷한 이야기를 들을 것 같았다. 메시지는 분명했고 그것을 어떻게 소화해낼 것인지가 관건이었다. 재교감은 의미가 없어 보였다. 나는 그의 요청을 거절했다. 그렇다면 어느 정도 시간이 지난 후에는 어떨지, 어느 정도 여지라도 두고 싶어 하는 그의 마음은 너무도 간절했다. 나는 그게 언제일지는 모르지만 영혼이 보내준 메시지를 생각해보며 천천히 기회를 열어두자고 했다. 교감은 일단락되었으나 아직 이야기는 더 남아있는 듯 느껴졌다.

한 달, 두 달이 지나고 있었다. 그에게서는 별다른 연락이 없었다. 이렇게 시간이 지나면서, 그도 영혼의 메시지를 수용하고 있을 거라 생각했다. 그것이 우주를 떠나보낸 그의 삶을 더욱 성장시킬 수 있기만을 바랐다.

그러던 어느 날 나의 꿈속으로 우주의 영혼이 찾아와주었다. 영혼의 모습을 본 것은 아니었다. 나는 소리만 들을 수 있었다. 아무것도 없는 공간이었다. 어쩌면 공간이라고 표현하는 것도 맞지 않을 것 같다. 공간 자체도 없는 그런 곳이었다. 그곳으로부터 목소리가 들려왔다. 목소리는 우주라는 고양이였을 적의 아빠에게로 향하고 있었다.

"부단히 수행의 삶을 이어가거라."

그 목소리 뒤로는 소리의 파동이 이어졌다. 옴(Om) 진동이었다. 소리의 물결은 지구와 달과 별 너머에까지 울려 퍼지고 있었다. 꿈의 끝자락까지 이어지는 파동을 느끼며 나는 눈을 떴다. 아직 어두침침한 새벽, 진동은 내 방 안에까지 울리고 있었다.

나는 그에게 먼저 연락을 했고 이 내용을 전했다. 그는 기쁘게 맞아주었다. 나는 몰랐지만, 옴 진동은 그가 하고 있는 명상의 궁극이라고 했다. 인과의 업을 피할 수 없는 이 세상을 벗어나고자 오랜 수행을 해오던 그였다. 그런 그가 바로 얼마 전, 우주와의 인연에 최선을 다하지 못함을 참회하며 보름간의 단식을 진행했다고 했다. 단식을 하면서 이 또한 명상 수행과 밀접하다는 것을 알았다고 했다. 우주에게 정신적인 고통을 안겨주고 육신의 죽음에 이르게 했다는 자신의 업은 어떻게도 씻을 수가 없겠지만, 이를 안 이상 삶을 마감하는 날까지 부단히 수행 정진하며 살리라 다짐했다. 시기적으로 보면 그의 참회 수행이 우주의 영혼에게 가 닿았는지도 모르겠다. 어떻든 그에게는 다시 한 번 자신의 삶을 바라볼 소중한 기회였다.

나는 우주와 그의 만남, 이별이 어떤 목적으로 이뤄졌는지 정확하게는 알지 못한다. 다만 그 또한 정교한 인연의 법칙이 작용했으리라는 것은 분명하다. 배움의 최적의 시기에 그와 우주와의 카르마가 작용했으리라고 보고, 이 고통은 두 영혼의 영적 성장에 큰 가치를 남겼다는 생각에는 변함이 없다. 이때 고통을 벗어나느냐 다시 반복할 것이냐는 절대적으로 본인의 알아차림에 달려있는 것이다.

모든 생명은 육체라는 물질의 상태에서 경험을 해나간다. 경험을 통해 배우는 것이 인간이나 동물이나 삶을 거듭하는 존재들에게 부여된 과제이다. 많은 경우 동물은 인간의 영혼의 성장을 도울 존재로서 육신의 삶을 사는 생명도 있어 보이지만 그들 또한 온전히 인간을 위해 희생한다는 개념이 아니라 자신의 영혼도 한 단계 높여

가는 사이클이라고 생각된다. 이때 육체란 경험을 위한 도구가 될 것이다. 삶과 죽음의 반복 또한 영혼의 창조적인 도약을 위한 연습장인 것이다.

세상에는 우연이란 없다. 만남 또한 마찬가지다. 세상의 모든 것이 정교하게 계획되어 있는 것을 다시 한 번 본다. 우리는 서로에게 중요한 것을 가르치고 배우는 삶의 동반자로서 만난다. 만남과 사랑, 이별 또한 배움을 위한 아주 큰 장치일 뿐이다. 나는 동물과 대화를 하면서, 특히 영혼들이 들려주는 얘기를 들으면서 이 부분에 대한 생각을 깊이 하게 되었다. 이로써 내가 겪어야 했던 고통의 이유도 명확히 볼 수 있었다. 어떤 일이 생겨나고 사라지고 기뻐하고 슬퍼하는 것에 집중할 것이 아니라 내가 배워야 할 것을 발견하고 내 영혼을 성장시키는 일, 그것이 바로 내가 살아가는 이유라는 것을 알게 된 것이다.

9장

다시 태어남

이젠 네가

없으면 안 되는데

　방울이라는 예쁜 이름의 강아지가 있었다. 그 아이가 떠난 후 한참이 지나고도 그녀는 이 세상에 동물과 이야기하는 사람이 있다는 사실을 몰랐다고 했다. 미안한 마음만 한이 되어 그녀의 가슴 깊숙이 남아있었다. 이제라도 방울이에게 자신의 마음을 전해주고 싶었다. 아무것도 알지 못하던 시절에 만나 힘든 삶을 살다간 방울이가 다시 보고 싶어 눈물이 났다.

　방울이 언니였던 그녀가 열네 살 무렵이었다. 동네 아저씨가 작은 강아지를 안고 다니면서 키울 사람을 찾고 있었다. 아저씨 친척이 서울로 이사 가면서 키우던 강아지를 못 데려가겠다고 맡기고 간 것이다. 아저씨는 자신도 형편이 좋지 않아 마땅한 가족을 찾아주려고 애쓰고 있었다. 종일 방울이를 안고 다녔다는 아저씨는 한숨을 내쉬었다. 마루에 걸터앉아 하소연하던 모습을 하굣길에 슬쩍 본 것이 전부였다. 그때만 해도 무심히, 흔하게 들고 나는 짐승의 삶으로만 보았기 때문에 이 생명을 끝까지 책임지리라는 생각조차도 없었다. 어찌어찌하다 보니 가족들의 적극적인 동의도 없이 방울이는 그들의 집에 머물게 되었다.

먼젓번의 가족을 따라가지 못한 방울이는 버림받았다는 생각에 서러워할 만도 한데 천방지축 발랄하기만 했다. 이제야 정착할 곳을 만난 안도감에 즐거워하는 것만 같았다. 목줄에 달려있던 방울 소리를 내며 총총총 걷고 뛰고 하는 모습이 귀여워 이름도 방울이가 되었다. 나이도 몰랐지만 적지 않을 거라 추측만 되었다. 새끼도 한 번 낳았었다는 얘기도 들었고, 그것도 골반이 작아 병원에서 수술을 해야 했다는 작은 강아지 방울이였다.

방울이는 집 밖에서 생활했다. 그전에는 집 안에서 살았다고 들었지만 부모님은 동물이 사람과 함께 부둥켜안고 생활한다는 것에 대해 매우 부정적인 시각을 갖고 있었다. 개는 밖에서 사는 짐승이라고 했다. 방울이 언니는 열네 살 어린 나이였기 때문에 어떻게 해볼 도리가 없었다. 방울이가 떠난 지금에야 그것이 가장 큰 후회로 남으리라는 것을 그때는 전혀 알지 못했다.

다음 해 여름방학 무렵, 가족들과 장난을 치던 방울이의 각막이 심하게 손상되었다. 병원에 가서 안약도 넣고 약도 먹였지만 잘 낫지 않았다. 꽤 오랜 기간 눈물이 나고 눈곱이 끼고 하다가 다친 눈은 그대로 시력까지 잃게 되었다. 밖에서 생활하다보니 아무래도 위생적이지 못한 환경에 노출되어 그랬을 거라는 생각이 이제야 들었다. 그 생각만 하면 답답했고 한없이 미안했고 후회가 막심했다.

그녀가 고3이 되던 해에는 방울이에게서 여러 문제들이 한꺼번에 나타났다. 귓병이 나서 병원에 다니기도 했고 자궁도 좋지 않았다. 심장에도 문제가 있다는 소견을 들었다. 몸의 여기저기에는 염증이 끊이지 않았다. 이제는 방울이가 없으면 안 되는데… 공부하면서도 방울이 생각만 하면 눈물이 났다. 방울이가 곧 떠날 거라는 생각만 하면 수업 도중에도 엎드려 울었다. 아플 때는 몸을 구부린 채 숨도 쉬기 힘들어하던 방울이는 그렇게 병원에 다니면서 좋아졌다 나빠졌다만 반복하고 있었다.

어느날 아침, 아버지가 출근하시는 길에 방울이가 쓰러져있는 것을 보았다. 가족들 모두 나가 보았지만 방울이는 이미 떠난 후였다. 몸은 아직 따뜻했다. 가족들에게 오려다 쓰러진 것 같았다. 좀 더 일찍 일어나서 방울이를 보았더라면 마지막으로 안아주기라도 했을 텐데… 그토록 방울이와의 이별을 두려워하던 지난날도 지금의 아픔을 무뎌지게 하지는 못했다. 겨울마다 방울이의 물그릇은 얼어버렸고 물을 먹고 싶어 혓바닥으로 얼음을 녹여야 했던 모습이 그녀에게 자꾸만 떠올랐다. 찬바람에 웅크린 방울이 모습, 물그릇에 뚫린 얼음 구멍, 그 모습이 너무도 불쌍했다. 마당에서 홀로 긴긴 밤들을 보냈을 방울이에게 그녀는 이제라도 미안한 마음을 전해주고 싶다고 했다.

"방울아, 우리 착하고 예쁜 방울아. 언니만 보면 항상 헥헥거리면서 웃었는데 언니는 그게 웃는 건지도 몰랐어. 네가 한쪽 시력을 잃은 후에도 늘 밝고 발랄하게 지내줘서 나는 그것이 너무도 고맙고 미안했어.

　방울아, 우리 집에 와서 바깥 생활하게 해서 너무 미안해. 청소도 자주 해줬어야 했는데 나는 학생이란 핑계로 네게 해준 게 없어. 아무것도 몰랐어. 언니는 정말 네게 해준 게 없어. 다시 시간을 되돌릴 수만 있다면 우리 방울이 더 사랑해줄 수 있을 텐데… 언니가 이제는 아르바이트도 해서 방울이 맛있는 것도 많이 사줄 수 있는데… 언니가 능력 없을 때 와서 너 고생만 하다 떠나게 해서 정말 미안해. 추운 바깥에서 살게 해서 미안해. 모든 게 미안해 방울아… 방울이는 항상 언니에게 아픈 손가락이고 가슴속 한이야. 미안하고 사랑한다, 우리 방울이… 언니는 너를 잊지 못할거야. 너를 잊지 않을 거야. 우리 천사 같은 방울이 이제 하늘나라에서 꼭 행복하렴. 사랑해 방울아…"

숲의 정령

나는 방울이의 영혼을 만났다. 가족들과 함께했던 이 세상을 떠난 지 오래 되었지만 또 다른 영혼으로 존재하고 있었다. 또 다른 영혼이란, 내가 보고 있는 사진 속의 방울이가 아닌 다시 한 번 태어남을 거친 영혼을 일컫는다. 영혼 자체가 다르지는 않았으며 방울이가 들려준 또 하나의 삶이 있을 뿐이었다.

"방울아, 전에 너와 함께 살던 언니 메시지를 가지고 왔단다."

"아…! 언니를 기다렸어요. 저는 지금 숲에 있어요."

"방울이는 아직 영혼으로 존재하니?"

"네. 그런 것 같군요."

그때 어디서도 방울이의 모습은 보이지 않았다. 나는 습관처럼 영혼의 모습을 보고자 했지만 강아지의 형체나 빛이나 다른 어떤 동물의 모습으로도 방울이가 느껴지지 않았다. 다만 부드러운 음성이 나를 이끌어주었다. 빛이 있으라 하시니 빛이 있었다는 창세기의 이야기처럼 그 음성은 내 인식의 세계에 아름다운 수채화를 그려주고 있었다. 초록으로 우거진 숲, 나무와 풀들 사이사이로 하늘에서 빛이 쏟아지고 그 빛은 투명한 이슬방울에 또 다른 세계를 만들어주고 있었다. 어디선가 새소리가 들려오고 깃을 치는 동작도 느껴졌다. 나는 평화와 사랑만으로 이루어진 창조주의 마음으로 이해를 했다. 그곳에 방울이가 있다고 했다.

"방울이 모습을 볼 수는 없지만 네 목소리는 아주 또렷하구나."

"네. 저는 여기 있으니 마음 놓고 얘기 나눠도 돼요."

"그럼 방울이는 숲을 관장하는 영혼으로 존재하고 있는 거니?"

"저는 숲 자체예요. 숲이 저예요."

"그래. 네 모습이 보고 싶지만 아마도 네가 너무 커서 난 볼 수가 없나 보구나."

"우리에게 형체는 의미가 없어요. 당신이 느끼는 것은 단지 이해를 돕는 차원이 죠. 단단한 물질이 곧 세상의 전부는 아니니까요."

"그렇다면 네가 보여준 숲의 그림들도 마찬가지니?"

"우리의 마음이 그려낸 세계죠. 마음이 사라지면 그것도 언젠가는 사라져요."

"너는 그곳에서 무얼 하고 있는지 물어도 될까?"

"저는 이 자체로 존재하면서 이곳에 생명을 불어넣어요. 여기 살아 숨 쉬는 생명 에게 사랑을 전해주죠."

"그걸 어떻게 하는 건지…."

질문을 하면서도 나는 인간의 두뇌를 가진 물질로 존재하는 한 이 영혼에 대한 완벽한 이해가 어렵다는 것을 직감했다. 그래도 방울이는 최선을 다해 나를 이해시켜주려 노력했다. 우리 인간이 누군가를 사랑한다고 할 때 매혹되어 있는 대상은 바로 우리 자신이기 때문에 대부분의 경우 자기애의 확장에 지나지 않지만, 그곳에서의 사랑은 사랑 그 자체였다. 그것이 바로 우주 본연의 마음이었고 방울이의 영혼이 존재하는 것만으로도 숲에는 사랑이 충만했다. 내가 이해한 것은 여기까지였다.

"방울이는 정말 멋진 영혼이구나! 그런데 언니는 네 눈을 제대로 치료해주지 못한 것도 미안하고, 그런 가족들을 용서해줄 수 있는지 알고 싶어 한다."

"누구도 용서할 권리를 갖고 있지 않아요. 그러니 더는 미안해하지 말아야 해요. 그리고 저는 고통을 통해 배운 게 많은 걸요. 지금 보는 것들, 느끼는 것들은 더 아름답고 가치 있다는 것을요. 그걸 보는 눈이 생겼어요. 저에게나 언니에게나 보이는 눈이 꼭 중요한 건 아니죠. 마음의 눈이 중요해요."

"언니에게는 무슨 말을 해줄 수 있을까?"

"자신을 괴롭히는 기억이라면 잊어야 해요. 가족들이 제 이름을 불러주며 가까이 다가와줄 때 전 정말 행복했어요. 이름이 아주 마음에 들었거든요. 그때의 행복한 생각만 하도록 가족들에게도 잘 전해주세요. 고마워요."

내가 만난 대부분의 영혼들에게서 들었던 이야기였다. 방울이도 다시 한 번 기쁜 추억만 간직하길 바란다는 얘기를 해주었다. 이 이야기를 전하고 또 전하지만 저마다 받아들이는 방식은 모두 다른 것 같다. 나는 부디 방울이의 언니가 어찌할 수 없는 아픈 기억 대신 사랑으로 충만한 방울이의 목소리를 믿어주길 바랐다.

"가족들을 떠나고 방울이는 계속 이곳에 있었던 거니?"

"아뇨. 저는 다시 한 번 누군가를 도우러 내려갔어요. 그 가족도 아주 오래된 인연이었죠. 힘든 시기를 보내고 있었고 저는 잠깐 그들 곁에 머물며 다시 살아갈 힘을 주었어요. 제 삶은 아주 짧게 끝나버렸지만 그걸 통해서도 가족들이 얻은 게 있을 거예요. 그리고 이제 오랫동안 쉬기 위해 이곳으로 돌아왔어요. 전 어떤 삶도 후회하지 않아요."

"가족들은 방울이를 많이 보고 싶어 한단다."

"하지만 이제는 저를 못 알아봐요. 예전의 강아지였던 삶으로부터 멀어졌기 때문이에요. 하지만 저의 진짜 모습을 보고자 한다면… 저는 어디에나 존재해요. 당신이 보고 있는 숲이 저이고 가족들이 느끼는 바람이 저니까요. 저는 이쪽 삶으로 다시 태어난 것에 대해 신께 무한히 감사해요."

"방울이가 좋은 얘길 많이 해줘서 기쁘구나. 고마워 방울아."

"누구나 삶을 거듭하면서 한층 성숙해지기 마련이에요. 그게 바로 삶의 이유죠."

나는 방울이의 사진 속 모습을 한 번 더 보았다. 살아있을 때 모습으로 내게 꼬리를 흔들어주는 것 같았다. 작은 강아지의 모습으로 왔던 영혼이 가족들에게 들려주는 이야기가 끝나가고 있었다. 그런 방울이의 목소리는 메아리처럼 오래도록 나의 가슴에 울려 퍼졌다.

나는 이미

태어나버렸는걸

어린 학생으로서의 반려인이 그 고양이를 처음 만났던 곳은 청계천 동물상가라고 불리는 거리였다. 무더운 여름날임에도 한 우리에 열댓 마리의 아기 고양이들이 갇혀있는 것을 보았다. 그것은 분명히 보호되는 우리가 아니라 갇힌 감옥이라고 봐야 했다. 그 안에 있던 고양이들은 가뜩이나 좋지 않은 환경에 더위까지 가세한 상황에 거의 빈사 상태로 누워 있었다. 그런데 유독 새끼 고양이 한 마리만 그런 아이들 위를 걸어 다니다가 사람과 눈이 마주치자 야옹야옹 울어대기 시작했다.

"왜 내 발걸음을 붙잡니 아가야…."

차마 발길이 떨어지지 않았다. 그녀는 고양이 울음소리에 걸음을 멈추고 손가락 하나를 창살 사이로 밀어넣어 보았다. 아기 고양이는 그 손을 잡으려고 있는 힘껏 고양이들 틈을 걸어와주었다. 그리고 손을 잡았다. 도저히 그 작은 분홍빛 손을 놓지 못했다. 그렇게 인연은 시작되었다.

그녀는 근처에서 이동가방까지 사서 집에 데려온 고양이에게 청아라는 이름을 주었다. 깨끗하게 목욕도 시켜주었다. 이제 태어난 지 2개월밖에 안 된 어린 고양이 였다. 그런데 자세히 보니 다른 고양이들과 부대껴 살면서 괴롭힘을 당했는지 수염 도 많이 뜯겨 나가 있었고 발가락도 하나가 없었다. 배변 활동도 상태가 좋지 않아 서 데려온 이후로 병원에 갈 일이 많았다. 하루는 입원을 하고 링거 처방까지 받았 지만 상태는 전혀 나아지질 않았다. 그저 소화기관의 기능이 좀 떨어진 것 같다는 진단밖에는 들을 수가 없었다.

그보다 더 큰 문제는 엄마의 반대였다. 어린 학생으로서 감당해야 할 병원비로 시 작한 문제는 결국 엄마의 반대에 부딪치면서 걷잡을 수 없이 절망적인 상황이 되어 갔다. 대책 없이 데려온 것은 맞지만 무언가 뾰족한 수가 생기리라고 막연히 믿었던 것이 잘못이었다. 그 어느 곳에도 청아를 받아줄 곳이 없었다. 이제 막 2개월짜리 고 양이가 감당할 육체적인 고통도 컸지만 그걸 어쩌지도 못하고 그대로 보고만 있어 야 하는 어린 그녀도 마찬가지였다. 청아와 함께한 지 2주 만에 결국 생각해낸 곳이 아는 언니의 집이었다. 그곳에는 이미 다른 고양이가 있었지만 아픈 청아를 기꺼이 받아주었다.

그렇게 청아를 보내고도 도저히 함께한 시간까지 잊을 수는 없었다. 청아가 보고 싶어 마음에 병이 생겨버렸다. 매일 울며 청아만 생각했다. 상황이 이리 되니 청아 를 완강히 반대하던 엄마도 딸의 슬픔에는 이겨낼 재간이 없었다. 다시 청아를 데려와 키우라는 허락을 해주셨다. 하지만 한달음에 만나러 간 청아는 이미 세상을 떠난 후였다. 그쪽에서도 어린 고양이가 죽자 상심이 큰 상태여서 아무 말도 하지 못했던 것이다. 병원에서도 가망이 없다는 얘기를 했었고 어린 반려인을 만나기 전부터 이미 전염병에 감염되어 있었을 거라는 소견만 들었다고 했다.

그후 그녀는 청아를 잃은 마음을 추스르지 못해 다른 고양이를 입양해왔고 지금은 그 고양이와 잘 살고 있다고 했다. 청아를 보낸 후 딸이 힘들어하는 것을 본 엄마가 다른 고양이라도 키우며 슬픔을 이겨내라고 해서였다. 지금은 엄마도 고양이에게 정이 들어 예뻐해주신다는 얘기까지 들었다. 하지만 청아 생각은 지울 수가 없다. 자신이 끝까지 보살펴주지 못한 데 대한 미안한 마음은 사라지지 않았다. 태어나면서부터 죽을 때까지 계속 아파만 하던 어린아이에게 안정된 공간 하나 내어주지 못한 자신이 두고두고 밉다고 했다.

나는 청아의 작고 여린 몸을 사진으로 보았다. 진한 회색과 갈색의 줄무늬가 예쁘게 어우러진 몸이었다. 그 몸으로 견뎌야 했을 고통들은 사진 속 어디에도 보이지 않았다. 초롱초롱 예쁜 눈망울만 빛나고 있었다. 나는 청아를 불렀다.

"청아야… 예쁜 아가야…"

대답을 듣지 못했다. 그러다 문득 눈처럼 새하얀 고양이의 모습을 보았다. 밝은 대리석의 아일랜드 식탁 위를 걷고 있는 우아한 모습이었다. 집은 아주 넓었고 깨끗해 보였다. 하얀 몸집도 꽤 커서 이미 다 자란 고양이로 보였다. 이게 어떻게 된 일이지?

회색과 갈색 줄무늬의 청아를 불렀는데 난데없이 하얀 고양이가 나타난 것이다. 나는 다시 청아를 불러보았다.

　"청아야, 내가 사진으로 보고 있는 고양이 청아 맞니?"

　"전 이미 이렇게 태어나버렸는걸요."

　"응? 하얀 고양이? 청아 네가 하얀 고양이로?"

　"네. 전 다시 새로운 삶을 선물 받았어요."

　그리고 다시 우아한 걸음을 내딛는 모습을 보았다. 내가 사진으로 보고 있는 동물이 아닌, 이미 환생을 해버린 영혼과 연결이 되었던 적은 이번이 처음이었다. 혹시나 해서 물어보았지만 어린 반려인이 다시 입양해왔다는 고양이는 얼굴과 발이 검은 샴고양이였다. 내가 본 청아는 샴고양이가 아니었다. 온몸이 눈처럼 하얗고 우아한 자태였다. 청아는 말 그대로 새로운 삶을 선물 받아 다시 내려온 것이었다.

청아가 환생해서 이미 하얀 고양이로 살고 있다는 얘기를 전해들은 그녀는 내게 의미 있는 얘기를 남겨주었다. 청아를 잠시 돌봐주었던 언니와 함께 '이제는 너를 잘 돌봐줄 좋은 환경에서 태어나라'는 기도를 해주었던 것이 아마도 청아의 환생을 결정해준 게 아닌가 생각한다고 했다. 어쩌면… 그들의 기도가 그렇게 통했을 수도 있으리라 생각된다. 다만 그녀가 알고 싶어 했던 다른 질문은 더 이상 하지 않기로 했다. 어디가 어떻게 아파 떠났으며 언니를 원망하고 있는지 등등은 이제 의미가 없었다. 다만 청아가 선물 받은 새로운 삶을 충분히 즐기고 두고두고 행복하라는 말만 남겨주었다. 그리고 청아라는 이름으로 살았던 그 영혼이 들으리라 믿으며 나는 어린 반려인의 메시지를 흘려보내주었다.

"청아야 사랑해. 그리고 많이 미안해. 난 네가 늘 보고 싶어. 너와 함께할 때는 고양이에 대해 아무것도 몰라서 네 행동을 전혀 이해하지 못했어. 그런데 널 보내고 나서 그 행동들이 날 좋아한다는 표현이었다는 걸 알게 됐어. 네 마음을 알아주지 못해서 정말 미안해.

너를 잃고 나선 참 많이 후회했단다. 졸릴 때면 안아 재워달라던 너를 보고 그 모습이 귀여워 나는 일부러 도망 다니곤 했지. 그러면 넌 나를 쫓아오면서 더 울고 그랬잖아. 몸도 약한 아이에게 왜 그런 장난을 쳤는지 그것도 너무 미안. 장롱 속에 들어가 앉아있는 거 좋아했는데 못 들어가게 했던 것도 미안. 병원 가는 거 싫어했는데 기어이 데려갔던 것도 미안. 난 널 지금도 사랑하지만 그때도 정말 많이 사랑했어. 너를 잃은 게 내 인생에서 가장 슬픈 일이야. 여러 힘든 일이 많았지만 지금 생각해보니 그때가 가장 행복했던 순간이란 걸 알게 됐어. 너는 나에게 정말 천사 같은 아이란다.

청아야, 내가 널 버렸다고 생각하지 말아줘. 난 널 그렇게 보내고 싶지 않았어. 그렇게 잃고 싶지도 않았어. 내게 화가 나있다면 화를 내도 좋아. 언젠가 화가 풀리면 내게 다시 돌아와 줘. 그 순간이 와주기를 난 늘 기다리고 있단다. 사랑해 청아야. 다시 만날 때까지 행복하게 잘 지내길 기도할게."

꿈꾸는

방랑자

　강변을 따라 레스토랑과 카페가 열댓 정도 띄엄띄엄 있는 동네였다. 어린 강아지 영웅이는 그곳 모두가 자신의 영역이라고 믿었다. 대부분은 외지 사람들이 드라이브로 오며 가며 들르게 되는 곳이었다. 어느 날 영웅이도 낯선 손님처럼 불쑥 나타나는가 싶더니 봄여름을 함께 보내며 이제는 토박이 행세를 하고 있었다. 어디서 어떻게 나타났는지 그곳 사람들 어느 누구도 영웅이의 과거를 몰랐다. 어디에도 정해진 거처는 없었지만 어느 곳이라도 영웅이가 머물 수는 있었다. 늘 그대로인 카페 주인들, 매번 바뀌는 행복한 손님들과 함께하는 삶은 마냥 즐겁기만 했다.

　흰 장화를 신은 것처럼 네 발은 하얗고 검은 털옷을 늘어뜨리고 있는 영웅이였다. 다들 견종을 알 수 없어 고개를 갸우뚱거렸지만 영웅이에게는 그들을 기쁘게 하는 매력이 넘쳤다. 싹싹한 소년처럼 그 동네에서는 나름 유명 인사였다. 영웅이라는 이름 말고도 태평이, 까미, 왕자… 저마다 부르는 이름이 달랐지만 그런 것은 중요하지 않았다. 하루하루의 삶이 영웅이를 즐겁게 해주면 그만이었다.

늘 같은 시간에 카페들을 돌며 탁발을 하던 영웅이와 운명적으로 가족이 된 사람은 젊은 부부였다. 이들도 처음에는 영웅이의 탁발에 일조를 하는 그 동네의 멤버에 지나지 않았다. 무더운 여름날, 소나기가 퍼붓는 그날만 아니었어도 영웅이와는 그렇게 거리를 두고 가끔 아는 체만 하며 지냈을 터였다.

소낙비는 걷잡을 수 없이 쏟아지고 있었다. 오후 무렵이었지만 어두컴컴할 정도로 무서운 기세에 눌려 그런지 비에 홀딱 젖은 영웅이는 더없이 초라해 보였다. 늘 기세등등한 자신감도 한풀 꺾여 있었다. 카페 유리문 밖으로 보이는 영웅이는 처마 밑에 앉아 고개를 묻었다. 그때부터 카페 주인인 이들 부부는 영웅이의 엄마 아빠임을 자청하기로 했다.

영웅이를 우선 따뜻한 물에 씻기고 드라이기로 말려주었다. 묵은 때를 벗어내 시원하냐며 즐거워하는 건, 영웅이보다 이들 부부였다. 뽀송뽀송해진 얼굴을 보며 '이제부터 너는 영웅이란다!'라고 운명의 도장을 찍었다. 손님은 없었고 음악만 실내에 가득 흘렀다. 멀찌감치 에어컨 바람이 가닿는 자리에 영웅이의 거처를 만들어주었다. 타르르르 몸을 털어낸 영웅이는 음악을 이불 삼아 쿨쿨 잠에 빠져 들어갔다.

그런데 그날로 영웅이는 어딘가 조금씩 아파가고 있었다. 군소리 안하고 주는 대로 받아먹던 식성은 온데간데없이 사라졌다. 바깥을 떠돌던 자유로운 삶이 그리워서 그런가 싶어 문을 열어주어도 나가지 않았다. 영웅이의 얼굴에는 웃음이 사라진

것만 같았다. 이유를 알 수 없었다. 이제 영웅이의 삶에 개입해버린 그들은 카페 일보다 영웅이가 더 걱정이었다.

영웅이를 데려간 동물병원에서는 이런저런 검사를 한 끝에 홍역이라는 진단을 내렸다. 입원을 해야 했다. 나이도 짐작할 수 없었던 영웅이였지만 병원에서는 이제 한 살도 안 된 어린 강아지라고 했다. 부부는 무슨 치료를 해서든 살려만 달라고 했다. 그 이후에는 다시 영웅이가 원하는 삶을 살게 해줄 생각이었다. 집에서 살고 싶다면 집에 있으라고 할 것이고 예전처럼 떠돌고 싶다면 밖에 풀어줄 생각이었다. 다시 동네의 스타로 군림하고 싶다면 영웅이 네가 원하는 삶을 살게 해줄 거라고 약속했다. 그 약속은 3일 만에 물거품이 되어버렸다. 영웅이는 병원의 케이지 안에서 전

신경련을 멈추고 눈을 감았다.

영웅이를 데리고 온 시점부터 뭔가 잘못돼버린 것만 같았다. 그 전에는 그토록 즐겁게 떠돌던 꿈꾸는 방랑자가 아니었던가! 그런 영웅이를 데리고 들어온 것이 이들 부부에게는 씻을 수 없는 죄책감으로 남아버렸다. 만인의 사랑을 받던 영웅이를 자신들이 떠나게 했다는 생각은 영웅이에게도, 다른 이웃에게도 미안한 마음만 자꾸 키워내고 있었다. 이 세상에 반짝 하고 태어난 게 겨우 1년 남짓, 어디서 어떻게 왔는지 그전에 누군가 불러준 이름은 있었는지 아무것도 모를 영웅이는 이들과의 짧은 인연을 마치고 고향 하늘로 돌아갔다.

우리는

만날 수
없나요?

    나는 영웅이의 사진을 한참을 바라보았다. 사실 어떤 대화든 준비하는 시간을 좀 갖는 편인데 이날은 준비 없이 대화가 시작돼버렸다. 영웅이가 먼저 말을 걸어왔기 때문이다.

    "언제 시작할 건가요? 네? 저 좀 보세요!"

    "응? 응… 영웅이니?"

    "그렇게 넋 놓고 있으면 어떡하냐고요. 제 말이 들리긴 해요?"

    "그래. 잘 들려. 영웅아 반가워. 네 엄마 아빠 두 분이 적어주신 편지를 생각하느라…"

    "좋아요. 그럼 이제 제 얘기 들을 준비 된 거죠?"

    영웅이는 뭔가 대단한 이야기라도 해줄 아이처럼 자신에게 집중해주길 바랐다. 나는 깊은 호흡을 하며 내 안에 있는 사념을 비워내고자 노력했다. 영웅이도 잠시 내게 시간을 주었다가 이야기의 물꼬를 트기 시작했다.

"저는 왜 그렇게 엄마 아빠 곁에 가지 못하는 삶만 살고 있을까요?"

"그게 무슨 소리니? 차근차근 얘기해봐."

"엄마 아빠와 함께 살고 싶은데 다가갈 수가 없었어요. 그게 아직도 슬퍼요."

"같이 지낸 시간이 짧긴 했지만 그분들은 너를 가족으로 생각하고 있어."

"저는 가족 맞아요. 그런데 제대로 된 삶을 살지 못했잖아요. 늘 이렇게 떠나왔어요. 왜 그런지 알려주세요."

"늘 떠나갔다니? 제발 차분히 얘기해줄 수 있겠니?"

"전 그 앞에도 엄마 아빠의 아가였어요. 아니, 아가로 가려고 했는데 뭔가 일이 잘못돼서 이곳으로 돌아와야 했죠. 엄마 아빠 주변을 빙빙 맴돌다가… 그러다 말았어요. 너무나 허탈했어요. 그리고 이번에도 저를 가족으로 인정하는 순간 다시 떠나와야 했어요."

"네가 엄마 아빠의 아가였다는 것은 사람 아이를 말하는 거니?"

"네. 맞아요. 저는 사람으로 가려고 했어요."

영웅이의 말을 정리해보자면, 이번 삶은 강아지였지만 그 전에는 인간의 삶을 살고자 했다는 것이다. 엄마의 뱃속에는 나중에 영웅이가 입고 태어날 아기의 몸이 있었고 영혼은 때를 기다리며 그 주변을 맴돌았다. 하지만 그 계획은 실패로 돌아갔다.

엄마의 몸이 약해 아기는 유산이 되고 말았다. 게다가 강아지의 몸을 받은 이번 삶 또한 너무나 빨리 끝나버렸다. 이유도 모른 채 영웅이는 엄마 아빠가 사는 곳을 떠도는 강아지로 살았다고 했다. 왜 그 카페에 처음부터 넉살좋게 들어가 살지 못했는지 후회스럽다고 했다. 번번이 실패하고 마는 안타까운 인연에 영웅이의 목소리는 슬픔에 잠겨 있었다.

영웅이는 그 이유를 알 수 없었다. 원하던 삶을 살지 못하는 원인을 어디에서 찾을 수 있단 말인가! 영웅이와 인연이 될 수 없었던 부부의 카르마에까지 확장해서 살펴본다면 모를까, 지금의 상황에서는 내가 해줄 수 있는 말은 없었다. 게다가 엄마 아빠가 가장 궁금해하던 것도 영웅이의 마음과 다르지 않았다. 왜 그렇게 빨리 떠나갔는지 그 이유를 알고 싶다고 했다.

"영웅아, 그런데 인간의 삶이든 동물의 삶이든 그걸 네가 결정할 수 있는 거니?"

"네. 어느 정도는요. 아무나 그럴 수는 없지만요. 전 엄마 아빠를 만나야 해요. 그것만은 확실해요!"

왜 영웅이는 엄마 아빠를 만나야 한다고 했을까? 여기서 나는 그들이 무언가 주고받을 것이 있다는 뜻으로 이해했다. 그 전의 삶에서 끝맺지 못했던 일은 다음 삶의 기회를 빌려 이루고자 하는 것이 우리의 욕망이다. 그것은 우리의 영혼을 진화시키기 위한 고통으로 찾아든다. 아름다운 사랑의 인연을 고통으로 표현한다는 것이 무리일지는 모르나 고통의 경험을 통해 배우는 것이 삶의 기본 전제이므로 어느 정도는 영웅이의 마음이 이해가 되었다.

"그럼 언젠가는 만날 수 있지 않을까?"

"저도 그날을 기다리고 있는 거예요. 다시 또다시… 이게 언제까지 이어질지 모르겠지만 그래야 우리가 할 일을 마치는 거거든요."

"그러잖아도 엄마 아빠도 널 어떻게든 다시 만나고 싶어 하신단다."

"그걸 알려주려고 당신을 불렀어요. 전 다시 엄마의 아기로 갈 거예요."

"강아지가 아닌 사람 아기 말이니?"

"네. 다시 인간으로 가볼 거예요."

"그렇다면 이제 조바심을 낼 필요가 없겠구나."

"엄마에게 해줄 말이 있어서예요. 엄마가 몸을 제대로 돌보지 않는다면 저는 다시 허탕을 치게 돼요. 제발 이제 저를 제대로 맞아달라고 얘기해주세요. 다음번엔 꼭 성공할 수 있도록…"

"엄마가 어떻게 하면 될까?"

"너무 많은 일 하지 말고 걱정하지 말고 마음 편하게 있어야 해요. 그럼 제 일이 수월해져요. 그리고 기도…!"

"기도?"

"네. 기도를 해준다면 큰 도움이 될 거예요. 저는 간절한데 엄마는 아직 뭘 몰라요. 제 얘기를 잘 전해주셔야 해요. 전 이제 조금만 더 기다리면 되니까요. 괜찮아요,

괜찮아요, 괜찮아요… 이제 다시 만날 거니까요."

"너와 엄마 아빠의 인연에 어떤 이야기가 있는지는 모르겠다만 다시 만나야 한다면 꼭 그렇게 될 거야. 엄마에게도 잘 전할게."

"네. 그거면 됐어요. 더 할 얘기는 없어요. 다시 태어나면 엄마 아빠와 훨씬 더 많은 얘기를 나눌 거니까요."

"그래. 너도 지난 삶에 안타까워하지 말고 차분히 준비 잘 하기 바란다. 엄마 아빠와 네가 아름다운 인연으로 다시 만나길 나도 기도할게…."

인간과 동물이

사랑할 때

나는 영웅이와의 대화 내용을 전하기 전에 이것저것 확인하고 싶은 것이 있었다. 먼저 영웅이가 얘기해준 대로 엄마에게 유산의 경험이 있는지, 무엇보다도 엄마 아빠의 아기로 온다면 기쁘게 맞아줄 것인지가 궁금했다. 그것은 사실 나의 호기심보다도 영웅이가 해준 말에 대해 신뢰가 생기느냐 마느냐의 문제로 직결될 수 있을 것이었다. 그들 부부에게도 필요한 내용이었다. 그렇다고는 해도 아픈 상처가 될 수 있는 얘기를 꺼낸다는 것이 쉽지는 않았다. 나도 모르게 영웅이에게 도움을 청하고 있었다. 도와줘, 영웅아 내가 널 위해 힘내서 얘기할 수 있게….

그들이 함께 있는 시간에 우리는 전화 통화를 했다. 나는 영웅이의 엄마에게 물었다.

"혹시 작년 무렵에 아기가 유산된 적이 있으신가요?"

한참 대답이 없었기 때문에 나는 영웅이로부터 메시지를 잘못 받았던 건가, 라고 생각하고 있었다.

"왜 그 얘기가 나오는 거죠?"

예상은 했지만 엄마의 목소리는 더 힘들어하고 있었다. 일단 영웅이의 얘기가 틀리지 않았다는 느낌이 들었기 때문에 나는 이제 영웅이로부터 받은 얘기를 확인 차 묻고 듣고 할 것 없이 그대로 전달하기 시작했다. 아…! 조용히 듣고 있던 그녀는 짧은 탄식을 내뱉었다. 그러고도 한참을 말이 없었다. 나도 잠시 침묵하며 그들의 인연에 대해 생각해보았다. 과연 거듭된 만남으로 깨우쳐야 할 것은 무엇인가, 그리고 무엇이 이들을 지속적으로 이어주는가 하는 것들이었다. 생각을 거듭해도 구체적인 내용은 알 수 없었지만 무언가가 분명히 있으리라는 생각에는 변함이 없었다.

그들은 처음에는 단순하게 강아지와의 우연한 만남, 슬픈 이별에만 초점을 맞추고 있었지만 문제는 걷잡을 수 없이 질긴 인연으로 커져 있었다. 줄기를 들어 올리자 땅속의 뿌리들이 얽히고설킨 그런 모양새였다. 전혀 예상하지 못한 이야기였노라 했다. 자신들의 아이로 오고 싶어 했던 영혼이 잠시나마 강아지의 모습으로 나타났다는 이야기도 그랬고, 다시 엄마 아빠가 허락만 해준다면 아기로 올 거라는 계획도 그러했다. 분명한 것은 이 부부가 영웅이에게 못다 한 사랑이 있다는 것뿐이었다. 그렇다면 영혼이 일러준 대로 부부는 다시 영웅이를 맞을 준비를 하겠다고 했다. 이 결정은 며칠이 지나서야 들을 수 있었다. 그만큼 마음의 정리를 할 시간이 필요했으리라 본다.

그렇게 1년 여의 시간이 흘렀다. 깜빡 잊을 뻔했던 영웅이가 또다시 나를 먼저 찾아와주었다. 낮잠이 들 참이었다.

"어서요, 어서 정신 차리고 제 말을 기억해주세요. 저 이제 곧 엄마 아빠에게 내려가요. 아가의 모습으로 간다구요. 이번에는 여자아이예요. 제가 엄마 아빠의 딸로 간다니까요!"

"응? 영웅이… 영웅이? 영웅이 맞지?"

"네. 저 맞아요. 금방 갈 거니까 이걸 잘 알려주셔야 해요. 제가 딸이 되는 거잖아요. 조금의 의심도 없이 제 얘기를 믿어줬으면 해요. 그래야 우리가 더 벅차게 사랑할 수 있을 거예요. 이걸 꼭 전해주세요…."

잠이 들려고 했던 순간에 마구 쏟아져 들어온 영웅이의 메시지에 나는 그만 잠이 깨버렸다. 목소리는 옆에서 얘기해주는 것처럼 매우 선명했기 때문에 의심의 여지 없이 나는 그대로 받아들였다. 가만 시간을 되짚어보니 엄마 아빠가 다시 아기를 가졌다면 이쯤 돼서 태어날 법도 했다. 영웅이가 몇 번의 만남을 시도했다가 실패하곤 했다는 것이 다시 생각났다. 이번에는 영웅이가 기대하고 있는 것처럼 그들의 핏줄로 오려는 것이다.

나는 전화 대신 메일로 그 내용을 전달했다. 시간이 꽤 흐른 것도 있지만 영웅이 말에 의하면 아기가 태어날 정신없는 상황일 것 같았기 때문이다. 그리고 일주일쯤 후에야 나는 그들 부부의 답장을 받았다. 내가 영웅이의 영혼으로부터 받아 전해준 메시지는 한 치의 오차도 없이 정확하다는 느낌을 받았다고 했다. 이유인즉슨, 엄마의 태몽에서부터 시작한다.

한참 전의 일이지만 엄마가 다시 아기를 가졌을 때 태몽을 꾸었다고 했다. 산에서 내려오는 물줄기에서 갑자기 커다란 동물이 엄마에게로 뛰어왔는데 와락 안기던 찰나, 그것이 영웅이라는 생각이 들었다. 정말로 영웅이가 다시 올 건가보다 라고 생각하며 몸조심 마음조심 여러 가지로 조심하며 지내온 날들이었다.

그리고 아기는 딸이었다. 한 가지 특이한 것은 소나기를 맞고 있던 영웅이를 카페 안으로 들여 목욕을 시키던 그날, 엄마는 강아지의 분홍빛 배 한가운데 까만 점을 기억하고 있었는데 태어난 딸의 배꼽 주변에도 점이 있다고 했다. 사실 영웅이의 배에 점이 있었던 것을 의미 있게 기억하고 있지는 않았으나 자신의 딸을 보았을 때 그날 잠깐 동안의 기억이 또렷하게 떠올랐다고 했다. 그들은 영웅이와의 특별한 인연에 감사했고 이 모든 사실을 전달해준 내게도 고맙다고 했다. 이로써 내가 그들과 영웅이를 위해 할 수 있는 일이 잘 마무리된 것 같은 생각에 내 이마에는 청량한 바람이 불어오는 것을 느꼈다.

나는 이러한 내용 전달이 무엇을 얼마만큼 달라지게 할 수 있을 것인지 천천히 생각해보았다. 설령 영웅이의 환생이 아니더라도 딸이라는 혈육 관계로서 부족함 없는 사랑을 다하리라 생각이 들었기 때문이다. 그것이 강아지 영웅이든 아니든 우리가 맞이하는 인연들에 소홀함이 없다면 종내에는 어떤 후회도 없으리라는 생각이다. 하지만 대부분의 반려인, 그들이 사랑했던 동물을 떠나보낸 사람으로서는 늘 아픈 후회를 안고 있기 때문에 다시 한 번의 인연을 고대하게 된다. 다시 나에게로 와 준다면, 내 강아지로 내 고양이로, 아니면 나의 자식으로 와준다면 그때는 부족함 없이 사랑해줄 거라는 약속을 한다.

　나는 언젠가 내가 그토록 다시 만나길 고대하던 인연이, 바로 지금 내 곁에 있다는 생각을 종종 해본다. 지금이야말로 내가 못다 한 사랑을 원 없이 이룰 수 있는 절호의 기회라고 생각한다. 그럼에도 우리는 옆에 있는 간절했던 인연을 몰라보고 다시 지나친다. 늘 다음을 기약하고 만다. 이때 남는 것은 후회와 슬픔, 그리고 끝없는 고통의 반복뿐이다. 우리 곁으로 다시 와주는 동물들은 간절한 그 인연을 알아보는 경우가 많지만 인간에게는 그러한 앎이 과학적이지 못한 얘기로 전락하고 만다. 알건 모르건 그것이 중요한 일은 아니지만 우리에게 주어진 인연에 최선을 다하느냐 마느냐에 영향을 끼친다면 다시 생각해봐야 할 일이다.

　나는 동물과 함께 사는 사람들을 비롯한 모든 이들이 이러한 시선으로 서로를 바라봐주었으면 한다. 이것이 내가 꿈꾸는 세상의 모습이다. 내가 가장 애달파했고 가장 못 잊어했던 사랑이 지금 내 곁에 있는 것이다. 단지 전에 알았던 모습과 다르기 때문에 우리는 그를 같은 존재로 인식하지 못하지만 이런 이유가 우리의 사랑을 비껴 지나가게 하지 않기를 바랄 뿐이다. 언제 어떻게 내 곁에 왔건 지금 최선을 다해야 할 인연임에는 분명할 것이다. 이것이 바로 내가 동물들에게서 들을 수 있었던 소중한 이야기들이다.

"우리가 처음 만난 순간을 기억하나요?"

나는 내내 어떤 목소리를 들어왔다. 내 마음에 가득 울렸으나 어디서 시작된 메아리인지 몰라 오랜 시간을 방황했다. 누구의 목소리인지 왜 내게 이런 말을 하는지 내가 무얼 해야 하는지 아무것도 알 수 없었다. 어쩌면 그것보다 다른 중요한 것이 있으리라는 기대를 좇아 몸과 마음을 쉴 새 없이 혹사시켰다. 그럴수록 방황의 시간은 길어지고 있었다.

그 사이 나는 세 번째의 상실을 경험했다. 강아지 체링과 나비가 허무하게 떠나버리면서 나는 머릿속이 텅 비어버린 것만 같았다. 어떻게든 그의 흔적을 붙잡고 싶었고 꿈에서 만난 한 장면 한 장면을 되새기며 울었다. 그러던 어느 날 체링으로부터 메시지를 들었다. 가지려고만 하지 않는 사랑, 놓아주는 사랑까지 배우는 것이 내가 지금 해야 할 일이라는 것을…. 내가 여태 부여잡고 있던 것은 무엇이었을까? 순간 손가락 사이로 모래알이 흘려 내려가듯 내가 움켜쥔 슬픈 시간들이 힘을 잃고 사라져가는 것을 보았다.

이후 나의 삶은 한결 평온해졌다. 그동안 나를 힘들게 했던 것은 내가 처한 환경이 아니라 그 환경에 대한 나의 경직된 생각들이었다. 그것을 알고 나니 더 많은 배움의 기회가 보였다. 자세히 얘기하자면 내 주변으로 보이는 모든 것들이 나를 위해 제공되는 가르침의 선물로 쏟아지는 것 같았다. 내가 온전히 그것들을 받아들일 준비가 되었을 때 그제야 내가 오래도록 들어왔던 어떤 목소리에 다시 귀를 기울일 수 있었다.

"우리가 처음 만난 순간을 기억하나요?"

그것이 내가 사랑했던 달마의 목소리였다는 것을 알았을 때는 달마를 떠나보내고 벌써 3년이라는 시간이 흘러 있었다. 3년… 이것이 내게 필요한 시간이었을 것이다. 끝이 없을 것 같은 방황을 통해 더욱더 혹독하게 깨쳐야 했던 이유였다. 여기서 더 일찍 알아채지 못했던 자신을 탓한다는 것은 또 한 번의 어리석음에 지나지 않는다. 누구에게나 필요한 시간이 있고 스스로 변화를 찾기 전까지는 그를 도울 수가 없다는 사실도 더불어 알게 되었다. 모든 사람은 점진적으로 성장해가며 이러한 상황에서 우리가 할 수 있는 일은 오로지 사랑으로 그를 이해하는 것뿐이다. 언젠가는 내가 보내준 이해의 사랑이 그의 가슴에서 싹을 틔우리라는 사실은 분명하기 때문이다.

그리고 루나와 공주는 이 삶에서 주어진 시간을 충분히 나와 함께한 뒤 하늘로 돌아갔다. 내 인생의 처음이자 마지막 강아지들은 이렇게 내게 큰 흔적을 남기고 떠났다. 우리가 사랑하는 동물을 처음 만나던 순간, 우리는 무슨 기대라도 가졌던가? 우리 앞에 펼쳐질 벅찬 사랑과 아픈 이별을 예감이라도 했던가? 수많은 생을 만나고 헤어지며 그토록 간절히 재회하길 바라던 인연이라는 것을 알아보았던가?

어느 것도 우리는 알지 못했다. 그리고 그들이 남기고 간 흔적에만 마음을 쏟고 있다. 나는, 우리가 사랑하다 떠나보낸 동물들이 우리가 알지 못하는 세상에서 더욱 찬란한 사랑으로 존재한다는 것을 진실한 마음으로 바라보고 들어주기를 바란다. 진실한 마음의 소리, 그것이 동물들이 우리를 위해 주는 가장 큰 선물이다. 우리가 그들을 처음 만나던 순간, 아무런 욕심 없이 순수한 사랑으로만 빛나던 순간을 기억한다면 우리 곁에 존재하는 모든 생명을 나의 것, 너의 것 분별 없이 사랑하게 될 것이다.

나는 이제 더 이상 슬프지 않다. 내가 사랑했던 동물들이 내 눈에 보이지 않는다고, 손끝으로 느낄 수 없다고 더 이상 좌절하지 않는다. 그들과 나의 만남에도 이유가 있었듯이 이별을 통해서도 내가 성장할 무언가가 존재한다는 것을 배웠기 때문이다. 그것이 그들의 선물임을 분명히 이해하기 때문이다. 내가 사랑했던 생명들이 내게 남겨주었던 것은 바로 나 자신을 바로 볼 용기였다. 나를 통해 그들을 보았다. 내게 투영된 그들의 모습은 도처에 아름답게 숨 쉬고 있었다.

> 내 무덤 앞에서 눈물짓지 말라
> 나는 거기 있지 않기 때문이다
> 나는 잠들어 있지 않다
> 나는 불어오는 수천 갈래 바람이다
> 나는 하얀 눈 속에서 반짝이는 보석이다
> 나는 익은 알곡 위로 빛나는 태양빛이다
> 나는 조용히 내리는 가을비다
> 당신이 아침의 고요 속에 눈을 떴을 때
> 부드러운 아침 햇살을 받으며
> 나는 원을 그리며 솟구치는 새들의 비상이다
> 나는 밤하늘에 빛나는 별들이다
> 내 무덤 앞에서 울지 말라
> 나는 거기에 있지 않다
> 나는 잠들지 않았다 〈작자 미상〉